A CONSTRUÇÃO DO ROMANCE

CARLOS CEIA
Professor da Faculdade de Ciências Sociais e Humanas
da Universidade Nova de Lisboa

A CONSTRUÇÃO DO ROMANCE

Ensaios de Literatura Comparada no Campo
dos Estudos Anglo-Portugueses

ALMEDINA

A CONSTRUÇÃO DO ROMANCE

AUTOR
CARLOS CEIA

EDITOR
EDIÇÕES ALMEDINA, SA
Rua da Estrela, n.º 6
3000-161 Coimbra
Tel: 239 851 904
Fax: 239 851 901
www.almedina.net
editora@almedina.net

PRÉ-IMPRESSÃO • IMPRESSÃO • ACABAMENTO
G.C. GRÁFICA DE COIMBRA, LDA.
Palheira – Assafarge
3001-453 Coimbra
producao@graficadecoimbra.pt

Janeiro, 2007

DEPÓSITO LEGAL
252855/07

Para a Elsa

A ~~poem~~ novel should be palpable and mute
As a globed fruit,

Dumb
As old medallions to the thumb,

Silent as the sleeve-worn stone
Of casement ledges where the moss has grown –

A ~~poem~~ novel should be wordless
As the flight of birds.

A ~~poem~~ novel should be motionless in time
As the moon climbs,

Leaving, as the moon releases
Twig by twig the night-entangled trees,

Leaving, as the moon behind the winter leaves,
Memory by memory the mind –

A ~~poem~~ novel should be motionless in time
As the moon climbs.

A ~~poem~~ novel should be equal to:
Not true.

For all the history of grief
An empty doorway and a maple leaf.

For love
The leaning grasses and two lights above the sea —

A ~~poem~~ novel should not mean
But be.

"Ars poetica", ~~Archibald Macleish~~ Carlos Ceia

I.
A CONSTRUÇÃO DO *FICCIONISMO* NA LITERATURA

Sobre a imaginação crítica. O que é o ficcionismo*? O romance enquanto narração do conhecimento. O* ficcionismo *como forma de antifundacionalismo. A questão da representação do real. O realismo mágico e a fronteira entre o real e a ficção. A reescrita hipertextual da história. O jogo da história sem história e a reinvenção do* storytelling*. O conflito da interpretação da natureza do romance:* romance *ou* novel*? A questão da auto-reflexividade. A autoglosa e a intertextualidade como formas de* ficcionismo*. A ilusão da sequencialidade e da coesão discursiva do texto de ficção.*

1. Sobre a imaginação crítica

Um ensaio crítico deve comportar-se como uma tese académica na definição rigorosa do seu objecto de estudo; deve aproximar-se de um texto literário pelo uso específico de um certo estilo e de uma linguagem apurada; deve conter o mesmo nível de especulação de um texto filosófico; deve ser tão criativo quanto um poema lírico; deve ainda conter um argumento retórico capaz de comandar a sua leitura. A soma de todas estas características encontra-se nos melhores ensaios críticos sobre literatura, elevando o exercício da crítica a um patamar muito próximo do da ficção criativa. O trabalho de produção da escrita crítica é tão elaborado quanto o da criação literária e exige um trabalho igualmente reflexivo. A inventividade faz parte da obra literária, da história da obra literária e da leitura da obra literária. A história da inventividade como parte da narração do romance pode começar em *Tom Jones* (1749), de Henry Fielding, por exemplo, porque aí já está enunciado um princípio de construção do romance que não mais se perderá: o autor que se esconde por detrás da narrativa como um narrador-arquitecto que não se cansa de lembrar ao leitor que a história contada é um produto da imaginação ao mesmo tempo que prolonga esse aviso como uma ilusão ficcional. É neste sentido que julgo valer a pena falar da ideia de autor como apenas um efeito do texto.[1] Este jogo entre autor real e autor virtualizado é essencialmente crítico e é dele que herdámos a capacidade para interpretar os limites da ficcionalidade do romance contemporâneo, onde quer que comece a contemporaneidade. Por isso, a inventividade não é um exclusivo da obra literária.

Mesmo numa época que proibiu a inventividade na literatura e em particular no romance, como aconteceu no século XIX realista, a obra literária não resistiu a ser pensada como arte que combina a imaginação com uma grande capacidade crítica sobre o fenómeno literário. As duas possibilidades não coexistiram na obra literária da segunda metade do século XIX, mas prepararam o caminho para que o romancista do século XX pudesse voltar às origens retomando o caminho iniciado por Henry Fielding e Laurence Sterne. *A Comédia Humana* (1869-76), de Honoré de Balzac, com as suas 2472 personagens nomeadas, tentou ser uma representação realista do mundo dos seus leitores, algo que Émile Zola havia de garantir ser a grande missão do romancista, num tempo que considerava a imaginação como uma capacidade ausente do processo de criação literária.[2]

A Comédia Humana, de Balzac, é uma obra anti-ficcionista, no sentido em que está refém da regra ultra-romântico-realista de que uma história deve imitar fielmente o mundo em que se vive, como se

---

[1] É J. Hillis Miller que defende esta espécie de morte do autor real perante as possibilidades hermenêuticas que se oferecem a qualquer texto literário, falando então da figura do autor como um mero efeito do texto. Cf. "Ariachne's Broken Woof", *Georgia Review*, 30, 1976, p. 59.

[2] No ensaio "Le roman expérimental" (1880), Zola assegura: "C'est l'investigation scientifique, c'est le raisonnement expérimental qui combat une à une les hypothèses des idéalistes, et qui remplace les romans de pure imagination par les romans d'observation et d'expérimentation" (edição electrónica, <http://perso.wanadoo.fr/cite.chamson.levigan/doc_pedagogie/espace_eaf/textes/oeuvres_integrales/romanexp.html> consultado em Novembro de 2006).

o romance devesse entrar na casa do leitor e essa casa já fizesse parte da história do próprio romance. O leitor de Balzac, de Zola e de Eça de Queirós sente-se na sua própria casa, no seu próprio país e na sua própria comunidade ao ler as respectivas obras. Ora, este pressuposto tem hoje uma outra validade: trata-se do ponto de chegada das meta-ficções que pretendem desalojar o leitor desse lugar confortável em que julga viver, onde não entra a imaginação do autor nem a do próprio leitor.

Quando o crítico avalia o seu próprio discurso, pondera a lógica dos seus argumentos, confronta as suas crenças com as do autor/texto estudado e reflecte sobre a linguagem produzida, encontra-se no limiar da mesma auto-reflexividade que caracteriza certos momentos da criação estética a que iremos chamar *ficcionismo*, se falarmos de textos de ficção literária, e *imaginação crítica*, se falarmos de (leitura) crítica literária.[3] A tese da existência do elemento criativo no acto da crítica do texto literário atravessou o pensamento europeu do século XX e chegou aos nossos dias;[4] a tese da criatividade ficcional virada

---

[3] Em *Textualidade: Uma Introdução*, avanço com esta tese: "Podemos falar de uma *imaginação crítica*, que depende, na razão directa, desse poder. Em termos práticos, corresponde ao exercício de reconhecimento de todas as linhas com que o texto foi cosido, à forma de as re-alinhar, à conjectura sobre os seus conflitos internos, à formulação de hipóteses engenhosas, à averiguação de todas as lacunas e à expedição em busca de sentidos para todas elas. Um ensino complexo exige uma crítica complexa. Tal complexidade deve quase tudo à capacidade de reinvenção lógica dos dados da memória. Se os utilizarmos dialecticamente, formulando e confrontando constantemente hipóteses de leitura e de construções de sentido, estaremos igualmente a fazer uso da faculdade imaginativa. A concepção de um teorema matemático utiliza exactamente a mesma faculdade. Uma retórica do ensaio literário leva consigo este selo da imaginação crítica, que permitirá, por exemplo, estabelecer a analogia dos sentidos e o parentesco das ideias ou reconstituir a lógica das formas gramaticais. E porque na lição de Pascal a imaginação tanto pode ser mestra do erro como da verdade, assim a crítica tanto pode conduzir a um ou outro lado, precisamente porque nenhum leitor pode aspirar ao conhecimento absoluto do texto." (Presença, Lisboa, 1995, p. 72).

[4] De entre os muitos defensores desta tese, destaco David Lodge, que, recordando a lição de T. S. Eliot, resumiu assim a questão em livro recente: "A good critical essay should have a kind of plot. Some of T. S. Eliot's most celebrated essays were critical whodunits which investigated such mysteries as 'Who murdered English poetic diction?' (The culprit turned out to be Milton.) Modern critics of the antifoundationalist school, like Paul de Man or Stanley Fish, are masters of the critical *peripeteia*, by which the conclusion of the essay turn upon and undermines its own arguments. And there is no reason why criticism should not be written with elegance and eloquence. I try to do so myself." ("Literary Criticism and

para si própria e inscrita no próprio texto literário será reapreciada neste livro, como argumento principal de uma história por recontar.

Este estudo não tem como objectivo descrever as origens e o percurso histórico do romance no espaço português e anglo-americano. Também não incide sobre todas as literaturas europeias ou mesmo sobre as mais representativas, do ponto de vista da tradição latina. Optei por investigar certas formas de construção do romance, a partir de premissas teóricas contemporâneas que interrogam os limites do que se entende por romance modernista e pós-modernista, no espaço das literaturas portuguesa e anglística, por ser esse o espaço que privilegio nas minhas investigações e na minha docência universitária. Também não pretendo fornecer ao leitor um tratado teórico sobre o conceito de romance, uma missão impossível para qualquer agente que pretenda investigar no campo dos estudos literários. O romance é o género literário que mais resiste a não ser definido, ou então que mais deseja não ser classificado enquanto género codificado. Praticamente todas as tentativas de definição de romance foram absorvidas por contra-definições ou contra-argumentos para demonstrar, quase sempre com êxito, a sua fragilidade conceptual. Trata-se do único género verdadeiramente maior, no sentido em que possui um grau de sublimidade impossível de ser descrito objectivamente, tantas são as suas possibilidades de fixação pela escrita. Como adverte Terry Eagleton, numa das mais recentes tentativas de estudo sistemático do género, o romance "cannibalizes other literary modes and mixes the bits and pieces promiscuously together"[5]. Se pretendêssemos fixar um conceito, por exemplo, *a representação ficcional de acontecimentos imaginados ou acontecidos*, seriam mais as excepções a esta definição do que os casos exemplificativos. Neste caso, porque um romance tanto pode representar algo como explorar o irrepresentável e muitos dos textos experimentais de que vamos falar demonstram essa possibilidade.

De que forma um romance pertence à sua época? De que forma absorve os padrões estéticos da sua época? De que forma resiste a

---

Literary Creation", in *Consciousness and the Novel: Connected Essays*, Harvard University Press, Cambridge, Ma., 2002, p. 105).

[5] "What Is a Novel?", in *The English Novel: An Introduction*, Blackwell, Maden, Oxford e Victoria, 2005, p. 1.

esses padrões? Como se afirma como género literário? Como se (des)constrói a si próprio? Como ficciona o trabalho e a natureza da própria ficção? Como se relaciona com o real? – Eis algumas questões que percorrerão este ensaio investigativo e imaginativo.

2. O que é o *ficcionismo*?

O conjunto de textos estudados neste livro partilha uma característica comum a que chamo *ficcionismo*, uma tentativa de encontrar um espaço próprio para a teorização do romance dentro do próprio romance. Nenhum dos textos possui um compromisso autoral com o momento histórico em que foi escrito. Por exemplo, os rótulos de "romance romântico", "novela romântica", "romance modernista" ou "romance pós-modernista", para apenas citar os mais óbvios, são imposições críticas ou formas didácticas de canonização dos próprios textos que em seu devido tempo foi necessário executar. Não discutirei directamente a justiça desses rótulos nem optarei por fazer aqui a história literária de cada um dos textos estudados. Interessa-me antes averiguar se existirá um denominador comum entre os textos seleccionados que nos permita demonstrar a possibilidade de um paradigma exclusivamente literário a que acabei de chamar *ficcionismo*. Falo de uma postura anti-aristotélica, mas não anti-poética, do romance moderno e contemporâneo, se neste imenso *corpus* histórico colocarmos como fronteiras o *Don Quijote* de Cervantes e o romance experimental de hoje. Isto é, ao contrário do que Aristóteles recomenda na *Poética*, nomeadamente que "o poeta deve falar o menos possível por conta própria" (1460*a*),[6] o romancista, de Cervantes a David Lodge, sabe que não precisa de ficar de fora do jogo ficcional e que a sua participação como autor-personagem ou o próprio conceito de autoria como tema ou sub-tema do romance não deve ser desprezado. E porque se ocupa do estudo do romance e porque esse estudo se constrói dentro do próprio romance, o *ficcionismo* é também uma forma de poética.[7]

---

[6] *Poética*, trad, de Eudoro de Sousa, 2ª ed., IN-CM, Lisboa, p. 141.

[7] Tanto quanto um escritor-professor possa falar legitimamente da sua própria obra como ilustração ou termo de comparação em relação às teorias que vai congeminando,

Como nenhum dos textos que vamos estudar nasceu para cumprir um padrão estético datado historicamente, como acontece com o romance realista e neo-realista, por exemplo, abre-se a possibilidade de os seus autores se preocuparem mais com a escrita ficcional em si mesma do que com a forma como essa escrita vai ser classificada pelos historiadores e canonizadores da literatura. Neste caso, é às obras de arte literária que se interessam mais pelos mecanismos de produção e transformação da escrita ficcional do que pela sua matrícula subserviente numa dada escola ou tradição que convém a designação de *ficcionismo*. Por outras palavras, o *ficcionismo* confundir-se-á facilmente com aquilo que hoje se designa por *metaficção*, isto é, ficção sobre a ficção, ficção que reflecte sobre a própria natureza da ficção. Contudo, pretendo com a designação *ficcionismo* alargar o horizonte de expectativa do texto ficcional: incluirá também todas as formas de experimentação ficcional quer sejam datadas em relação a uma estética ou a um movimento literário (*Ulysses* e *Nome de Guerra*, para o modernismo literário) quer não o sejam (a maior parte dos romances nascidos na segunda metade do século XX e já no século XXI). O *ficcionismo* interroga então não só a ficcionalidade, por isso falamos de metaficções, mas também cria o espaço necessário à

posso argumentar que o meu romance de estreia, *O Professor Sentado: Um Romance Académico* (Lisboa, 2004) é um exercício literário sobre as possibilidades do *ficcionismo*. Esta é apenas uma intenção hipotética da obra, porque o mais importante é que ela significa o que cada leitura for capaz de extrair do exercício interpretativo. O *ficcionismo* aparece tanto sob a forma de uma "Nota de Autor" na abertura ("Uma vez que é costume, na tradição literária do género, um autor de romances académicos escrever uma nota antes de o romance propriamente dito começar, para salvaguardar a sensibilidade do leitor perante o horror de uma paródia a uma universidade de existência legal, aqui estou a declarar que a Faculdade de Artes e Letras e a Universidade Imperial de Lisboa não existem na geografia física de Portugal e do mundo, o mesmo acontecendo à Universidade Popular do Porto, à Universidade Democrática da Madeira, à Faculdade Independente de Letras e Artes e ao Instituto Superior de Estudos Culturais. Qualquer tentativa para reconhecer nestas instituições imaginadas semelhanças com outras instituições reais fica à responsabilidade do leitor, a quem se recomenda, aliás, que não se poupe a esforços para dar corda à imaginação. Quanto às personagens, posso garantir apenas que o Autor real existe mesmo. E se a verosimilhança for uma condição fundamental para se aceitar ler este romance, sempre se afirma que a Universidade de Cambridge, onde se passa parte significativa desta história, é tudo menos um produto ficcional. (...)") e sob a forma de comentários marginais. Talvez a própria figura de um professor de Literatura que decide experimentar o romance seja uma forma de *ficcionismo* profissional.

experimentação, verificando os mecanismos de construção da narrativa e avaliando o papel de todos os intervenientes no texto de ficção. Por outras palavras, todos os intervenientes no processo de criação literária podem representar um papel ficcional no texto que fala de si próprio, de quem o escreveu, de quem o lê, de quem o compra, ou de quem o utiliza como herança literária; em todos os casos, falaremos de textos que testam os limites dessas possibilidades e fazem desse teste uma parte do próprio romance.

O conceito de *ficcionismo* terá o mesmo objectivo da proposta de Clifford Siskin, em "The Rise of Novelism"[8] (termo que daria uma tradução literal pouco adequada como *romancismo*), porém as condições em que Siskin reconhece, desde a origem do romance inglês, um trabalho auto-reflexivo sobre a própria natureza do romance são as mesmas que reconhecemos em textos literários que não são necessariamente romances ou que resistem à convenção do género, mas apenas textos de ficção literária (em grande parte, *Tristram Shandy* e *Viagens na Minha Terra*, por exemplo). Por esta razão, optámos pela designação *ficcionismo*, que não deixa de fora nenhum dos textos em equação. A condição comum à construção do romance segundo este espírito auto-reflexivo é a participação no jogo ficcional que se caracteriza pelo trabalho autotélico da escrita do texto de ficção, encadeado com aquilo que podemos chamar a *ansiedade do género*, expressão que define aquelas perturbações de espírito (traduzidos em escrita ficcional) sobre a capacidade ou incapacidade de acertar o texto em criação com os cânones do género literário a que ele irremediavelmente há-de pertencer. Depende do génio artístico do escritor de ficção ser capaz de ficcionar a própria ansiedade do género, ou seja, falamos da capacidade para fundar uma espécie poética privada dentro do próprio romance quer tenha o divertimento como objectivo primeiro quer pretenda ser uma obra obra sério-filosófica. A escrita do romance em particular tornou-se uma espécie de *workshop* individual e circunspecta sobre o género romance. É precisamente a esse tipo de trabalho autoral sobre os limites do género literário em produção, trabalho próximo de uma obsessão, que convém o nome *ficcionismo*.

---

[8] Texto conclusivo de *Cultural Institutions of the Novel*, ed. por Deidre Lynch e William B. Warner, Duke University Press, Durham e Londres, 1996.

Outros autores têm preferido uma terminologia próxima do conceito que proponho, em particular a ideia de "romance auto-consciente" ou textos de ficção narrativa que chamam a atenção para a sua própria ficcionalidade. Robert Alter e Brian Stonehill desenvolveram importantes estudos neste campo,[9] que é exactamente o mesmo que pretendo explorar. O romance que fala de si próprio como se tivesse uma forma de consciência auto-reflexiva e muitas vezes auto-correctiva é também uma forma de *ficcionismo.*

Opto por trabalhar fundamentalmente o romance e procurarei investigar os limites que ele suporta enquanto género literário. Num contexto em que se privilegia os romances que resistem a constituir-se como tal (*Tristram Shandy* e *Viagens na Minha Terra*, por exemplo), os romances que optam pela experimentação (*Ulysses* e *Nome de Guerra*) e os romances que parodiam a sua própria taxonomia (os romances de David Lodge, por exemplo), importa, então, saber como é que os reconhecemos como *romances.*

3. O romance enquanto narração do conhecimento

Num século em que a experimentação sobre o género romance foi levada até aos seus limites como não acontecera com nenhum outro género literário até aí, assistimos a um quase desespero crítico para determinar o que é que faz hoje um romance ser um romance. A questão terá certamente o mesmo desfecho que questão idêntica sobre a literatura formulou Roman Jakobson: do mesmo modo que não podemos determinar objectiva e sistematicamente a literariedade de um texto (conclusão que Jakobson naturalmente rejeitaria)[10], também não podemos determinar com a mesma objectividade e sistematicidade aquilo que nos faz reconhecer um texto literário como romance.[11]

---

[9] Ver *Partial Magic: the Novel as a Self-Concious Genre*, de Robert Alter (University of California Press, Berkeley, 1975) e *The Self-Conscious Novel: Artifice in Fiction from Joyce to Pynchon*, de Brian Stonehill (University of Pennsylvania Press, Philadelphia, 1988). O ponto de partida deste último estudo também pode servir aqui de epígrafe teórica: "Why are writers putting mirrors in the house of fiction where windows used to be?" (p. ix).

[10] Esta questão da falsa didáctica da literariedade está tratada no meu livro: *A Literatura Ensina-se? — Estudos de Teoria Literária*, Colibri, Lisboa, 1999.

[11] Resisto ao neologismo *romancidade*, por me parecer supérfluo.

A construção geral do romance parte da resolução do problema: como traduzir o *conhecimento* do mundo em *história* ou, se se quiser, como *narrar* o *conhecimento* que o mundo nos oferece? Não é estranho à própria etimologia das palavras "narrativa", "narrar" e "narração" este problema equacionado em termos de *narração do conhecimento*: tais palavras provêm do latim *gnarus* ("conhecedor", "especialista em", "treinado em", etc.) e *narro* ("relatar", "contar"), que por sua vez provêm do sânscrito *gnâ* ("conhecer", "saber"). A construção de uma narrativa de ficção é, portanto, uma das formas que o homem dispõe para traduzir em estruturas de sentido a experiência da vida. Uma narrativa assim constituída tem que possuir ao mesmo tempo 1) uma lógica interna que assegura a ligação entre os seus elementos, como os pilares de um edifício não necessariamente visíveis do exterior, e 2) uma rede complexa de sentidos e formas de expressão desses sentidos que se assemelha ao mecanismo de uma célula, onde os elementos primários são tão necessários como os elementos secundários.

E precisaremos realmente da própria existência do romance como género literário? Não podemos ficar apenas com designações generalistas como *ficção, ficcionismo, narrativa, metaficção* e *metanarrativa*? A constituição do romance como género literário tem sido sofrido algumas resistências por parte dos que entendem que os tempos que correm não permitem o estudo sistemático de uma única unidade literária.

Os estudos sobre o pós-modernismo literário privilegiam também as totalidades, as multidisciplinaridades, as intersecções discursivas, a promiscuidade completa entre todos os géneros literários.[12] Parece-me um bom ponto de partida o seguinte comentário de Jacques Derrida, neste ponto uma voz pós-moderma discordante da própria filosofia universalista do pós-modernismo:

> Can one identify a work of art, of whatever sort, but especially a work of discursive art, if it does bear the mark of a genre, if it does not signal or mention it or make it remarkable in any way? (...) A text cannot belong to

[12] Tratei esta questão em *O Que É Afinal o Pós-modernismo?*, Edições Século XXI, Lisboa, 1999.

> no genre, it cannot be without or less a genre. Every text participates in one or several genres, there is no genreless text; there is always a genre and genres, yet such participation never amounts to belonging.[13]

Sem a definição de género, ficamos apenas com proto-narrativas, com textos sem identidade crítica, reduzidos à mais crua enunciação do *ficcionismo*. Não há *ficcionismo* inclassificável, como não há textos narrativos de ficção desprovidos de género. Se a definição de género é uma condição geral do texto literário, irrecusável, a inserção desse texto numa escola ou movimento literário é um acto arbitrário que depende de vários factores e admite a rejeição total. Que *Ulysses* seja um romance, é uma evidência teórica; que *Ulysses* seja um romance modernista, é uma afirmação crítica provável mas refutável, pois também pode ser lido como romance pós-modernista ou mesmo como romance não datado. O que se pretende concluir é que um texto literário não pode escapar à lógica do género a que pertence, mas pode desafiar a lógica da contextualização que o aprisiona. Essa lógica caracteriza-se por uma total abertura à definição do seu mecanismo. Vale a pena lembrar a defesa que Mikhail Bakhtin faz do romance como género que não receia a constante renovação, participando do próprio progresso histórico. Em *The Dialogic Imagination*, argumenta que o romance rejeita o despotismo da sua própria classificação, porque se trata de um género sempre em auto-avaliação: "a genre that is ever examining itself and subjecting its established forms to review. Such, indeed, is the only possibility open to a genre that structures itself in a zone of direct contact with developing reality"[14]. Aceite a necessidade de definição do género, deve notar-se ainda que o texto de ficção também não fica prisioneiro da classificação que lhe é atribuída nem nos casos em que o próprio autor a consagra nem nos casos em que os críticos literários e os historiadores a determinam. Os romances pós-modernos jogam precisamente com os limites da definição do género literário a que as suas obras

---

[13] "The Law of Genre", in *On Narrative*, ed. por W. J. Mitchell, The University of Chicago Press, Chicago e Londres, 1981, pp. 60-61.

[14] Mikhail Bakhtin, *The Dialogic Imagination: Four Essays,* ed. por Michael Holquist, trad. de Caryl Emerson e Michael Holquist., University of Texas Press, Austin, 1981, p. 39.

devem pertencer. Mas é preciso ter em atenção que neste campo de investigação nada é definitivo, nem mesmo aquilo a que chamamos romance. Repare-se, por exemplo, que autores de hoje como José Saramago ou António Lobo Antunes têm optado por escolher para o título dos seus romances termos que aludem a outros géneros literários ou paraliterários: do primeiro autor temos um *Manual de Pintura e Caligrafia* (1977), um *Memorial do Convento* (1982), uma *História do Cerco de Lisboa* (1989), um *Evangelho segundo Jesus Cristo* (1991), e um *Ensaio sobre a Cegueira* (1995); do segundo, temos: uma *Memória de Elefante* (1979), uma *Explicação dos Pássaros* (1981), um *Auto dos Danados* (1985), um *Tratado das Paixões da Alma* (1990), um *Manual dos Inquisidores* (1996), e uma *Exortação aos Crocodilos* (1999). Esta paródia dos géneros literários através de um género maior (romance) mostra por um lado a flexibilidade deste género, mas também mostra que o romance não aceita pacificamente qualquer definição dogmática. Os exemplos de Saramago e de Lobo Antunes não são originais (mesmo que os autores estejam convencidos do contrário). Desde a origem do romance inglês que tal prática de resistência à definição dos limites do romance é visível, o que era muitas vezes declarado pelo próprio autor em prefácios ou posfácios: Richardson declarou que *Clarissa* (1748) não era "a light Novel, or transitory Romance" mas uma "History of Life and Manners"; Fielding definiu a sua escrita como "comic romance" ou "comic epic poem in prose", embora o título da obra que continha esta fórmula era *The History of the Adventures of Joseph Andrews* (1742). Podemos dizer que o *ficcionismo* começa na própria concepção que o texto literário de grande fôlego pretende para si mesmo. Existe a mesma atitude em outras artes. O célebre quadro-ilustração de René Magritte que apresenta o desenho de um cachimbo com a legenda: "Ceci n'est pas une pipe." podia ser parafraseado a propósito da paródia aos géneros literários que Saramago e Lobo Antunes fazem. Desta forma, podíamos ler criativamente aqueles romances citados da seguinte forma: *Manual de Pintura e Caligrafia: Romance = Isto não é um romance,* e por aí fora, com a certeza de que por mais que um livro se assemelhe a um romance (ou a um manual, ou a um tratado, ou a um ensaio, ou a uma memória, etc.), jamais poderemos aspirar a encontrar uma forma fixa de representação deum mundo que nunca deixará ser representado senão em segunda instância (a primeira instância da representação é uma espécie de mito: um desenho de um cachimbo não pode ser igual ao cachimbo real que ele representa, mas apenas uma sua versão).

Os autores pretendem não deixar cair as suas narrativas em modelos pré-concebidos que facilmente o leitor codificaria por um simples exercício de analogia. O leitor de Saramago e de Lobo Antunes tem que ser capaz de ler e ver muito para além das convenções de género que estão representadas à superfície dos romances. Se um "tratado", por exemplo, equivale a um estudo profundo sobre uma determinada matéria, o leitor não espera que uma obra de ficção se apresente com este perfil e terá de proceder de forma não analógica para compreender o verdadeiro estatuto do texto que quer ser um *Tratado das Paixões da Alma* ao mesmo tempo que se apresenta como romance. Um tal movimento aponta para a tendência do romance experimental para criar mecanismos de instabilidade ao anunciar-se como obra antifundacionalista e é nesse espírito que devemos interpretar o protesto de um especialista em romance experimental como B. S. Johnson, que se defendeu assim do sentido pejorativo que muitos leitores especializados atribuem a este tipo de romance:

> 'Experimental' to most reviewers is almost always a synonym for 'unsuccessful'. I object to the word *experimental* being applied to my own work. Certainly I make experiments, but the unsuccessful ones are quietly hidden away and what I choose to publish is in my terms successful: that is, it has been the best way I could find of solving particular writing problems. Where I depart from convention, it is because the convention has failed, is inadequate for conveying what I have to say. The relevant questions are surely whether each device works or not, whether it achieves what it set out to achieve, and how less good were the alternatives. So for every device I have used there is a literary rationale and a technical justification; anyone who cannot accept this has simply not understood the problem which had to be solved.[15]

[15] "Introduction to *Aren't You Rather Young to be Writing Your Memoirs?*", *The Novel Today: Contemporary Writers on Modern Fiction*, ed. por Malcolm Bradbury, Fontana, 1982, p. 158.

O *ficcionismo* também pode funcionar como corrector. Vê-se isso quando um escritor sente necessidade de contrariar os preconceitos fundadores em torno da sua obra literária. Poucos aceitam que a sua obra seja fundadora de outra coisa que não seja o seu próprio desejo criativo.

4. O *ficcionismo* como forma de antifundacionalismo

Se entendermos o *ficcionismo* como um trabalho de criação literária sobre os limites da ficção, sem o pressuposto de existir *a priori* uma fórmula garantida para a fundação do discurso ficcional, ficamos autorizados a reconhecer aqui uma atitude antifundacionalista que é idêntica às exigências filosóficas de alguns pensadores pós-modernistas, inspirados em grande parte no exemplo de Nietzsche que no século XIX havia já reclamado uma reavaliação de todos os valores. Derrida retoma a questão, chamando a atenção para a necessidade de refutar a validade da lei da identidade (A = A), que é, no fundo, a fundação básica do pensamento ocidental. Daqui se infere que a literatura não pode acreditar que seja possível fixar um só modelo de escrita, um único sistema de avaliação ou uma fórmula segura de construção de textos de ficção, no caso que nos interessa, do tipo: se um texto possuir uma acção (A), personagens (P), um tempo determinado (T), um espaço envolvente (E) comunicados por uma linguagem adequada (L), a fórmula A + P + T + E + L deve resultar na obtenção de um *romance*, em que todas as parcelas são inamovíveis e irrefutáveis. Uma atitude antifundacionalista sobre este pré-conceito pode ser encontrada desde o romance inglês do século XVIII e não é uma prerrogativa do romance pós-modernista.

O antifundacionalismo é uma teoria céptica sobre a impossibilidade de fundar o conhecimento a partir de bases sólidas e de criar critérios de acesso à verdade. Em teoria, a linguagem não nos pode dar acesso à verdade nem encerra a verdade; em consequência, a filosofia perde o seu sentido original, sendo substituída pela retórica, transformando-se numa disciplina que visa sobretudo a persuasão ou o exercício de uma dada forma de poder sobre os outros. Quer dizer, para um antifundacionalista a verdade apenas existe nas coisas pronunciadas e não nos factos em si. Por outras palavras, o conhecimento só existe porque o criámos. Um romance é uma narrativa do conhecimento, porque criámos as condições que nos permitem o acesso àquilo que queremos conhecer. Por isso temos que ser convencidos de que aquilo que é pronunciado é verdadeiro. Se este mecanismo retórico for eficaz, um cientista pode, por exemplo, convencer-nos de que as hipóteses que defende para um dado facto são verdadeiras e, portanto, aceitáveis. Mas, a rigor, ninguém fica em situação de domínio sobre os outros, porque não é possível existir um reconhecimento mútuo do que seja a verdade. É minha convicção que o *ficcionismo* desafia a autoridade do momento histórico em que uma obra de arte literária é produzida. Falamos de narrativas antifundacionalistas, neste sentido em que ilustram a ideia de que não existe um texto de ficção universal, válido para todos e sujeito a regras invioláveis.

O mesmo cepticismo encontra-se nos sofistas, que argumentavam que não existe uma verdade universal, válida para todos, mas tão-somente opiniões que variam de indivíduo para indivíduo. O termo *antifundacionalismo* é, contudo, de aplicação e generalização mais recente, tendo sido inicialmente sugerido por Richard Rorty, em *A Filosofia e o Espelho da Natureza* (1979), onde se questiona o valor e a natureza da verdade que a filosofia dos últimos séculos nos tem querido impor. A epistemologia procurou desde Platão impor-nos a ideia de que existem certas verdades que são fundadas pelas suas causas e não pelos argumentos que se apresentam para conhecer essa verdade. Por isso, recomenda-se que a epistemologia seja substituída pela hermenêutica, que Rorty considera "uma expressão da esperança em que o espaço cultural legado pela morte da epistemologia não seja preenchido – em que a nossa cultura se deva tornar uma cultura em que já não seja sentida a procura de constrangimentos e confrontação".[16] A partir daqui, o antifundacionalismo é discutido como uma das faces do pragmatismo filosófico, correlação que está presente na obra colectiva *Pragmatism in Law and Society* (1991), editada por Michael Brint e William Weaver. A mensagem principal do pragmatismo filosófico é idêntica à tese antifundaciona-

[16] *A Filosofia e o Espelho da Natureza*, trad. de Jorge Pires, Publicações Dom Quixote, Lisboa, 1988, p. 247.

lista da falência da certeza que se obtém com a transcendentalização das nossas crenças como única forma de as justificar. Não sendo uma negação explícita da metafísica, o antifundacionalismo integra uma crítica a todas as crenças na imutabilidade do conhecimento: não há teses sempiternas, não há juízos incontestáveis, não há conhecimento indiferente ao contexto em que é produzido, não há, acrescentamos nós, texto de ficção que narre uma única forma de conhecimento.

A atitude antifundacionalista alargou-se a outras áreas e, graças às intervenções de Stanley Fish em particular, o tema chegou à teoria literária e aos estudos culturais. A ideia de uma postura (mais do que uma teoria) antifundacionalista pode, no entanto, ser facilmente identificada em várias teses pós-estruturalistas, nomeadamente na questão central da abrogação da ideia de interpretação correcta de um texto literário: quando os teóricos da fase pós-estruturalista declaram que não há mais interpretações correctas, porque o que importa é procurar dialecticamente o sentido de um texto, nunca o deixando fixar-se ou canonizar-se, não estão a fazer outra coisa que não seja tomar o partido antifundacionalista. Por isso Stanley Fish nos diz que muitos são aqueles que podem reclamar ter defendido teses antifundacionalistas:

> [T]he anti-fundationalist argument (...) has been made in a variety of ways and in a variety of disciplines: in philosophy by Richard Rorty, Hilary Putnam, W. V. Quine; in anthropology by Clifford Geerz and Victor Turner; in history by Hayden White; in sociology by the entire tradition of the sociology of knowledge and more recently by the ethnomethodologists; in hermeneutics by Heidegger, Gadamer, and Derrida; in the general sciences of man by Foucault; in the history of science by Thomas Kuhn; in the history of art by Michael Fried; in legal theory by Philip Bobbit and Sanford Levinson; in literary theory by Barbara Hernstein Smith, Walter Michaels, Steven Knapp, John Fekete, Jonathan Culler, Terry Eagleton, Frank Lentricchia, Jane Tompkins, Stanley Fish, and on and on.[17]

[17] "Anti-Foundationalism, Theory Hope, and the Teaching of Composition", in *Doing What Comes Naturally*, Duke University Press, Durham, 1989, p. 345.

Antes, Fish sintetiza a diferença entre o fundacionalismo e o antifundacionalismo:

> By foundationalism I mean any attempt to ground inquiry and communication in something more firm and stable than mere belief or unexamined pratice. The foundationalist strategy is first to identify that ground and then so to order our activities that they become anchored to it and are thereby rendered objective and principled.

Fish propõe a seguinte alternativa:

> [a]nti-foundationalism teaches that questions of fact, truth, correctness, validity, and clarity can neither be posed nor answered in reference to some extracontextual, ahistorical, nonsituational reality, or rule, or law, or value.[18]

Uma das críticas mais evidentes que se podem fazer a qualquer filosofia antifundacionalista consiste em perguntar retoricamente quem é que hoje, de boa fé, acredita que uma doutrina literária seja imutável ou que uma tese sobre literatura seja incontestável. Desta forma, é inconsequente ser-se antifundacionalista (ou mesmo anti--essencialista) só para marcar uma posição teórica. Enquanto o caso da literatura for diferente do caso das religiões fundamentalistas, por exemplo, aceitamos hoje como um dado adquirido que o fenómeno literário deve estar sujeito a constante revisão e nunca deve apresentar os seus pressupostos como leis. Se for um dado consensual que em literatura não há leis, mas apenas *problemas*, ou seja, não há fundações que não possam ser reconstruídas e desconstruídas, então o antifundacionalismo passa a ser por definição uma das condições necessárias da hermenêutica literária. É também redundante, por esta razão, a crítica à teoria que Fish faz,[19] como se a teoria fosse por si só o mal. Se é verdade que muitos académicos ainda pensam que a teoria serve para governar a prática literária (a sua prática literária pelo menos), não é menos verdade que não é à teoria que devemos pedir responsabilidades pelo uso que dela se faz. O fundacionalismo

[18] *Ibid.*, pp. 342-344.

[19] "Consequences", in *Doing What Comes Naturally*, p. 319.

resulta, de facto, de certas práticas totalitárias, que se deixam condicionar por modas literárias, por ideologias revolucionárias, por sistemas datados. Não é preciso ser antifundacionalista para condenar tal atitude. Consciente desta evidência, Ronald Dworkin tem sido um dos mais mordazes críticos do pragmatismo antifundacionalista, afirmando:

> [Antifoundationalists] use scare-quotes and italics like confetti: They say that the bad philosophers think not just that things really exist but that they 'really' or *really* exist, as if the quotes or italics change the sense of what is said. Metaphor is their heavy artillery, however. They say that the bad think that reality or meaning or law is 'out there'; or that the world, or texts, or facts 'reach out' and 'dictate' their own interpretation; or that law is 'a brooding omnipresence in the sky'. These metaphors are meant to suggest, as it were, that the bad philosophers are claiming a new, different, metaphysically special kind of reality, reality beyond the ordinary, a new, supernatural, philosophical discourse. But it is only the pragmatists who, in fact, ever talk that way. They invented their enemy or, rather, tried to invent him.[20]

Esta crítica serve à desconstrução de Derrida, que entra na categoria de antifundacionalista enquanto sistema de invalidação de qualquer conhecimento absoluto (os absolutos apenas nos são dados de forma ficcional, defende Derrida; esta posição difere da nossa proposta de um *ficcionismo,* porque este pressupõe ou o repúdio da procura do conhecimento absoluto do mundo ou a paródia dessa procura). Perante um texto, não há uma única interpretação que possa ser mais verdadeira do que as outras: o que há, defende a perspectiva antifundacionalista da desconstrução, é múltiplas interpretações, sujeitas à instabilidade constante das relações significante/significado. Ora, é precisamente esta situação que os textos de ficção de vanguarda quase sempre procuram. *Naked Lunch* (Paris, 1959), de William S. Burroughs, desafia constantemente todas as normas de organização de uma narrativa e convida-nos a reordenar e a interpretar o texto de todos os prismas possíveis, o que levou os seus primeiros críticos a

---

[20] "Pragmatism, Right Answers, and True Banality", in *Pragmatism in Law and Society,* p. 364.

classificar o livro como "indecipherable garbage", porque as várias transições inesperadas na trama narrativa,[21] a própria anulação constante da linearidade dessa trama, a desordenação premeditada dos capítulos, o fluxo da narrativa a acompanhar o fluxo da consciência do protagonista, tudo contribuiu para fazer desta metaficção um texto não normativo de ficção, como adverte Burroughs no seu "Atrophied Preface", "You can cut into *Naked Lunch* at any intersection point.... I have written many prefaces. They atrophy and amputate spontaneous [...] *Naked Lunch* demands Silence from the Reader. Otherwise he is taking his own pulse".[22] *The French Lieutenant´s Woman* (1969), de John Fowles, oferece-nos vários finais para a intriga, à escolha do leitor; *The Unfortunates* (1969), de B. S. Johnson, é um romance em cadernos soltos (correspondendo aos capítulos da história narrada) que o leitor ordenará como quiser, manipulando a fragmentaridade do texto a seu belo prazer. Estes exemplos chegam para provar que uma atitude antifundacionalista sobre a criação literária e a sua recepção traz novas perspectivas e faz nascer um novo problema: o que é que representa, afinal, o texto de ficção?

5. A questão da representação do real

> "It's true. Novelists are terrible liars. They make things up. They change things around. Black becomes white, white becomes black. They are totally unethical beings."[23]

Este testemunho de Fulvia Morgana, personagem académica de *Small World*, é uma confusão habitual que o leitor comum de ficção costuma fazer entre o mundo ficcionado e a realidade. David Lodge deixou claro em "Fact and Fiction in the Novel"[24] que *Small World* contém tanta matéria ficcionada a partir de dados da experiência vivida como matéria vivida apenas em forma de ficção. Na era pós-

---

[21] A técnica é herdada do surrealismo e tem o nome de "cut-up technique".

[22] *Naked Lunch*, Flamingo, Londres, 2001, p. 201.

[23] David Lodge, *Small World*, Penguin Books, Londres, 1985, p. 134.

[24] Incluído em *The Practice of Writing*, Penguin, Londres, 1997.

-estruturalista francesa de Barthes, Derrida, Lacan, Deleuze, Foucault e Lyotard, ficou assente que a linguagem não reflecte afinal o mundo, porque o constitui. Em termos práticos no romance citado, isto quereria dizer que Fulvia Morgana não pode surpreender-se com as "mentiras" dos escritores, porque elas são já uma forma apreendida do mundo. A linguagem deixou, portanto, de ser capaz de representar o que está fora de si mesma, ficando abortada a possibilidade de realizar qualquer movimento auto-reflexivo. Esta atitude contra a representação, em vários círculos considerada um paradigma pós-moderno, acabou por ter um efeito contraproducente: a morte do autor e o questionamento da subjectividade não trouxeram o esquecimento do autor e da subjectividade mas uma maior reflexão sobre estas duas categorias. Não muito longe da doutrina de Fredric Jameson, vem o argumento anti-pós-estruturalista que sustenta que a impossibilidade de representação do mundo obriga a que todas as representações sejam necessariamente *políticas*, porque não podemos apagar a carga ideológica que arrastam consigo. A perspectiva anti-representação defendida pelos pós-estruturalistas não prevê questões como "De quem é a história que se acaba por contar? Em nome de quem se conta? Com que fim se conta?". Estas questões são de natureza política e, neste sentido, é legítima a ideia de que qualquer interpretação que se dirija àquele que fala, às razões por que o faz e àquele a quem fala é também interpretação política. Assim sendo, respeitando esta lógica da representação, todo o romance (e toda a obra de ficção) é de natureza política, pelo que a visão que nos dá do mundo tem que ser necessariamente política. Sobreviverá o romance enquanto género à condição política da sua constituição?

É difícil entender agora que a ansiedade pela irrepresentação do real possa ter sido até há instantes atrás uma das bandeiras do pós-modernismo. Todos os romances nascidos daqui, se pretendermos incluí-los no cânone pós-modernista, viveriam a mesma ansiedade. Será isso suficiente para explicar a natureza do romance contemporâneo? Por exemplo, se por todas as vias nos ensinaram que a representação do real não pode estar nunca garantida, como explicar que o homem tenha chegado ao conhecimento da mais perfeita das formas de representação, a clonagem? Será o romance o único género que vive uma crise de representação?

Lemos hoje um determinado tipo de poesia que pode muito bem colocar algumas reservas à tese de que o pós-modernismo em geral vive da ansiedade da irrepresentação do real. Em *The Dance of the Intellect: Studies in the Poetry of the Pound Tradition* (1985), Marjorie Perloff define a poesia pós-moderna como uma forma de acabar o que o Romantismo começou, prestando-se atenção agora àquilo que então ficara de fora: o político, o ético, o histórico e o filosófico. Acrescenta-se a esta circunstância o facto de o novo lirismo acomodar discursos de índole didáctica e narrativa que geralmente só eram aceitáveis na prosa. Por outras palavras, assistimos ao regresso da história-que-se-conta no discurso poético, regresso que implica o desprezo por qualquer tipo de linearidade para privilegiar todos os deslocamentos e fragmentarizações possíveis. Se quisermos levar estas considerações mais longe, podíamos até avançar com o postulado do *ficcionismo* na poesia, se tal fizesse sentido, uma vez que não mais se reconhecem limites à representação do mundo nos vários discursos literários, que por esta via não obedeceriam a qualquer regra de construção. Por tudo isto, satisfaz-nos o facto de um escritor como David Lodge poder constituir um excelente exemplo da possibilidade de o romance contemporâneo poder ser *ainda* realista. Não certamente no sentido em que os romancistas do século XIX quiseram que o realismo fosse – uma transposição fiel do real para a literatura, com uma legitimação estética por detrás de todos os gestos do escritor –, mas no sentido em que a obra de ficção será sempre uma possibilidade de interpretação do real e não a sua captação científica em forma de texto criativo. Lodge, recordando *Ulysses*, não parece recear o desafio de o romance pós-moderno ser também uma forma de representação livre ou transfiguração criativa do real:

> The circumstantial particularity of the novel is thus a kind of anti-convention. It attempts to disguise the fact that a novel is discontinuous with real life. It suggests that the life of a novel is a bit of real life which we happen not to have heard about before, but which somewhere is or was going on. The novelist peoples the world of verifiable data (Dublin, a seaport, capital of Ireland, contains a street called Eccles St) with fictitious characters and events (Leopold Bloom, Jew, advertising salesman, married, one daughter living, one son dead, is cuckolded, befriends a young man).

> The novelist moves cautiously from the real to the fictional world, and takes pains to conceal the movement.[25]

Embora estas palavras sejam de 1966, os romances que Lodge nos há-de oferecer doravante seguem exactamente este trilho do real. Se é verdade que é possível escrever romances realistas numa época supostamente anti-realista, o tipo de realismo que certa ficção britânica nos tem oferecido (David Lodge, Peter Ackroyd, Angela Carter, Doris Lessing, Malcolm Bradbury, Martin Amis, Ian McEwan, etc.) exige uma definição algo diferente do tipo de ficção que a segunda metade do século XIX nos legou. É o próprio Lodge que nos dá uma pista valiosa para discutirmos os limites do *novo* realismo pós-modernista: em *Working with Structuralism* (1981), defende que uma das formas de confundir o leitor com técnicas pós-modernas é: "combining in one work the apparently factual and the obviously fictional, introducing the author and the question of authorship into the text, and exposing conventions in the act of using them."[26] Num outro texto teórico, expõe a sua doutrina realista de forma ainda mais simples:

> Novelists are and always have been split between, on the one hand, a desire to claim an imaginative and representative truth for their stories and, on the other hand, a conviction that the best way to secure and guarantee that truthfulness is by a scrupulous respect for empirical fact. Why else did James Joyce take such pains to establish whether his fictional character Leopold Bloom could plausibly drop down into the basement area of no. 7 Eccles Street? [27]

Se é verdade que um romance como *How Far Can You Go?* constitui melhor exemplo desta postura ficcional pós-moderna, *Small World* também não deixa de combinar o factual com o ficcional — como Lodge observou, conseguiu o mundo académico **real** com histórias de amor e aventura que pertencem ao mundo da **ficção**

---

[25] *Language of Fiction: Essays in Criticism and Verbal Analysis of the English Novel*, Routledge and Kegan Paul, Londres, 1966, p. 42.

[26] *Working with Structuralism: Essays and Review on Nineteenth and Twentieth-Century Literature*, Routledge & Kegan Paul, Londres e Boston, 1981, p. 15.

[27] "Fact and Fiction in the Novel", op. cit., p. 27.

pura. E ao mesmo tempo abre espaço para uma espécie de carnavalização da autoridade do autor, por assim dizer, e é nestes aspectos que devemos situar o realismo pós-moderno, diferente, portanto, 1) do realismo do século XIX, que não aceita tal combinação nem coloca o autor no centro da história narrada como personagem influente, porque entende ser uma espécie de demiurgo entre o real e o leitor; 2) e do neo-realismo do século XX, que não suporta qualquer desvio da factualidade narrada, por querer permanecer o mais obediente possível à História, nem aceita que o autor possa ser personagem representável no palco da sociedade.

Acresce um problema quase elementar: de que representação do real falamos quando falamos de ficção, de textos de ficção literária ou de romances como textos ficcionais? Se todo o real for irrepresentável, então não será legítimo afirmar que todo o real é uma *ficção*? Parece que a mais elementar lógica recomenda que a definição dos dicionários para o termo *ficção* seja uma forma de conflito com a noção moderna e pós-moderna do que se entende por *romance*. De acordo com o *Oxford English Dictionary*, a ficção é "the species of literature which is concerned with the narration of imaginary events and the portraiture of imaginary characters". A partir da simples denotação do termo *ficção* – e assumindo que o romance é uma forma privilegiada de ficção – seríamos obrigados a concluir que *romance* é sinónimo de representação de mundos imaginários com personagens imaginárias. Esta posição primária e estreita da noção de romance/ficção parece concordar mais com a tese da irrepresentabilidade do real, porque se este é irrepresentável objectivamente, só por via da imaginação criativa o podemos representar. A meu ver, há contudo um conceito alargado de ficção que convém melhor à questão da representação.[28]

---

[28] João Ferreira Duarte oferece-nos uma reflexão sobre o conceito de "Ficção", que considera em primeiro lugar "um modo de discurso sem referência, no sentido em que, por um lado, os objectos que nomeia são empiricamente inexistentes e,, por outro, não se submete ao valor de verdade, não podendo, por isso, ser considerado falso ou mentiroso." (*Actas do V Encontro da APEAA*, 4, 5 e 6 de Maio de 1984, Universidade do Minho, p. 18). Veremos como esta formulação coincidirá na crença em uma certa forma de descompromisso com o real ou com a sua descrição mimética que alguns romancistas pós-modernos adoptam.

O uso crítico e não crítico do termo levou-nos até hoje a colocar na mesma estante com o rótulo "ficção", numa livraria como numa biblioteca, todo o tipo de texto narrativo sem olhar a sub-géneros. Qualquer romance, independentemente daquilo que representa, será colocado na estante que diz "ficção". Por exemplo, um texto como *Small World*, de David Lodge, que a seu tempo estudaremos, é um texto de ficção = mundo imaginado apenas nos pormenores (nomes de personagens e lugares e factos secundários da narrativa). O corpo principal do romance académico de Lodge, como aliás todos os seus romances, é uma representação da mais imediata realidade, dos nossos actos mais mundanos, dos nossos comportamentos mais sociais, das nossas ideias mais terrestres, enfim, tudo o que não podemos em consciência reconhecer como fictício, imaginário ou ficcional. Tais textos estão demasiado próximos da realidade que ficcionam para poderem suportar a ideia de que, enquanto textos de ficção, apenas podem revelar-nos mundos imaginados. Assim sendo, talvez esteja mais próxima do conceito pragmático de *ficção* a ideia de que o tipo de representação que está em jogo não depende da realidade ou da irrealidade do objecto representado mas do simples facto de o texto ficcional ser uma forma de representação-encenação do mundo. O julgamento da natureza do objecto representado-encenado é uma prerrogativa do leitor e da leitura, o que significa que não compete ao texto revelar-se *a priori*. O que entendo até este momento por *ficcionismo* precisa desta ideia do texto de ficção como uma representação-encenação do mundo. A decisão sobre a realidade ou a virtualidade do mundo representado é um problema de hermenêutica; o *ficcionismo* como representação-encenação do mundo é um problema de criação literária. Se não for assim, como é que podemos decidir os dois tipos de representação que encontramos em *Gravity's Rainbow*, por exemplo? Neste romance, sabemos que o protagonista Tyrone Slothrop começa por ser uma vítima de conspirações assumidamente reais e que por causa disso acaba por ele próprio imaginar conspirações virtuais que chegam a apagar qualquer vestígio entre o real e o phantástico. Seria possível falar aqui de ficção repartida por dois níveis, o da conspiração real e o da conspiração virtual, ou não estaremos a assumir que o termo *ficção* é hoje de largíssimo espectro e inclui qualquer tipo de representação, independentemente da natureza do objecto representado? Ora, é precisamente a partir daqui que me parece útil falar de *ficcionismo,* libertados da necessidade de ficarmos presos à etimologia. Mas será o *ficcionismo* uma condição exclusiva do romance? Será ainda o *ficcionismo* determinável pela possibilidade ou pela impossibilidade de representação do real – se quisermos prestar atenção a esta arrojada divisão da história do género romance que nos levaria a considerar dois grandes *momentos*: a representação do real (do romantismo ao modernismo) e a irrepresentação do real (do modernismo ao pós-modernismo)?

Vejamos os seguintes exemplos: seja o poema de Seamus Heaney "The Toome Road", que começa assim:

> One morning early I met armoured cars
> In convoy, warbling along on powerful tyres,
> All camouflaged with broken alder branches,
> And headphoned soldiers standing up in turrets.
> How long were they approaching down my roads
> As if they owned them? The whole country was sleeping.[29]

E seja o poema de Nuno Júdice "Em terra", cujo começo é suficiente para compreendermos o mesmo tom discursivo:

> Atravessou o cais de mãos nos bolsos. Desembarcara
> na véspera, e apesar da chuva visitou a cidade e os bares,
> bebendo vinho de uma garrafa que trazia consigo
> desde uma taberna no Oriente, onde acordou bêbado. Ao entrar
> no navio, voltando a tomar contacto com as grandes chapas
> metálicas, as velas sujas, as cordas velhas, e o velho Bill,
> encostado à amurada, riu-se para consigo próprio.[30]

Comparemos estes exemplos com os seguintes excertos de ficção narrativa, de José Saramago e Jonathan Swift, respectivamente:

> Temos que ver se há por aqui alguma pá ou alguma enxada, seja o que for que possa servir para cavar, disse o médico. Era manhã, tinham trazido com grande esforço o cadáver para a cerca interior, puseram-no no

[29] *Field Work*, Faber and Faber, Londres e Boston, 1979.

[30] In *O Mecanismo Romântico da Fragmentação*, 1975, in *Obra Poética* (1972-1985), Quetzal, Lisboa, 1991.

chão, entre o lixo e as folhas mortas das árvores. Agora era preciso enterrá-lo. Só a mulher do médico sabia o estado em que se encontrava o morto, a cara e o crânio rebentados pela descarga, três buracos de balas no pescoço e na região do esterno. Também sabia que em todo o edifício não havia nada com que se pudesse abrir uma cova. Percorrera toda a área que lhes tinha sido destinada e não encontrara mais que uma vara de ferro. [31]

My Father had a small Estate in *Nottinghamshire*; I was the Third of Five Sons. He sent me to *Emanuel College* in *Cambridge,* at Fourteen Years old, where I resided three Years, and applyed my self close to my Studies; But the Charge of maintaining me (although I had a very scanty Allowance) being too great for a narrow Fortune, I was bound Apprentice to Mr. *James Bates,* an eminent Surgeon in *London,* with whom I continued four Years; and my Father now and then sending me small Sums of Money, I laid them out in learning Navigation, and other Parts of the Mathematicks, useful to those who intend to travel, as I always believed it would be some time or other my fortune to do.[32]

Como reconhecer nos textos de poesia a impossibilidade de representação do real? Muita da poesia pós-moderna tende a ser cada vez mais narrativa e cinematográfica, chegando a (con)fundir em muitos casos os limites do que reconhecemos como próprio do registo narrativo e do que reconhecemos como próprio do registo lírico. Por outro lado, os textos de ficção narrativa são, propositadamente, duas grandes metáforas do real, propostas em épocas bem distintas, o que nos leva a considerar que a divisão pretensamente histórica do romance como representação do real e como irrepresentação do real não faz sentido. Os próprios termos em que a questão é colocada são muito falíveis. Não será pela linguagem que o mundo não pode ser representado. Embora seja ainda cedo para fazer qualquer extrapolação definitiva sobre as diferenças entre a ficção e a poesia pós-modernas, por exemplo, não vemos neste tipo muito comum de poesia a mesma atitude anti-representacional que se tem apontado para a ficção: o desmascaramento da sua própria condição genética, isto é, uma ficção que apenas se preocupa com a negação da sua

[31] *Ensaio sobre a Cegueira*, Caminho, Lisboa, 1995, p. 83.

[32] *Gulliver's Travels*, Riverdale's Classics, Russell, Geddes & Grosset, Nova Iorque, 1990, p. 1.

própria ficcionalidade (o que consideraríamos uma espécie de *ficcionismo* negativo). Podem partilhar do mesmo propósito de não mais estarem sujeitas – a poesia e a ficção – às exigências de representação do belo, da verdade ou do sublime, mas a poesia de carácter prosaico-narrativo actual (tal como certo cinema contemporâneo) parece pouco interessada em desligar-se da representação da realidade, quando escolhe uma forma discursiva o mais adequada possível à descrição realista. Da mesma forma, certos romances actuais não querem despedir-se já da possibilidade de experimentar formas de representação do mundo que tanto denunciam a sua realidade imediata e mundana (os romances de David Lodge) como se comprazem em encontrar formas fantásticas de representação do real (como os romances de Pynchon e Pinheiro Torres), que é sempre outra forma de construir uma grande metáfora, não necessariamente desprovida de sentido.

O filósofo da linguagem A. P. Martinich apresenta "Uma teoria da ficção" no último número da revista *Cadernos de Filosofia.*[33] O texto interessa-nos porque prolonga o debate sobre a natureza da ficção e ajuda-nos a compreender melhor a validade do conceito que proponho (*ficcionismo*). Partindo de uma crítica ao Axioma da Existência de John Searle ("Tudo o que é referido deve existir"), Martinich assegura-nos que o texto de ficção também interessa à filosofia, porque esta deve estar atenta a todos os usos da linguagem, incluindo os que não são de tipo lógico ou factual (descritivo). Assim sendo, distingue claramente entre "ficção" e "fictício", como esclarecimento sobre a matéria ficcional em estudo: "O discurso ficcional não seria discurso real se 'ficcional' fosse uma palavra de negação, como 'falsificação', 'contrafacção' ou 'brinquedo'. (...) 'Ficção', tal como ensaio, expressa um género de uso da linguagem, não a negação de que algo é linguagem. O discurso ficcional de algo ainda é um relato. (...) Penso que a confusão entre 'ficcional' e 'falso' tem a sua origem numa confusão entre 'ficcional' e 'fictício' " (p.28). O *ficcionismo* está sempre dirigido para o ficcional e não para o fictício; este nunca se interroga a si mesmo, porque pressupõe uma negação simples de uma realidade que não pode ser contestada (de outra forma a relação

---

[33] Instituto de Filosofia da Linguagem, nº11, Outubro de 2002.

que o facto imaginado ou simulado tem que possuir com o real que nega perdia-se); nunca reavalia sequer a fundamentação da sua ficcionalidade, porque apenas se preocupa em relatar falsamente alguma coisa tida por verdadeira.

6. O realismo mágico e a fronteira entre a ficção e o real

Não há magia no realismo, apenas formas de simulação da sua autenticidade. Tanto convém a essa simulação o nome de *ficção* como o de *realismo mágico*. Esta última designação ficou consagrada com os romances de Gabriel García Márquez, em particular com *Cien años de soledad* (1967), mas também podemos usar o rótulo em romances como *A Jangada de Pedra* (1986), de José Saramago, *Midnight's Children* (1981), de Salman Rushdie, ou *Wise Children* (1991), de Angela Carter, a quem o *New York Times* chamou na altura: "British Writer Of Fantasy With Modern Morals".[34] O título onorífico serve a quase todos os escritores contemporâneos que experimentaram o realismo mágico – não é o recurso ao phantástico que é novo, mas a forma como se extrai desse recurso uma nova ordem moral.

O último romance da escritora inglesa Angela Carter, escrito após lhe ter sido diagnosticado um cancro maligno, é uma síntese de muitas questões levantadas sobre o romance pós-moderno: trata-se de um texto repleto de intertexualidades, sobretudo com as alusões recorrentes ao teatro de Shakespeare, com uma história de cariz mágico, narrada por uma protagonista de 75 anos de idade, uma antiga estrela do *music-hall* Dora Chance, irmã gémea de Nora, também ligada ao teatro, ambas filhas de uma antiga glória dos palcos ingleses, Sir Melchior Hazard, que se recusara a educá-las depois da morte trágica da mãe, que morrera a dar à luz as duas gémeas. O pai mantém Shakespeare vivo nos grandes placos do século XX, enquanto as filhas se destacam nos palcos "menores" do *music-hall*. O romance está repleto de efeitos mágicos que nos treinam na mais elementar e completa das aprendizagens da magia: fazer acreditar no

[34] *The New York Times*, 19-2-1992.

impossível, como acontece, por exemplo, no desdobramento de Dora, quando se confronta com a ex-mulher do seu noivo, conhecido por "Genghis Khan":

> I saw my double. I saw myself, me, in my Peaseblossom costume, large as life, like looking in a mirror. First off, I thought it was Nora, up to something, but it put its finger to its lips, to shush me, and I got a whiff of Mitsouko and then I saw it was a replica. A hand-made, custom-built replica, a wonder of the plastic surgeon's art. [35]

Dora tem que se transformar magicamente para reconquistar o seu noivo. Imagina-se outra mulher, é descrita como outra mulher duplicada do original, porque a verdadeira mulher necessita de mostrar a sua natureza muito para além das coisas facilmente explicáveis ou visíveis. Começa aí a magia do realismo, que não se confunde com visões fantásticas de seres divinizados, transfigurados horrivelmente, com superpoderes ou vindos de galáxias distantes. O realismo mágico está dependente apenas do poder da imaginação do real que nos é dado a conhcer, e não da recriação fantástica do que está para além da realidade. Acreditamos no rosto que vemos, porque o queremos ver assim, como a possibilidade de sermos alguém diferente. Essa possibilidade está sempre presente, como promessa que partilhamos, ao passo que uma imagem phantástica de nós mesmos nos desresponsabiliza de sermos outra pessoa. Na ficção fantástica, a simulação de autenticidade do real não tem valor prático, porque todos os cenários são aceites como irreais; no realismo mágico, é a sua condição inicial: para melhor explicar o simbolismo do real, imaginamos uma forma superior ou sublimada do real.

A imagem da Península Ibérica a separar-se do continente europeu e a vaguear pelo Oceano Atlântico é o produto da imaginação criadora de *A Jangada de Pedra* que combina a visão mágica com a geografia real de dois países inseparáveis. O *ficcionismo* deste tipo de livro nasce quando a realidade é ficcionada para mostrar que o seu lado mais autêntico pode ver-se de todas os ângulos menos daquele que está mais perto de nós. Quer dizer, a Península Ibérica

---

[35] *Wise Children*, Farrar Straus Giroux, Nova Iorque, 1992, p. 155.

anda já simbolicamente à deriva, antes mesmo de o romancista visionar a sua divisão e navegação mítica. Podemos ver melhor o mundo real em que vivemos se formos capazes de imaginar o seu apocalipse. A rendenção do real faz-se pela compreensão dos efeitos mágicos que sobre ele conseguimos executar. O que vivemos é que é maravilhoso, mas é-o porque nos distanciámos de tudo.

A expressão *realismo mágico*, cunhada pelo crítico alemão Franz Roh em 1925 para uma certa forma de pintura e mais tarde, durante as décadas de 1950 e 1960 para o romance hispano-americano, tem um significado quase imutável: o lugar comum das nossas vidas é marcado pela ilusão de vivermos acima dos limites do nosso poder individual sobre as coisas e sobre os outros. O recurso ao realismo mágico na ficção contemporânea tem servido para associações mais ou menos académicas entre o pós-modernismo e o pós-colonialismo, pelo facto de ambos tentarem recuperar uma certa reflexão crítica sobre o passado histórico, que o modernismo alegadamente terá negligenciado. Em *Midnight's Children*, Salman Rushdie passa em revista a história cultural da Índia, sobretudo aquela que é atravessada por *aculturações* mais ou menos omnipresentes: "Once upon a time there were Radna and Krisna, and Rama and Sita, and Laila and Majnu; also (because we are not affected by the West) Romeo and Juliet, and Spencer Tracy and Katherine Hepburn"[36]. O cruzamento de culturas (indiana e ocidental) não é apenas um *acontecimento* intertextual: o romance é um exercício de crítica pós-colonial, porque assinala numa Índia independente aquilo que ficou da presença colonizadora como herança cultural que não tem necessariamente que desaparecer. O imaginário phantástico (ou realismo mágico) de Rushdie permite-lhe navegar livremente entre os dois mundos entrecruzados. A solução encontrada é tão eficaz como num romance de maiores pretensões realistas: Saleem e as mil e uma crianças nascidas em 15 de Agosto de 1947 (data da independência da Índia) possuem capacidades telepáticas. O *ficcionismo* também pode ser localizado na construção do mundo das personagens por elas próprias. Mesmo com um narrador-autor cúmplice por detrás da construção desses mundos, o que nos é dado a ver é o trabalho da imaginação

---

[36] *Midnight's Children*, Vintage, Londres, 1995, p. 259.

ficcional. As maiores verdades são dadas como resultado do confronto entre o mundo real e o mundo mágico; as múltiplas perspectivas sobre esses mundos não são visões telepáticas mas imagens especulares de uma sociedade multi-cultural, multi-linguística e multi-religiosa, onde parece não haver lugar para a solidão. Todos os monólogos se ouvem ao perto, todas as fronteiras têm o mesmo comprimento da imaginação criadora, por isso a lição pós-colonial de Rushdie é sempre a de nos fazer crer que não há mais limites para a sociedade cultural indiana. Por isso Saleem vê e revê a sua vida como uma reduplicação metafórica das grandes produções de Hollywood: "would this bishop-ridden, stomach-churned young father have behaved like, or unlike, Montgomery Cliff in *I Confess*? (Watching it some years ago at the New Empire Cinema, I couldn't decide.)" (p.105) A magia do real representado é uma reposição do nosso imaginário colectivo, como quando o inspector Vakeel, aparece em cena lembrando John Wayne: "leaps into action, swinging up his rifle, shooting from the hip like John Wayne" (p.147). A influência cultural do cinema norte-americano na sociedade indiana pós-colonizada não serve para resolver ou agravar problemas de identidade nacional. O *ficcionismo* do real histórico pelo recurso a efeitos mágicos é, neste caso, uma outra forma de dizer que a História não pode ficar isenta do trabalho da imaginação e, consequentemente, não pode fixar nenhum dos seus valores só em função daquilo que se vê. Uma nação que acaba de se libertar, cuja identidade ainda está à procura de um rosto novo, precisa de acreditar que existem novos caminhos a percorrer. O sonho é-lhe fundamental, por isso Rushdie recorre ao realismo mágico para ilustrar essa necessidade sonial, que ainda não reclama qualquer espécie de realismo. A vida humana é feita de contingências, ou como Rushdie afirma, "Reality[emphasis added] is a question of perspective; the further you get from the past, the more concrete and plausible it seems – but as you approach the present, it inevitably seems more and more incredible" (p.165). Retomaremos este importante testemunho mais à frente, mas, por agora, importa dizer que o *ficcionismo* no realismo mágico é uma forma de contestação dos limites que em regra se colocam ao leitor-espectador do mundo: uma realidade histórica tem que ser interpretada realisticamente e como se de uma verdade absoluta se tratasse, porque os factos da história apenas se actualizam, não se contestam; o que é uma ilusão, não pode ter mais mais valor do que uma ilusão. Ora, no mundo das contingências e dos simulacros em que supostamente vivemos, as ilusões podem ser mais importantes do que as realidades. Saleem descreve a forma como se aproximou de um écran de cinema, desde a fila mais afastada até à mais perto: "Gradually the stars' faces dissolve into dancing grain; tiny details assume grotesque proportions; the illusion dissolves – or rather, it becomes clear that the illusion itself is reality...." (p.166). A metáfora de Saleem serve para tentarmos compreender a nossa própria imagem. As crianças da meia-noite são, como assegura Rushdie, "crianças dos tempos", isto é, criações mágicas que vivem dentro de nós em qualquer lugar. Não se fixa a imagem do écran de cinema numa única representação visual, porque, a realidade é ainda uma questão de perspectiva, ou de capacidade de ficcionalização daquilo que verdadeiramente vemos. O mundo das contingências é ainda o mundo em que as identidades individuais são engolidas pela universalidade do mundo moderno, onde tudo está ligado, onde todos são convocados para o mesmo lugar. A fusão entre o realismo e a magia é a fórmula ficcional que Rushdie encontrou para resolver o problema da crise de representação do real que algum pós-modernismo reclama: o real representa-se também pelo sonho, pela força magnética do universo, pelo privilégio de podermos corrigir phantasticamente o mundo onde não somos capazes de nos integrar: "....it is the privilege and the curse of midnight's children to be both masters and victims of their times, to forsake privacy and be sucked into the annihilating whirlpool of the multitudes, and be unable to live or die in peace." (p.463). Poderá a ficção corrigir também a própria História?

7. A reescrita hipertextual da História

O romance histórico, porque se constrói com uma relação íntima com o real, veiculando uma verdade demonstrável no tempo, raramente usa o *ficcionismo*, isto é, não ficciona a própria ficção histórica, interrogando-a, ou simulando a historicidade dos factos narrados, por exemplo. O romance histórico tradicional está preso a um padrão estético rígido, que não o deixa reflectir sobre as relações entre a ficção e ela própria, entre a matéria romanceada e a sua adequação ao género a que pertence. As excepções a esta regra encontramo-las já esboçada no romantismo e em pleno desenvolvimento no espaço cultural do pós-modernismo. A diferença entre a ficção do romance histórico convencional praticada por Walter Scott, por exemplo, e o romance histórico *ficcionista* – a expressão não é satisfatória, mas serve para indicar o elemento diferenciador – pode ser ilustrada pelas reflexões paratextuais de Alexandre Herculano em *Eurico, o Presbítero* (1844) e pelo romance *História do Cerco de Lisboa* (1989), de José Saramago. Nas notas de Autor, escreve Herculano, rejeitando desde logo qualquer semelhança do seu livro com o romance histórico convencional:

> Sou eu o primeiro que não sei classificar este livro; nem isso me aflige demasiado. Sem ambicionar para ele a qualificação de poema em prosa – que não o é por certo – também vejo, como todos hão-de ver, que não é um romance histórico, ao menos conforme o criou o modelo e a desesperação de todos os romancistas, o imortal Scott. Pretendendo fixar a acção que imaginei numa época de transição – a da morte do império gótico, e do nascimento das sociedades modernas da Península – tive de lutar com a dificuldade de descrever sucessos e de retratar homens que, se, por um lado, pertenciam a eras que nas recordações da Espanha tenho por análogas aos tempos heróicos da Grécia, precediam imediatamente, por outro, a época a que, em rigor, podemos chamar histórica, ao menos em relação ao romance.[37]

No início de *História do Cerco de Lisboa*, do diálogo inicial entre um revisor, revendo um livro do mesmo título, mas de História, e um historiador resultam estas observações sobre a própria escrita da História no espaço da ficção (espaço virtual ou real?):

> Recordo-lhe que os revisores são gente sóbria, já viram muito de literatura e vida, O meu livro, recordo-lhe eu, é de história, (...) não sendo propósito meu apontar outras contradições, em minha discreta opinião, senhor doutor, tudo quanto não for vida é literatura, A história também, A história sobretudo, sem querer ofender, E a pintura, e a música, A música anda a resistir desde que nasceu, ora vai, ora vem, quer livrar-se da palavra,

---

[37] *Obras Completas, Eurico, O Presbítero*, com introd. de Vitorino Nemésio, Bertrand, Venda Nova, 1972, p. 279.

suponho que por inveja, mas regressa sempre à obediência, E a pintura, Ora, a pintura não é mais do que literatura feita com pincéis, Espero que não esteja esquecido de que a humanidade começou a pintar muito antes de saber escrever, Conhece o rifão, se não tens cão caça com o gato, ou, por outras palavras, quem não pode escrever, pinta, ou desenha, é o que fazem as crianças, O que você quer dizer, por outras palavras, é que a literatura já existia antes de ter nascido, Sim senhor, como o homem, por outras palavras, antes de o ser já o era, (...) Quer-me parecer que você errou a vocação, devia era ser historiador, (...) Falta-me o preparo, senhor doutor, que pode um simples homem fazer sem o preparo, muita sorte já foi ter vindo ao mundo com a genética arrumada, mas, por assim dizer, em estado bruto, e depois não mais polimento que primeiras letras que ficaram únicas, Podia apresentar-se como autodidacta, produto do seu próprio e digno esforço, não é vergonha nenhuma, antigamente a sociedade tinha orgulho nos seus autodidactas, Isso acabou, veio o desenvolvimento e acabou, os autodidactas são vistos com maus olhos, só os que escrevem versos e histórias para distrair é que estão autorizados a ser autodidactas, sorte deles, mas eu, confesso-lhe, para a criação literária nunca tive jeito, Meta-se a filósofo, homem, O senhor doutor é um humorista de finíssimo espírito, cultiva magistralmente a ironia, chego a perguntar-me como se dedicou à história, sendo ela grave e profunda ciência, Sou irónico apenas na vida real, Bem me queria a mim parecer que a história não é a vida real, literatura, sim, e nada mais, Mas a história foi vida real no tempo em que ainda não se lhe poderia chamar história, (...) Então o senhor doutor acha que a história e a vida real, Acho, sim, Que a história foi vida real, quero dizer, Não tenho a menor dúvida, Que seria de nós se não existisse o *deleatur*, suspirou o revisor".[38]

Há, portanto, uma postura auto-reflexiva na abordagem da História que é nova na ficção da segunda metade do século XX. Os exemplos atrás provam que a narração da História tem exactamente o valor da narração de uma história, confundindo propositamente ambos os termos da equação. A esta simultaneidade puramente literária também convém o nome de *ficcionismo.*

A postura metaficcionista começa na resistência ao género literário com o qual mais se aproxima o texto de ficção. Estes exemplos de *ficcionismo*, retirados daquele tipo de textos de ficção que mais resiste a falar de si próprio pela obediência a um padrão estético com

[38] *História do Cerco de Lisboa*, Círculo de Leitores, Lisboa, 1999, pp. 13-14.

o qual está tradicionalmente comprometido, mostram como o discurso da ficção da História também pode ser escrito como uma metanarrativa, na qual os elementos imaginados são tão válidos para a construção do romance como os elementos retirados da História factual. O romance britânico da segunda metade do século XX conheceu exemplos de narrativas historiográficas produzidas no tom pós-moderno da imaginação crítica da História dada em texto de ficção: Anthony Burgess, *Nothing Like the Sun: A Story of Shakespeare's Love-Life* (1964), John Fowles, *The French Lieutenant's Woman* (1969), John Berger, *G.* (1972), Angela Carter, *The Infernal Desire Machines of Doctor Hoffaman* (1972), Salman Rushdie, *Midnight's Children* (1981), Graham Swift, *Waterland* (1983), Julian Barnes, *Flaubert's Parrot* (1984), Peter Ackroyd, *Hawksmoor* (1985) e *Chatterton* (1987). Na ficção portuguesa mais recente, ressaltam, entre outros, José Saramago, *Memorial do Convento* (1982), *História do Cerco de Lisboa* (1989), *O Evangelho Segundo Jesus Cristo* (1992), António Lobo Antunes, *As Naus* (1988), Fernando Campos, *A Casa do Pó* (1984), Mário Cláudio, *Tocata para Dois Clarins* (1992), João Aguiar, *A Hora de Sertório* (1994), ou Luís Filipe de Castro Mendes, *Correspondência Secreta* (1999). O tipo de abordagem ficcional da matéria histórica ilustrado nestes romances permite-nos enunciar já um Axioma da Ficção nos seguintes termos: *tudo o que é imaginado existe como ficção*. Este Axioma serve a teoria do *ficcionismo* se incluir a crença na imaginação como uma espécie de problema literário, isto é, como algo que fica sempre aberto à sua própria crítica. O que se afirma como ficção resulta, assim, em um género de uso da linguagem que é susceptível de ser interrogado.

Para apoiar este Axioma da Ficção, há um tipo de narrativa contemporânea que usa a História como forma de crítica do conhecimento que os acontecimentos passados nos podem dar para compreender o que acontece no presente. Estas narrativas, de que são exemplos maiores *Hawksmoor* e *Chatterton*, de Peter Ackroyd, *Waterland*, de Graham Swift, e *Midnight's Children*, de Salman Rushdie, usam uma certa forma de meta-historicidade para produzir obras de ficção. Falamos de obras capazes de revitalizar o poder da ficção quando combinada com a metodologia da pesquisa histórica dos acontecimentos passados. A ficção também pode servir para reconstituir o passado e, para isso, não precisa de eliminar o que aconteceu verdadeiramente, sendo crível que o que pode/podia ter acontecido também importa à revisão do passado. O romancista pós-moderno pode não ter descoberto a pólvora da imaginação livre, mas o uso que faz das palavras para representar o mundo concede-lhe o privilégio de ter descoberto um novo filão para o romance histórico: a invenção de um novo tempo dentro da História conhecida. É o que acontece, por exemplo, em *Chatterton,* de Peter Ackroyd:

> There is nothing more letal than words. They are reality ... I said that the words were real, Henry, I did not say that what they depicted was real. Our dear dead poet created the monk Rowley out of thin air, and yet he has more life in him than any medieval priest who actually existed. The invention is always more real. ... Chatterton did not create an indi-vidual simply. He invented an entire period and made its imagination his own: no one had properly understood the medieval world until Chatterton summoned it into existence. The poet does not merely recreate or describe the world. He actually creates it. And that is why he is feared.[39]

Waterland, de Graham Swift, também usa os factos da História, a teoria da História e a ficção biográfica para voltar à questão da reescrita da História. Contrariando o percurso linear que caracteriza o estudo e a descrição dos factos passados recorrendo à ciência histó-ria, Swift criou um romance anti-linear, com sucessivas desconstruções do tempo (geológico, histórico, biográfico, etc.). A abertura do romance adverte-nos que o mundo para onde vamos entrar não pode ser percorrido de forma ortodoxa: "Fairy-tale worlds; fairy-tale advice. But we lived in a fairy-tale place." (p. 1).[40] Esta circunstância permite anular o próprio tempo, porque todos os acontecimentos do romance são, ficcionalmente, vividos em instantes simultâneos. Se todos os acontecimentos são sincrónicos, não há qualquer possibilidade de narração historiográfica nem qualquer possibilidade de preservação dos factos passados. A História contada metaficcionalmente deixa de ter valor pedagógico intrínseco, porque o narrador da História está demasiado empenhado em construir um discurso (romance)

---

[39] *Chatterton*, Hamish Hamilton, Londres, 1987, reprint, Penguin, Londres, 1993, p. 157.
[40] *Waterland*, Picador, Londres, 1992.

sobre um discurso previamente estabelecido por uma tradição (História). Qual é então o propósito da narração não-linear da História através das metaficções? Graham Swift coloca o problema diversas vezes no seu romance.[41] O momento mais significativo é a reprodução de uma discussão (auto-)reflexiva entre um professor de História e os seus estudantes incrédulos sobre o valor do estudo da História.

> And when you asked, as all history classes ask, as all history classes should ask, What is the point of history? Why history? Why the past? I used to say (...): But your 'Why?' gives the answer. Your demand for explanation provides an explanation. Isn't this seeking of reasons itself inevitably an historical process, since it must always work backwards from what came after to what came before? And so long as we have this itch for explanations, must we not always carry round with us this cumbersorne but precious bag of clues called History? (p. 106)

A questão não é retórica, porque a impassibilidade dos estudantes de Tom Crick perante o interesse do estudo da Revolução Francesa atinge a própria consciência do professor que o jovem Price resume assim: o processo da História sofre de excesso de empenho hermenêutico, porque pensamos que temos sempre necessariamente uma

---

[41] É também importante o comentário que o próprio Swift faz acerca do seu método narrativo, na entrevista a Lidia Vianu, onde destaca o modo como o romancista pode trabalhar de forma disciplinada uma trama narrativa aparentemente desconexa: "LV: You build what a Desperado critic might call delayed plots. Your main device is the constant interruption. It brings suspense and ensures the quality of breathtaking reality. You break chronology (which is an old trick), but you also break the point of view, as the story comes from an "I", a "he", or many such voices (this is much more recent). It happens a lot in *The Sweet-Shop Owner*. Do you value the tricks you use, or are they just means to an end? How much store do you set by innovating the narrative technique? GS: I don't feel at home with straight, sequential narrative. This partly because I think that moving around in time, having interruptions and delays, is more exciting and has more dramatic potential, but I also think it's more truthful to the way our minds actually deal with time. Memory doesn't work in sequence, it can leap to and fro and there's no predicting what it might suddenly seize on. It doesn't have a chronological plan. Nor does life, otherwise the most recent events would always be the most important. I'd hate to think that any narrative technique I use is merely a trick, and I don't believe in technical innovation for its own sake. Novels shouldn't be novelties. I think I have quite a strong sense of form, but form for me is governed by feeling, by the shaping and timing of emotion.(...) (entrevista publicada na *România Literară*, 21-27 February, 7/2001, disponível em: <http://www.lidiavianu.go.ro/graham_swift.htm>, consultado em Novembro de 2006).

solução descritiva para todos os factos passados, esquecendo-nos, muitas vezes, de que o presente também urge ser explicado para melhor compreender o que já passou; o professor de História é o próprio processo da História que se nutre de um excesso de especulação, sacrificando os factos a que se devia ater: "You know what your trouble is, sir? You're hooked on explanation. Explain, explain. Everything's got to have an explanation. . . . Explaining's a way of avoiding facts while you pretend to get near to them" (p. 166). Os movimentos da História em Swift não são lineares, porque pretende encontrar o lugar do homem no passado, no presente e no futuro, mas a História contém um movimento oculto de auto-reflexividade que parece anular a história que se conta. A História é hipertextual, porque cada facto passado abre para um momento de reflexividade. Um facto explica-se pela versão que o pensamento nos dá desse facto, aqui, agora, ali, ontem. Nada se fixa, nada se explica em definitivo, porque a ideia que temos do que passou nunca se resolve como verdade. Neste romance, é singular este movimento contraditório que faz vacilar qualquer teoria fundacionalista sobre a História: estamos tão entretidos no pensamento a tentar explicar da melhor forma possível o que se passou que nos afastamos da descrição objectiva dos factos, que devia a nossa única tarefa. O professor de História defende-se das suas próprias limitações epistemológicas:

> I taught you that by for ever attempting to explain we may come, not to an Explanation, but to a knowledge of the limits of our power to explain. (...) what history teaches us is to avoid illusion and make-believe, to lay aside dreams, moonshine, cure-alls, wonder-workins, pie-in-the-sky – to be realistic." (p. 108).

A História não é uma tábua de salvação da humanidade, por isso não tem que estar a salvo de qualquer ficcionalização. No mundo ficcional, não se fecha a porta ao movimento da História só porque deixamos interferir a imaginação. Se o conhecimento do passado é sempre incompleto, também o é o conhecimento dado ficcionalmente. Este movimento introspectivo e relativo da abordagem da História, qualquer que seja o nome que lhe vamos dar, pode até ser purgativo, para eliminar o medo, por exemplo, quando, embrigado de álcool e incertezas, Tom Crick confessa ao jovem Price que não interessa definir o objecto da História mais do que apenas saber que nos ajuda a compreender e a ultrapassar os nossos mais íntimos receios:

> It helps to drive out fear. I don't care what you call it- explaining, evading the facts, making up meanings, taking a larger view, putting things into perspective, dodging the here and now, education, history, fairy tales,- it helps to eliminate fear" (p. 241)

Price não se interessa pela validade da História, a não ser que se trata de um conjunto de factos que necessitam de ser explicados. Demasiada reflexão sobre o que seja a História conduz ao afastamento do pragmatismo cruel que motiva o estudante: a História tem que estar próxima da vida das pessoas no presente. Foi talvez Oliveira Martins quem, entre nós, primeiro entendeu esta dimensão subjectiva da História, não nos termos que os romancistas pós-modernos trabalham os acontecimentos do passado, mas na exacta medida em que também o historiador português soube acrescentar-se como autor à narrativa dos acontecimentos passados. O estilo da sua *História de Portugal* (1879) não difere muito do estilo de uma narrativa de ficção, porque usa os mesmos verbos de acção, as mesmas técnicas do *storytelling* que lemos nos romances históricos contemporâneos. Veja-se o seguinte exemplo, o retrato de Carlota Joaquina:

> Carlota Joaquina, megera horrenda e desdentada, criatura devassa e abominável em cujas veias corria toda a podridão de sangue bourbon, viciado por três séculos de casamentos contra a natureza, atiçava essa chama, como a hórrida feiticeira, no fundo do seu antro, assopra o lume da sua cozinha diabólica. Ficara, na ausência do infante, para lhe preparar a volta a ele, e ao pobre rei um morrer desgraçado, sem amigos, sem mulher, sem filhos, sem povo, sem nada![42]

O historiador não hesita em recorrer a metáforas, repetições estilísticas, juízos de valor sem fundamento histórico e conclusões ditadas unicamente pela sua imaginação. A teoria da História de Oliveira Martins funda-se na ideia de que "a história é sobretudo uma lição moral", como afirma na abertura do seu livro, mas com o resultado

---

[42] *História de Portugal*, Guimarães Editores, Lisboa, 1991, p. 415.

final de que essa lição é dada pelo historiador, não pela própria História. Sem o afirmar, Oliveira Martins narra os acontecimentos da História de Portugal como se fosse necessário acrescentar a sua própria voz, para que esses acontecimentos façam sentido no presente da escrita. É uma outra forma de escrita hipertextual da história, aquela escrita que não dispensa a emoção do historiador que confia mais na metáfora criativa ("como a hórrida feiticeira, no fundo do seu antro, assopra o lume da sua cozinha diabólica") do que na verdade dos documentos antigos. O historiador de Swift, Tom Crick, também acaba por seguir esta filosofia: o que interessa é dar uma visão *realista* da vida realmente vivida em Fenland. As lições morais a extrair de *Waterland* são da responsabilidade do leitor, porque as histórias pessoais recontadas não pertencem apenas a um passado estranho, uma vez que ainda são capazes de afectar o presente vivido. Tom Crick reconhece esta espécie de falácia do objectivo pedagógico e purgativo do *storytelling* quando não consegue encontrar o equilíbrio necessário à sua própria vida presente e pergunta: "What is a history teacher? He's someone who teaches mistakes. (...) He's a self-contradiction (since everyone knows that what you learn from history is that nobody)" (pp. 235-236). A frase fica suspensa, porque a lição moral é da responsabilidade de quem lê o romance ou de quem está a vivê-lo por fora. Ao contrário de Oliveira Martins, Tom Crick entende que a História não serve para fazer julgamentos de carácteres, porque podemos não ser capazes de julgar o nosso próprio carácter. A História reduz-se, assim, a uma biografia instável, onde se abrem, hipertextualmente, todas as vidas em redor. Esta dessacralização da História faz-se porque se aceita que o desenrolar do tempo também é feito de rupturas. O *ficcionismo* da História é essa abertura para as conjecturas auto-reflexivas sobre o passado que revemos no presente, sem saber à partida o que vamos encontrar. Nunca existe um só começo para uma narrativa temporal, por isso o próprio romance de Swift parodia a tradição dos começos esperados de uma narrativa tradicional de acontecimentos de natureza historiográfica:

> So we closed our textbooks. Put aside the French Revolution. So we said goodbye to that old and hack-neyed fairy-tale with its Rights of Man,

> liberty caps, cockades, tricolours, not to mention hissing guillotines, and its quaint notion that it had bestowed on the world a New Beginning.
> I began, having recognized in my young but by no means carefree class the contagious symptoms of fear: 'Once upon a time...' (p.7)

Em 1840, na revista *Panorama*, Alexandre Herculano, cujos romances históricos excluem a auto-reflexividade sobre o valor indeterminado da História, escreveu, no entanto, este testemunho que confirma aquilo que hoje procuram os autores pós-modernos:

> Novela ou História, qual destas duas cousas é a mais verdadeira? Nenhuma, se o afirmarmos absolutamente de qualquer delas. Quando o carácter dos indivíduos ou das nações é suficientemente conhecido, quando os monumentos, as tradições e as crónicas desenharam esse carácter com pincel firme, o noveleiro pode ser mais verídico do que o historiador; porque está mais habituado a recompor o coração do que é morto pelo coração do que vive, o génio do povo que passou pelo do povo que passa. Então de um dito ou de muitos ditos ele deduz um pensamento ou muitos pensamentos, não reduzidos à lembrança positiva, não traduzidos, até, materialmente; de um facto ou de muitos factos deduz um afecto ou muitos afectos, que se revelaram. Essa é a história íntima dos homens que já não são; esta é a novela do passado. Quem sabe fazer isto chama-se Scott, Hugo ou De Vigny, e vale mais e conta mais verdades que boa meia dúzia de bons historiadores.[43]

O que Herculano antecipa aqui, mesmo que a sua obra o não tenha confirmado, é que a História é uma subsidiária da narrativa ficcional (o inverso também é válido, nas teorias pós-modernas da História). Oliveira Martins vai chegar a esta conclusão de forma mais crua, no *Portugal Contemporâneo*, quando afirma que, depois da invenção romântica da historiografia portuguesa, que apenas produziu "dissertações eruditas" e "crónicas verídicas", ficava a História de Herculano como um monumento de erudição, mas falhada, no fundo, enquanto texto literário[44]. Ora, talvez seja esta exactamente a missão do

[43] Alexandre Herculano: "A Velhice" (1840). *Apud* Vitorino Nemésio: "Eurico - história de um livro", in *Eurico, o Presbítero*, 37ª ed., Livraria Bertrand, Venda Nova, s/d. pp. xxi-xxii.

[44] *Portugal Contemporâneo,* vol. II, Lello & Irmão, Porto, 1981 (a partir da 3ª ed. póstuma, com as correcções e averbamentos do Autor, 1895), p. 321.

romancista pós-moderno: eliminar tanto quanto possível a fronteira entre a História e o texto literário, qualquer que seja a hierarquia em que os coloquemos. A verdade não existe em nenhum texto em particular – está antes na nossa competência de leitores privilegiados, que participamos neste jogo hipertextual.

O *ficcionismo* também existe na paródia ou desafio aos códigos auxiliares da ficção – "qualquer semelhança entre os acontecimentos e personagens deste livro/filme e acontecimentos ou pessoas reais é pura coincidência"; "Era uma vez, ...". São enunciados auxiliares da identificação do discurso ficcional, mas não são sua condição necessária. A crença do leitor sobre a ficção raramente o faz pensar sobre os modos que o autor pode utilizar para dissimular o real, para criar as condições necessárias àquilo que Coleridge chamava "predisposição para suspender a descrença". Eis um enunciado que provém da poética e que interessa muito à teoria da ficção, porque nos diz que existe um trabalho autoral que obriga a esconder a relação dos factos proclamados/narrados com os factos reais; essa dissimulação é muitas vezes o próprio motor da ficção (*Tristram Shandy*, de Laurence Sterne, ou *G.* de John Berger, ou os contos de *Lost in the Funhouse*, de John Barth, se analisados como paródias pós-modernas, de *A Portrait of the Artist as a Young Man* e de *Finnegan's Wake*, de James Joyce, ou a paródia de mitos nacionalistas como exemplificado em *Midnight Children's*, de Salman Rushdie, etc.). A crença do leitor sobre as regras da ficção está sempre em jogo e é sempre provocada nas obras em que se faz uso do *ficcionismo*. Os vários exemplos que temos vindo a estudar mostram sempre que a estratégia de diálogo com o leitor pode indiciar um desejo de nos levar a acreditar na ilusão ficcional do romance.[45] Contudo, julgo que o que se passa é precisamente o contrário: a ilusão aumenta porque o leitor julga ter chegado à consciência de que possui a verdade sobre o texto de ficção – que não passará de um texto de ficção, precisamente –, quando, de facto, essa ilusão também faz parte do jogo ficcional, também não passa de mais uma construção planeada do processo de livre criação romanesca. John Barth introduziu uma espécie de estética

[45] Esta é a leitura que, por exemplo, Brian Stonehill, faz a partir dos mesmos e de outros exemplos de dialogismo entre leitor e autor (cf. *The Self-Conscious Novel*, ed. cit., p. 6).

da recepção simultânea da obra de arte literária quando provoca ironicamente o leitor a despertar da sua ignorância textual para o jogo em que quase é obrigado a entrar: "The reader! You, dogged, uninsultable, print-oriented bastard, it's you I'm addressing, who else, from inside this monstrous fiction. You've read me this far, then?"[46] De notar que este jogo nem sempre é explicitado e, em muitos casos, o romancista procura estabelecer um acordo prévio com o leitor, mais diplomático do que vimos no exemplo de Barth, sobre a distância que deve existir entre a matéria ficcionada e a realidade, como neste exemplo de Peter Ackroyd, na abertura do seu romance *The Lambs of London* (2004): "This is not a biography but a work of fiction. I have invented characters, and changed the life of the Lamb family for the sake of the larger narrative."[47] Este código de escrita que de certa forma o autor nos obriga a respeitar na leitura da sua obra de ficção não indicia uma desconstrução das condições em que a ficção deve ser desenvolvida como obra de arte. Este tipo de compromisso é entre o escritor e a matéria escrita, sendo o leitor uma mera testemunha que jamais poderá acusar o autor de falhas de verosimilhança ou de corrupções da verdade conhecida. Os romances metaficcionais, com elementos parodísticos, escolheriam um programa mais ironizado, do tipo: "Este livro pode não ser uma biografia, mas também pode não ser uma obra de ficção, porque todas as possibilidades podem ser narradas." É esta abertura que, sem regra geral, o romance experimental oferece ao leitor, descomprometendo-o em relação aos códigos conhecidos da ficção. Neste caso, é ao leitor quem compete decidir a fronteira entre a realidade e a ficção. Os códigos da narrativa podem transformar-se, nesta última condição, na própria intriga ou no assunto principal de um romance.

Num exercício experimental sobre a inteligibilidade da narrativa, explorando todas as formas de *nonsense* linguístico e *nonsense* das próprias categorias da narrativa, o *último* John Barth intitula-se, como sempre sujeito a interpretação parodística, *Coming Soon!!!: A Narrative* (2001), introduz um *novo* género literário: a *narrativa*.

---

[46] "Life-Story", in *Lost in the Funhouse: Fiction for Print, Tape, Live Voice*, Anchor Press, 1988, p. 127.

[47] *The Lambs of London*, Chatto & Windus, Londres, 2004.

Podíamos acrescentar a *narrativa final*, isto é, o testamento literário de um romancista, ou o legado da ficção à própria ficção, ou o que resta à narrativa depois de esgotada a experimentação, etc. como deixa entender Barth no final do livro quando escreve, em linguagem experimental *shandiana*: "Done done done, as best Yrs T can do it. Or, rather – like century, like millennium, like career and soon enough life itself, anyhow the able span thereof – all but done, whenafter let Authority be Transferred, Torch Passed, to whoever merits same."[48]

O jogo da narrativa final é ele mesmo ininterrupto: *Coming Soon!!!* é a continuação do primeiro romance de Barth, *The Floating Opera*, de 1956; na parte final da sua carreira foi publicando romances de despedida: *The Last Voyage* (1991), depois a autobiografia *Once Upon a Time: A Floating Opera* (1994) e ainda *On With the Story* (1996). O jogo continua em *Coming Soon!!!*.

A intriga inicial descobre-se no meio de frases transfiguradas gramaticalmente pela sociedade pós-moderna de consumo cultural: um jovem aspirante a escritor, Ditsy, descobre num computador um romance com o título *Coming Soon!!!*, assinado por Johns "Hop" Johnson, um romancista por nascer, que pretende fazer uso e abuso da hipertextualidade de forma a tornar a sua obra hipernarrativa um marco significativo, pelo menos o suficiente para poder ser admitido ao curso de escrita criativa da Johns Hopkins University (John Barth foi durante anos o mais célebre professor de escrita criativa dessa universidade, a sua *alma mater*, e talvez dos próprios Estados Unidos). Disty vai rivalizar com um romancista reformado que também quer escrever um último romance que tem o mesmo ponto de partida e de chegada do proto-romance descoberto no computador: uma ópera flutuante, *The Floating Opera,* isto é, uma *reprise* do romance de estreia de John Barth. A rivalidade entre os dois escritores tem a ver com questões de escrita literária electrónica e escrita literária impressa, ansiedade da influência do mentor e disputa entre a estética modernista e a pós-modernista.

O funcionamento estrutural do *storytelling* foi sempre uma preocupação das obras de John Barth. Este novo romance uma vez mais

---

[48] *Coming Soon!!!: A Narrative*, Houghton Mifflin, Boston, 2001, p. 344.

confirma a acusação que um dia Gore Vidal fez a Barth: escreve romances para serem estudados por académicos e não para serem lidos por toda a gente. Resta saber se se trata de uma acusação ou de um elogio. O *ficcionismo* de *Coming Soon!!!* depende das constantes remissões para outros textos conhecidos e não conhecidos, intertextos emprestados por outros escritores e por outras personagens anteriores, linguagens metanarrativas que interrogam os modos de expressão da narrativa, etc.[49] A forma como Barth explica, em entrevista, a génese do romance é ela própria uma meta-explicação, tão desconcertante como o primeiro capítulo de *Coming Soon!!!*:

> *CS!!!* concerns a gently sinking Chesapeake showboat called *The Original Floating Opera II*, inspired by & replicative of *Adam's Original & Unparalleled Floating Opera* in my maiden novel *The Floating Opera* (1956) – which was inspired in turn by the actual *James Adams Floating Theatre*, which toured the Chesapeake from 1914 to 1941 and aboard which Edna Ferber homeworked her *Show Boat* novel in 1924 and '25. (Ferber, who was amused to call herself "a nice little Jewish girl from Chicago," spooks around a bit in *Coming Soon!!!*) More immediately, *CS!!!* was in-spired by a ruinous hulk that my wife & I caught sight of on our annual school's-out sailing cruise down the Bay in June '95: Its bow bore a battered banner – CHESAPEAKE FLOATING THEATER JAMES ADAMS II, COMING SOON – and its ETA was given in local tourist brochures as Spring 1995.... The thing has since disappeared without a trace, as I hope the novel will not, although its ETA was likewise a bit optimistic.[50]

Barth experimenta, com cuidado laboratorial, os caminhos possíveis para contar uma história dentro de outra história dentro de outra história, e por aí fora. Nada é linear nas suas narrativas. Muitos leitores profissionais de Barth condenam este romance por se perder em metanarratividades, esquecendo a caracterização das personagens ou a elaboração de uma intriga de leitura *agradável*. A construção de um romance ficcionista não pode ter uma recepção idêntica à que se

[49] "For most of his adult life a professor of creative writing, Barth teaches the interested reader more about narrative in this novel than you'll find in a shelf of textbooks.", obrserva Steven Moore, numa recensão publicada no Washingtonpost.com, em 25-11-2001.

[50] "Blair Mahoney Interviews John Bart", em 26-1-2001, <http://www.themodernword.com/ scriptorium/barth_interview.html>.

espera de um romance não experimental, mesmo que o leitor profissional se sinta desfamiliarizado negativamente com o texto. Quando o texto narrativo quer ser ele próprio o protagonista, é absurdo esperar que nele vivam grandes heróis de carne e osso. Por isso, a leitura de uma história dentro de outra história dentro de outra história tem que ser feita tendo consciência de que estamos a ser vítimas de *spoofing*[51] literário. Barth esconde a sua própria carreira de escritor por detrás das personagens escritores, dissimula as suas ideias sobre o pós-modernismo por detrás de cada discussão sobre os limites do pós-modernismo e finge que ele próprio deve ser poupado à tradição recente de ficção experimental que nasceu com o pretexto de que seguiam o modelo John Barth. A recomendação que um dos seus muitos leitores profissionais sugere para o romance de Barth é um sintoma de que a leitura de um romance experimental raramente coincide com a intenção do seu autor e/ou do livro criado: "Highly recommended for collections of serious fiction in both public and academic libraries."[52] Não significa isto que pretenda legitimar a intenção do autor ou da obra, que devem ser abertas a todas as abordagens, mas significa que, muitas vezes, é a própria recepção da obra literária que é vítima de um autoritarismo que nada tem a ver com a hermenêutica ou com a ética da leitura. Um romance experimental não é dirigido a bibliotecas académicas nem a públicos especializados ou esotéricos – simplesmente o seu nível de experimentação é que define a sua missão literária. Um romance sobre o romance, "the noble genre of the Novel", não tem que ter um público restrito predestinado, porque não é essa a sua natureza. Quem decide que público deve ter um romance senão o próprio público? Nenhum romancista pode antecipar essa circunstância a não ser que seja para a transformar em ficção dentro da própria ficção. É essa a verdadeira natureza das metaficções que não são anátemas da literatura.

---

[51] O termo tem sido aplicado na comunicação electrónica (*e-mail spoofing*) para traduzir os meios fraudulentos de dissimulação de endereços, de forma a que quem recebe um e-mail não saiba quem é o verdadeiro remetente.

[52] David W. Henderson, Eckerd Coll. Lib., St. Petersburg, FL, 2001, Reed Business Information, Inc. Texto publicitário da primeira edição em *hardback*.

8. O jogo da história sem história e a reinvenção do *storytelling*

Um romance é ainda hoje sinónimo imediato de história, que tanto pode ser um produto da imaginação como uma narrativa "inspirada em histórias reais" (*Dicionário Houaiss*), mas sempre um produto fabricado como uma *história que se conta*. O romancista que o grande público exige e com o qual mais se identifica é o que sabe contar bem uma história. Poucos romancistas serão *best-sellers* se não tiverem uma história para contar. A capacidade de invenção dessa história é a exacta medida com que o leitor vai avaliar o autor do romance. Por isso a crítica literária contemporânea prefere muitas vezes – não temos como descobrir uma regra de conduta neste capítulo – deter-se na descrição objectiva dessa história, as suas mais interessantes peripécias, as suas mais comoventes personagens, o efeito moral que a conclusão da história provoca no leitor, a originalidade e a vivacidade da história ("nunca se escreveu uma história assim"), a forma como o romance soube distrair o leitor, como soube ocupar-lhe o tempo de lazer. A escrita do romance em si mesma, digamos antes, o aparato da escrita do romance, não irá fazer perder tempo a este leitor tipo da intriga de um romance. Mas um tal leitor ficará paralisado perante um romance que não tem uma história para contar (*Finnegans Wake*, por exemplo), ou que não quer assumir que tem uma história para contar e reclama isso mesmo (*Adventures of Huckleberry Finn*, por exemplo), ou que conta uma história do modo mais surpreendente e anti-normativo possível, ao ponto de se corrigir sucessivamente a si mesma, como acontece com o romance experimental de Toby Litt, *Finding Myself* (2003), que tem como protagonista um *budding author* de nome Victoria About, "the best-selling chick-lit writer",[53] que convida e seduz dez dos seus amigos para umas férias extravagantes em Southwold, de forma a poder depois escrever, num estilo premeditamente próximo do de Virginia Woolf, com muitos pastiches de *To the Lighthouse*, todas as peripécias em forma de romance, sempre explorando, parodisticamente, as formas

[53] O livro *Bridget Jones's Diary*, de Helen Fielding, publicado em 1996, marcou o aparecimento de um tipo de literatura *light* no feminino chamado, pejorativamente, "chick lit". A expressão havia de ser incluída no *OED* pouco tempo depois.

clássicas do discurso literário feminino (cartas, notas, diários). Litt incluiu no corpo do texto as suas próprias emendas de revisão, deixando visíveis as marcas da história rasurada. Um texto desta natureza obriga-nos a concentrar a atenção mais no artifício da escrita do que no seu conteúdo, uma vez que todo o aparato de correcções autorais é exibido página a página. É o verdadeiro desassombro do autor perante o seu próprio texto, sem olhar a meios para desocultar o processo da escrita. Este procedimento pode explicar o relativo insucesso que teve junto do público em geral (leiam-se as várias recensões em www.amazon.co.uk, repositório inestimável do juízo popular). O próprio *blurb* da edição da Penguin, na contracapa, é significativo do ponto de vista da escrita *mise en abîme*:

> Toby Litt meets Virginia Woolf meets Big Brother…
>
> 'What I'm going to be writing will, I hope, be just the best beach book in the world, ever: naughty, gossipy – with just the right ratio of tittle to tattle. (You know what I mean, darlings, don't pretend you don't.) Virginia Woolf's letters (here in the string bag) are all very well, but they don't exactly make one throb, do they? Unfair: they make one throb, but higher up rather than lower down. And when I'm basting nicely on Sun Mark 8, factoring in my Amber S, I need something with a bit of oomph, something with a bit of pandering to the baser'
>
> From Victoria's Holiday Diary

Não é possível ler este romance de Toby Litt como uma soma de fragmentos, de intertextos, de subtextos e de retratos gráficos do processo criativo ficcional. De um ponto de vista pós-moderno, o real não se representa mais de uma forma linear e de acordo com um padrão lógico que resulte da soma simples de várias parcelas. O já citado romance *G.*, de John Berger, anuncia um novo paradigma de descontinuidade narrativa que envolve elementos paranarrativos.[54]

---

[54] Elisabeth Wesseling comenta assim a questão da descontinuidade como elemento distintivo de *G.*, que se apresenta como uma metáfora de todo o século XX: "G. embodies discontinuity because he is cut off from three major sources of continuity: family lineage, morality and political idealism. Familial relations create continuity in the form of parental lineage. Morality imposes continuity upon our actions because it requires conformity to set

O modo narrativo escolhido está muito distante da herança do romance realista do século XIX. O princípio defendido é o seguinte *slogan* adoptado por muitos narradores pós-modernos: "Never again will a single story be told as though it were the only one".[55] O *Manual dos Inquisidores* (1996), de António Lobo Antunes, ou os já citados *The French Lieutenant's Woman*, de John Fowles, ou *Waterland*, de Graham Swift, são outros exemplos de tentativas de pesquisa dos limites da plasticidade e complexidade do texto de ficção, que rejeita contar uma história de acordo com um princípio lógico de organização das sequências narrativas e prefere antes encontrar a sua própria logicidade nas múltiplas combinações descontínuas dessas sequências. Fowles consegue romper qualquer lógica narrativa surpreendendo-nos com confissões de deslegitimação dos intervenientes na história contada em *The French Lieutenant's Woman*, quando nos diz que afinal existe uma diferença insuperável entre o tempo da história (1867) e o tempo da escrita dessa história (1967):

> This story I am telling is all imagination. These characters I created never existed outside my own mind. If I have pretended until now to know my characters' minds and innermost thoughts, it is because I am writing in (just as I have assumed some of the vocabulary and "voice" of) a convention universally accepted at the time of my story; that the novelist stands next to God. He may not know all, yet he tries to pretend that he does. But I live in the age of Alain Robbe-Grillet and Roland Barthes; if this is a novel, it cannot be a novel in the modern sense of the word (...).[56]

O tempo da omnisciência do autor em relação à sua obra esgotou-se. O autor deve agora respeitar os limites da sua própria ciência e convidar os restantes intervenientes a participar no jogo ficcional. B. S. Johnson, comentando a sua própria obra e a expectativa dos leitores em encontrar no romance contemporâneo uma história convencional, argumenta que o leitor tem outras alternativas, se esse for o seu único desejo:

---

norms. Political idealism imposes continuity upon history because it strives to force events in the direction of a specific goal." (*Writing History as a Prophet: Postmodernist Innovations of the Historical Novel*, John Benjamins, Amsterdam/Philadelphia, 1991, p. 131).

[55] *G.*, Bloomsbury, Londres, 1996, p. 133.

[56] *The French Lieutenant's Woman*, Vintage, Londres, 1996, p. 97.

> The last thirty years have seen the storytelling function pass on yet again. Now anyone who wants simply to be told a story has the need satisfied by television; serials like *Coronation Street* and so on do very little more than answer the question 'What happens next?' All other writing possibilities are subjugated to narrative. If a writer's chief interest is in telling stories (even remembering that telling stories is an euphemism for telling lies; and I shall come to that) then the best place to do it now is in television, which is technically better equipped and will reach more people than a novel can today.[57]

O *storytelling* é, de facto, um mito contemporâneo que transformou o horizonte de expectativas do leitor. Estamos perante a queda do mito da linearidade narrativa que desde há muito anunciou o romance moderno e pós-moderno.

Não há uma teoria anti-fundacionalista sobre o acto de contar uma história, acto para o qual a língua inglesa fundou um termo de carácter ou valor científico: *storytelling*. Ao associarmos ao pós-modernismo literário actos de desestabilização da narrativa, é legítimo esperar que quem não aprecie disrupções narrativas ou histórias sem história reclame hoje o regresso à ciência da história enquanto acto narrativo organizado de forma lógica, segundo os mais antigos padrões de reconto de histórias orais. Uma narrativa tradicional segue um padrão relativamente simples de desenvolvimento, alinhando as acções secundárias com a acção principal quase de forma simétrica ou pelo menos segundo uma racionalidade algébrica. As narrativas pós-modernas tendem a ser, pelo contrário, anti-algébricas, no sentido em que rejeitam a representação das questões temáticas por meio de generalizações simbólicas. Por esta razão possível, existe hoje uma redescoberta da história com história, isto é, da matriz mais elementar da narrativa, que muitos interpretam como uma resposta quase defensiva contra o caos premeditado das narrativas pós-modernas.[58] O triunfo da telenovela como história com história, isto é,

---

[57] "Introduction to *Aren't You Rather Young to be Writing Your Memoirs?*", ed. cit., p. 153.

[58] Veja-se, por exemplo, o comentário de Bill Bedford: "Storytelling is still somehow not serious, yet it is probably more popular now than at any time since Woolf pronounced it dead. There is, it seems, a narrative revival... The revival is so sudden and so surprising that many of its practitioners seem to be a little embarrassed about it....stories protect us

enquanto narrativa fortemente concentrada no desenvolvimento lógico de uma intriga universal, é uma herança cultural das narrativas orais que disputavam a atenção do grande público na Antiguidade de várias civilizações. Contar uma história nestas condições exige um respeito quase sagrado por um protocolo que envolve a aceitação do leitor--ouvinte. A estética de uma tal recepção é reduzida ao gosto universal: uma história permanece se contiver os ingredientes necessários para agradar ao grande público; pelo lado contrário, é a resistência a este protocolo que tem ajudado a explicar várias teorias para a fundação das narrativas pós-modernas. Uma história com história (ou *plot--narratives*) distingue-se de uma história sem história (*PWP-narrative*; na gíria cinematográfica independente, usa-se a abreviatura para *Plot What Plot* ou *Plot Without a Plot*) pela pretensão epistemológica: a primeira comporta alguma garantia de conhecimento de um tema, a segunda não comporta tal garantia para nenhum tema; a primeira arrasta quase sempre uma componente moral, pois pretende apelar ao que de melhor ou de pior existe dentro de nós, a segunda é capaz de parodiar todas as formas de moral que pretendam justificar os nossos actos. Uma *plot-narrative* não se justifica para além da tradição a que pertence: conta uma história tal como outras histórias foram contadas no passado; uma *PWP-narrative* justifica-se a si própria, tentando esgotar na sua criação os argumentos que a podem fundar como narrativa não-convencional.

De notar que o conceito de romance sem intriga, sem trama ou sem história, conforme o gosto terminológico, não é uma invenção pós-moderna, pois pode ser encontrado em tempos tão convencionais como o final do século XIX, por exemplo, na abertura de um livro de histórias ou aventuras convencionais, *Adventures of Huckleberry Finn* (1884), de Mark Twain, mas com um programa de escrita que se anuncia em epígrafe como anti-literatura: "Persons attempting to find a Motive in this narrative will be prosecuted; persons attempting to find a Moral in it will be banished; persons attempting to find a Plot in it will be shot."[59]

---

from chaos, and maybe that's what we, unblinkered at the end of the twentieth century, find ourselves craving." Bill Bedford, "The Seductions of Storytelling – Why is narrative suddenly so popular?", *New Yorker* (June 24/July 1996), pp. 11-12.

[59] *The Works of Mark Twain,* vol. 8, ed. por Victor Fischer e Lin Salamo University of California Press, 2003.

Numa época em que o leitor era induzido a acreditar que o que lia era uma imitação da realidade, Mark Twain avisa o leitor precisamente do contrário. E o romance não precisa de ter uma história para poder ser um romance de histórias, quer dizer a pré-existência de um plano narrativo de acções devidamente desenhadas não é condição necessária à fundação de um romance.

Em 1936, Walter Benjamin publicou um ensaio sobre a figura do contador de histórias ("The Storyteller: Observations on the Works of Nikolai Leskov", incluído em *Illuminations*, na tradução inglesa que seguimos), onde defende que o século XX assistia já a um esquecimento da arte de contar uma história, por causa do abandono do "lado épico da sabedoria", o que motivaria as pessoas a esquecer a tradição oral que sempre nos ensinou um caminho de verdade que a história perpetuava. O diagnóstico de Benjamin tem a ver com as resistências que os romancistas do modernismo haviam manifestado a contra essa tradição. Se Benjamin acusa, em 1936, o romance de "depender do livro" e não da história que se conta, está de alguma forma a anunciar a verdadeira condição pós-moderna do romance: um romance concretiza-se enquanto testar permanentemente o que faz dele um livro e não por contar uma dada história, por mais extraordinária que seja a sua trama narrativa. Por outro lado, Benjamin acrescenta: "If the art of storytelling has become rare, the dissemination of information has had a decisive share in this state of affairs."[60] Esta afirmação tem hoje uma actualidade reforçada pelo domínio da sociedade da informação sobre a *sociedade* da arte literária. Aquilo que Benjamin via como uma das maiores virtudes do *storytelling* ("it is half the art of storytelling to keep a story free from explanation"),[61] portanto, a eliminação da necessidade de uma história ser explicada internamente, é hoje o seu modo privilegiado de expressão nas metanarrativas, que transportam uma hermenêutica privada no interior dos factos da ficção. O romance de hoje não consegue resistir à sua própria explicação e isso é-nos dado também como fazendo parte do romance. A informação tornou-se uma virtude (e um vício) do romance.

---

[60] *Illuminations*, Pimlico, 1999, Londres, pp. 88-89.

[61] Ibid., idem.

Podemos dizer, neste sentido, que a técnica de um romance é, muitas vezes, a sua essência. Aparentemente, mais importante do que contar uma história é provar que se sabe contar uma história de modo diferente daquele que o leitor espera encontrar. Por exemplo, no romance de Peter Ackroyd *Hawksmoor*, a estilização do modelo tradicional de narrativa histórica passa por uma técnica que nos fixa a atenção mais no modo literário como se discute acerca de questões gastas (o que é a poesia?, o que é o tempo?, etc.) do que nas acções das personagens. O enredo leva-nos para o início do século XVIII, após o Grande Fogo em Londres, quando um arquitecto, Nicholas Dyer, é encarregado de construir várias igrejas. Se num episódio tardio entre os arquitectos Dyer e Vanbrugghe, o registo é o de uma narrativa tradicional, com todos as verbalizações típicas de um romance de acção,

> After a Pause to find my Breath I walked into the Pit where the others were already sat upon the Benches: they were not the best Seats neither, since the Gentlemen in front of us had so powdered their Perriwigs that they endangered my Eyes as soon as they turned round to stare at the Company. At first I beleeved they stared at me for the most part, since I was sadly discomfited after my Discourse with the Harlot, but my Perturbation soon passed when I saw that there was no Meaning to their Looks, either to Themselves or each other. (...)

chegará o momento em que este registo não suporta mais o seu próprio modelo. Ackroyd introduz então um esquema dramático, com toda a parafrenália do teatro, no momento mais intenso da narrativa, para a qual até um título se anuncia:

> (...) I asked him what he said, for there was such a mish-mash of Conversation around us that I could scarcely understand him — the frequenters of Taverns have Hearts of Curd and Souls of Milk Sop, but they have Mouths like Cannons which stink of Tobacco and their own foul Breath as they cry What News? Whafs a Clock? Methinks it's Cold to Day! Thus is it a *Hospital For Fools*:
>
> DRAMATIS PERSONAE
> John Vanbrugghe: An Architect in Fashion
> Nicholas Dyer: A Nothing, a Neighbour
> Sir Philip Bareface: A Courtier

(...)

VANNBRUGGHE. (*Aside*) What is this Stuff about Time? (*To Dyer*) This is well said, but this Age of ours is quite new. The World was never more active or youthful than it is now, and ali this Imitation of the past is but the Death's Head of Writing as it is of Architecture. You cannot learn how to build from the Instructions of a Vitruvius or to manage a good Mien from a Tomb-painting: in the same Fashion, that which truly pleases in Writing is always the result of a Man's own Force. It is his proper Wealth, and he draws it out of himself as the Silk-worm spins out of her own Bowel. And speaking of Bowels –

They break offfor a Minute as Vannbrugghe repairs to the Jakes; and Dyer listens to the assembled Company who can now be heard.

RAKE. Why are Women like Frogs, sirrah?

HIS COMPANION. Tell me, why are Women like Frogs?

RAKE. Because only their lower parts are Man's Meat. Ha, ha, ha, ha![62]

A narração de uma história é tão importante para Ackroyd como o modo como o romancista a trata, a técnica que utiliza, a capacidade de reinvenção que revela e a forma como consegue reescrever de alguma forma a própria história tal como ela era conhecida até então.

Reinventar uma história (e não criar uma nova história) parece ser a única saída para o romancista pós-moderno, argumentará o leitor mais desconfiado desta *nova arte*. O romance *Possession* (1996), de A. S. Byatt, opta por um tipo de sincronismo do sentido das coisas passadas com o sentido futuro das mesmas coisas, ou seja, a História só fica completa quando atingir uma espécie de maturidade futura. É o que lemos nas palavras finais de Christabel a Ash (recriações livres de Robert Browning e Christina Rossetti), depois de terem feito amor pela primeira vez: 'This is where I have always been coming to. Since my time began. And when I go away from here, this will be the midpoint...we are here, we are now...other times are running elsewhere".[63] Roland havia comentado antes: "'How funny – how very funny – that we should have come here, for this purpose, and discover – that – about each other'".[64] Enquanto um historiador procura clarificar os dados do passado para obter uma espécie de

[62] Peter Ackroyd, *Hawksmoor*, Penguin, Londres, 1985, pp. 173-178.

[63] *Possession*, Vintage, Londres, 1991, p. 284.

[64] *Ibid.*, p. 267.

conhecimento seguro do que se passou em outro tempo, Byatt mostra neste romance que a investigação sobre os mesmos dados da História nunca apagará todas as incertezas que fazem parte do tempo vivido. A História é também construída com inseguranças, incertezas e instabilidades, termos negativos que acompanham hoje qualquer teoria sobre a literatura pós-moderna.

Não se espere que o romancista aceite facilmente que a sua técnica seja identificada ou explicada por uma teoria, sobretudo se essa teoria tiver alguma relação com o pós-modernismo. Mesmo num romance que tem todos os ingredientes para ser consagrado como um clássico da sua época, como é o caso de *Possession*, a que não falta a inevitável adaptação cinematográfica, havemos de nos confrontar sempre com a negação estética do romance enquanto género pré-fixado por uma teoria. Roland acha-se dentro de uma história que o controla por fora, até ao momento em que Byatt o resgatará, a si a às outras personagens, para um modelo de escrita que não suporta outro governo que não seja o do próprio romancista.

> All this was the plot of a Romance. He was in a Romance, a vulgar and a high Romance simultaneously, a Romance was one of the systems that controlled him, as the expectations of Romance control almost everyone in the Western world, for better or worse, at some point or another.[65]

Os investigadores literários Roland Michell e Maud Bailey personificarão sempre o contra-poder em relação àqueles que pretendem governar o romance através da teoria. Mas Byatt não consegue fugir à fatalidade de o romance ser uma obra de arte tão sujeita a leituras teóricas como qualquer outra obra de arte. Quanto mais um escritor foge da teoria, quanto mais nega que a teoria é o seu grande inimigo e que os teóricos da literatura, sejam pós-modernos ou não, não hã-de penetrar na sua obra, maior é o apetite que uma tal obra desperta em que a pretende ler de forma especulativa. A especulação demonstrativa não serve para anular uma obra de arte. Se quisermos ler uma história romanesca como pós-moderna, nem ela fica a ser pós-moderna apenas por esse facto nem o pós-modernismo passa a significar outra

---

[65] *Ibid.*, p. 425.

coisa. O que se passa com *Possession* é que nos ajuda a confirmar que uma história do passado não é mais a validação ficcional dos factos conhecidos sobre esse passado. A complexidade da trama narrativa de *Possession* deve-se, em grande parte, à pressuposição de que o leitor está a construir uma terceira trama, que se acrescenta à trama dos poetas vitorianos e à trama dos investigadores contemporâneos Roland e Maud. O facto extraordinário destas tramas é que são todas *contemporâneas*, isto é, o conceito vitoriano de tempo narrativo, linear e desenvolvido sempre como comprovações de causas e efeitos, é transformado no conceito pós-moderno de tempo cíclico, não previsível e construído e reconstruído em cada momento que passa. Não há mais lugar para o modelo vitoriano de "história progressiva", aquele modelo que se baseava na sequência ordenada de acontecimentos até um ponto de resolução de todos os conflitos da existência humana. O professor de História de *Waterland* explica isto mesmo aos seus estudantes quando lhes diz: "It goes in two directions at once. It goes backwards as it goes forwards. It loops. It takes detours. Do not fall into the illusion that history is a well-disciplined and unflagging column marching unswervingly into the future"[66]. Contar histórias é uma necessidade formativa do ser humano. É talvez a ideia mais insistente que podemos ler nas entrelinhas de *Waterland*. De notar que a importância não está tanto no acto de contar histórias, mas mais no modo como essas histórias são contadas. É a única forma de compreendermos a distância entre *Great Expectations*,[67] de Charles Dickens, por exemplo, e *Waterland* ou *Possession*. O leitor pós-moderno não é um simples consumidor de histórias, um ouvinte passivo de quem se espera apenas o aplauso final. A desconstrução do *storytelling* passa pela habilidade que o leitor crítico tem em perceber por que é que uma história é contada de uma dada forma e não de outra.

Waterland ilustra melhor a idea de que uma história, por mais fantástica ou pessoal que seja, já vive dentro de nós, leitores que não dispensamos fazer parte do que lemos. Os alunos do professor Crick não entendem a princípio por que razão o professor utiliza a fórmula

[66] *Waterland*, p. 135.

[67] *Waterland* abre com uma epígrafe de *Great Expectations* e registam-se várias leituras comparadas entre os dois romances, relativamente à importância do *storytelling*.

mágica dos contos de fadas – "Era uma vez..." – para falar de História, de coisas que supostamente aconteceram uma vez e não num tempo inventado pela imaginação. E quando os estudantes julgam que o professor se quer antecipar à própria História ou que quer fazer parte dela sem o merecer, Crick consegue mostrar-lhes que todos nós já fazemos parte da História, e é esse o seu fascínio maior. "Man... is the story-telling animal"[68], logo todas as metanarrativas são construções pessoais legítimas e nenhuma História se escreve fora desse espaço criativo em que todos participamos. Graham Swift acrescenta um elemento que se considera, em regra ainda não fixada pela história literária, como uma das mais importantes características do romance pós-moderno: o trabalho com o sincronismo narrativo. Todas as acções (acontecimentos passados como a história familiar de Crick, a história pessoal de Crick desde a sua infância, a evolução dos Fens e a Revolução Francesa, que é, objectivamente, o que tem de ensinar nas suas aulas de História, e o presente de 1979, em que o seu lugar fica ameaçado de extinção) decorrem ao mesmo tempo em *Waterland*, porque o tempo cronológico não é medido. É uma forma dinâmica e hipertextual de construção de um romance: uma história que acontece e se acrescenta a qualquer momento. Na prática, isso significa que todos os leitores de todas as épocas se lhe podem acrescentar, com ou sem o conhecimento da intenção do autor dessa história.

Um dos casos mais relevantes de *ficcionismo* no romance pós-moderno é o de Doris Lessing, em *The Golden Notebook* (1962). Na contracapa de uma das primeiras edições, surge este texto reproduzido no *site* da escritora, que reproduzimos na íntegra, por o considerarmos uma síntese perfeita do que pode ser uma poética do *ficcionismo*:

> About five years ago I found myself thinking about that novel which most writers now are tempted to write at some time or another – about the problems of a writer, about the artistic sensibility. I saw no point in writing this again: it has been done too often; it has been one of the major themes of the novel in our time. Yet, having decided not to write it, I continued to think about it, and about the reasons why artists now have to combat

[68] Ibid., p. 62.

various kinds of narcissism. I found that, if it were to be written at all, the subject should be, not a practising artist, but an artist with some kind of a block which prevented him or her from creating. In describing the reasons for the block, I would also be making the criticisms I wanted to make about our society. I would be describing a disgust and self-division which afflicts people now, and not only artists.

Simultaneously I was working out another book, a book of literary criticism, which I would write not as critic, but as practising writer, using various literary styles in such a way that the shape of the book and the juxtaposition of the styles would provide the criticism. Since I hold that criticism of literature is a criticism and judgement of life, this book would say what I wanted of life; it would make implicitly, a statement about what Marxists call alienation.

Thinking about these two books I understood suddenly they were not two books but one; they were fusing together in my mind. I understood that the shape of this book should be enclosed and claustrophobic – so narcissistic that the subject matter must break through the form.

This novel, then, is an attempt to break a form; to break certain forms of consciousness and go beyond them. While writing it, I found I did not believe some of the things I thought I believed: or rather, that I hold in my mind at the same time beliefs and ideas that are apparently contradictory. Why not? We are, after all, living in the middle of a whirlwind.[69]

O combate literário e discursivo a certas formas de narcisismo, o bloqueio mental do escritor, o problema da originalidade e da ansiedade de influência, o conflito entre os géneros literários e a sua incorporação na narrativa constituindo-se como tema o próprio acto narrativo, as contradições do artista perante a essência da arte e o problema da representação dessa essência – tudo está aqui sintetizado. *The Golden Notebook* é muito mais do que o anúncio da ficção feminista pós-moderna, como tem sido apreciado. Este romance sobre uma escritora de meia-idade chamada Anna, perdida em amores desencontrados e ideiais políticos não menos caóticos, confessa-se uma "free woman". Por isso o romance tem sido como uma alegoria do que é a verdadeira libertação da mulher numa sociedade patriarcal. O que me interessa destacar é a forma como Doris Lessing recria

[69] Disponível nos seguintes endereços: <http://lessing.redmood.com/thegolden.html>; <http://www.dorislessing.org/thegolden.html> (Consultado em Novembro de 2006).

o padrão do *storytelling*: dois textos confluíram para este romance (a história do artista bloqueado e a especulação crítica sobre a criatividade artística). Duas tipologias textuais convergiram para o mesmo espaço para contar uma história que estava a ser contada de duas formas diferentes com duas linguagens diferentes, mas pelo mesmo pensador-escritor. O *ficcionismo* assumido do romance é, aliás, visível na sua abertura, em prefácio que começa por explicar a forma final deste *multi-layered novel*:

> The shape of this novel is as follows:
>
> There is a skeleton, or frame, called *Free Women*, which is a conventional short novel, about 60,000 words long, and which could stand by itself. But it is divided into five sections and separated by stages of the four Notebooks, Black, Red, Yellow and Blue. The Notebooks are kept by Anna Wulf, a central character of *Free Women*. She keeps four, and not one because, as she recognizes, she has to separate things off from each other, out of fear of chaos, of formless-ness – of breakdown. Pressures, inner and outer, end the Notebooks; a heavy black line is drawn across the page of one after another. But now that they are finished, from their fragments can come something new, *The Golden Notebook*.

E acrescenta, provocadoramente, uma lista de argumentos do género: "eu, escritor, publiquei este romance brilhante; vocês, críticos e académicos, estragaram aquilo que escrevi, perdem-se em pormenores textuais e esquecem o livro como um todo, desvirtuando aquilo que deve ser a literatura que não pode estar à mercê de estudos infinitos do mesmo livro, como fazem nas vossas teses académicas". Está por estudar do ponto de vista psicanalítico e literário, julgo, a ansiedade de um escritor perante a boa ou má recepção da sua obra literária. Deixando de lado esta questão menos académica, a auto-explicação de uma história ficcional complexa é outra forma de anular o modo de expressão convencional dessa história. Lemos *The Golden Notebook* de forma diferente depois do prefácio de 1971. Não é já um livro em várias camadas que tem que ser reunificado num livro final (o quase-mítico Livro Dourado), mas um livro cuja história inclui agora a leitura autoral em confronto com as diversas leituras discordantes da intenção original do mesmo autor. Talvez sem o querer, Doris Lessing desecandeou uma relação hipertextual com o seu romance: a forma como lemos o romance passa a fazer parte da sua história. Todos os leitores pertencem ao livro lido e nenhuma leitura destrói o texto por ser discordante da leitura original do seu autor.

9. O conflito da interpretação da natureza do romance: *romance* ou *novel*?

O mais significativo arrojo pós-modernista do romance de Byatt, *Possession*, começa na sua epígrafe:

> When a writer calls his work a Romance, it need hardly be observed that he wishes to claim a certain latitude, both as to its fashion and material, which he would not have felt himself entitled to assume, had he professed to be writing a Novel. The latter form of composition is presumed to aim at a very minute fidelity, not merely to the possible, but to the probable and ordinary course of man's experience. The former – while as a work of art, it must rigidly subject itself to laws, and while it sins unpardonably so far as it may swerve aside from the truth of the human heart – has fairly a right to present that truth under circumstances, to a great extent, of the writer's own choosing or creation... The point of view in which this tale comes under the Romantic definition lies in the attempt to connect a bygone time with the very present that is flitting away from us.[70]

O que pretende Byatt que o seu romance seja? *Novel* ou *romance*? Se fosse escrito numa outra língua qualquer, a questão seria impossível, porque os dois termos são utilizados invariavelmente num só (*romance*). Retomemos a questão, do ponto de vista da especulação literária. Não se trata de uma sinédoque singular da língua inglesa, mas tão só de um preciosismo linguístico que nunca conseguiu constituir-se em teoria. No século XIX, Walter Scott tentou disciplinar o uso dos dois termos na língua inglesa:

> [Johnson defined 'romance' as 'a tale of wild adventures in love and chivalry', but][71] We would be rather inclined to describe a Romance as 'a

---

[70] Nathaniel Hawthorne, Preface to *The House of the Seven Gables*, 1851.

[71] Refere-se à celebre definição de *romance* no *Dictionary of the English Language* (1755).

fictitious narrative in prose or verse; the interest of which turns upon marvellous or uncommon incidents'; thus being opposed to the kindred term Novel, which Johnson has described as 'a smooth tale, generally of love'; but which we would rather define as 'a fictitious narrative, differing from the Romance, because the events are accommodated to the ordinary train of human events, and the modern state of society'. Assuming these definitions, it is evident, from the nature of the distinction adopted, that there may exist compositions which it is difficult to assign precisely or exclusively to the one class or the other. [72]

Se a visão romântica do romance (*romance* em inglês) apontava para um produto complexo da imaginação, muitas vezes reservado para temas do fantástico, e só este parâmetro podia servir para o distinguir do romance (*novel*) enquanto género mais racional e próximo da experiência humana, não há forma de separar as duas possibilidades em todas as outras acepções conhecidas para o termo *romance* em outras línguas. O romance gótico, sub-género que iniciou a polémica distinção na literatura inglesa no século XVIII, sempre foi designado até hoje por *Gothic romance* (e não *Gothic novel*), porque persiste a ideia de que há uma fronteira de real no campo da construção do romance: se nos afastarmos do real visível e palpável, arriscamo-nos a participar numa história romanesca que não é reconhecida como romance (*novel*), mas como romance (*romance*). É difícil explicar, a partir desta pressuposição teórica, que exista alguma diferença em matéria de afastamento do real entre um romance gótico (*Gothic romance*) e um romance mágico (*magical novel*), cuja classificação de base se torna impossível de distinguir. Também não me parece convincente a mais recente tentativa de justificação desta impossível bipolarização entre *novel* e *romance* que Terry Eagleton faz em "What Is a Novel?":

Romance is full of marvels, whereas the modern novel is nothing if not mundane. It portrays a secular, empirical world rather than a mythical or metaphysical one. Its focus is on culture, not Nature or the supernatural. It is wary of the abstract and eternal, and believes in what it can touch, taste and handle. It may still retain some religious beliefs, but it is as

[72] Walter Scott, "Essay on Romance", publicado como verbete no suplemento de 1824 da *Encyclopedia Britannica.*

> nervous of religious debate as a pub landlord. The novel presents us with a changing, concrete, open-ended history rather than a closed symbolic universe. Time and narrative are of its essence. In the modern era, fewer and fewer things are immutable, and every phenomenon, including the self, seems historical to its roots. The novel is the form in which history goes all the way down.[73]

A capacidade que o romance (*novel*) moderno tem para vencer a barreira das coisas sensíveis e das realidades menos mundanas (por exemplo, os romances de Albert Camus), a forma como lhe é possível representar cenários inverosímeis e intrinsecamente simbólicos (por exemplo, os romances de Franz Kafka), a abertura que faz ao sobrenatural (por exemplo, toda a ficção do chamado realismo mágico), são apenas alguns dos muitos casos que impedem a distinção entre *romance* e *novel*, tal como é proposta por Eagleton. As literaturas latinas não têm este problema epistemológico (*romance* é a designação única para os dois termos) precisamente porque desde o século XIX, sobretudo, que o mundo representado ficcionalmente não pode ser dividido em natural e sobrenatural, falso e verdadeiro, visível e invisível, sensível e insensível, fenomenal e numenal, etc. Do realismo do final do século XIX ao neo-realismo nas literaturas latinas, o pressuposto é o da existência de um mundo representável de diferentes formas, segundo uma determinada estética que dispensa a bipolarização do género literário para se concretizar em obra de arte ficcional.[74]

A. S. Byatt leva-nos de volta para esta discussão sobre a natureza do romance (*novel*) com a epígrafe que escolheu para *Possession*, contudo a aporia terminológica também não vai ficar resolvida desta vez. Também não nos parecem satisfatórias todas as tentativas estruturalistas e pós-estruturalistas para separar aquilo que o romance pós-moderno tenta manter o mais ligado possível: a dimensão da história narrada com a dimensão das técnicas da narração dessa história.

---

[73] In *The English Novel*, ed. cit., p. 3.

[74] Num livro corajoso, *The True Story of the Novel*, Margaret Anne Doody começa por afirmar que "Romance and the novel are one." (Rutgers University Press, 1997, p. 15), e defende depois que a distinção foi uma invenção do século XVIII inglês para se defender da ficção "realista" que vinha do continente europeu e ameaçava a tradição inglesa de *romance*.

Aspects of the Novel (1927), baseado nas lições que E. M. Forster deu em Cambridge, fez escola internacional, sobretudo em bipolaridades como *story* ("a narrative of events arranged in their time-sequence": "The king died and then the queen died") e *plot* ("also a narrative of events, the emphasis falling on causality": "The king died, and then the queen died of grief" (p. 86). Esta bipolaridade é hoje insustentável em termos teóricos e práticos, porque podemos alterar criativamente os termos da narrativa-exemplo: "The king died and then the queen died, you can only guess." Neste caso, a simples introdução de um elemento metanarrativo com intenção parodística pode ser o suficiente para perdermos de vista a lógica da temporalidade (a rainha morreu porque imaginamos que tenha morrido, mas não podemos garantir que a sua morte não seja apenas uma ficção para justificar uma história conhecida universalmente). No caso de *plot*, a inclusão de emoções não é suficiente para alargar o campo objectivo da narrativa como *story*. A ideia de causalidade também existe nas metanarrativas, mesmo que esteja desordenada na sequência dos acontecimentos: "Grief will be a mortal augury. The king died, and then the queen died". Uma metanarrativa não é facilmente divisível em elementos mais ou menos visíveis, de tal forma que os possamos analisar em laboratório para síntese final. Não vejo como podem funcionar de forma estanque numa metanarrativa certas bipolaridades identificadas pela teoria literária do século XX, como *fabula* e *sjuzet* dos formalistas russos, *histoire* e *discours*, de Émile Benveniste, *histoire* e *récit*, de Gérard Genette ou *story* e *discourse* de Seymour Chatman.

O romance pós-moderno em especial tem procurado fazer funcionar no mesmo texto diversos focos narrativos combinados com diferentes modos de expressão do literário. As bipolaridades existem, qualquer que seja o seu nome, senão como explicar, por exemplo, que em *Possession* ou em *Waterland* existe uma clara separação, sigamos como hipótese a teoria de Benveniste, entre a *histoire* (os acontecimentos passados descritos nesses romances são impersonalizados ao mesmo tempo que se exclui o valor do presente da enunciação) e o *discours* (o presente em que se dá o "encontro" entre o locutor-narrador e o leitor-interlocutor, de forma a que seja o primeiro quem tenta influenciar o segundo)? Todo o romance pós-moderno anseia, precisamente, a desconstruir esta bipolaridade, a fazer com que história seja mais presente do que passado (ou pelo menos tão presente e tão futuro quanto passado), a fazer com narrador, autor e leitor sejam cada vez mais interlocutores uns dos outros e não apenas num único sentido, a fazer com que quer no plano da *histoire* quer no plano do *discours* os acontecimentos tanto pareçam que se narram a si próprios como se fôssemos nós próprios os seus narradores dinâmicos.

Querer ligar um romance sobre coisas passadas ao presente vivido tanto se suporta no género *novel* como no género *romance*, embora Byatt se esforce por tentar demonstrar que existe uma diferença histórica. O facto de nos impor um sub-título (*A Romance*) deriva de uma falsa distinção insinuada por Hawthorne: a "fidelidade" do romance (*novel*) ao relato da experiência humana controlado de forma racional, algo que, por oposição, não existe como prerrogativa em outro tipo de romance (*romance*). É este que é capaz de se comprometer com um programa de escrita mais criativa e mais livre, mais controlada pelo escritor do que pelas regras canónicas do género. Não temos como provar esta teoria, quando sabemos, a partir do século XX, que em todas as literaturas, incluindo a inglesa, é o romance (*novel*) que triunfa precisamente nessa missão. O romance (*novel* e *romance*) dispensa este tipo de divisão quase científica que herdámos do romantismo inglês. O romance não precisa de deixar de cumprir ambas as funções (representação da experiência humana universal e representação da experiência individual do escritor aliada à sua imaginação criativa) se se usar apenas um único termo da equação. *Possession* podia ter como subtítulo *A Novel* e nada se alteraria no seu projecto teórico de construção da narrativa, apesar de a Autora poder discordar deste opção.

O ataque de Byatt à pretensa estética pós-moderna de anulação da história com história funda-se na hipótese de o texto ficcional contemporâneo ter abandonado o respeito pela coerência e pela coesão narrativas. Byatt receia que o leitor interprete o seu romance como uma história sem nexo, porque se assume que todas as histórias de hoje são desconexas para cumprir o postulado pós-moderno. É um caminho interpretativo desnecessário. Não é difícil aceitar que uma história complexa seja uma história coerente, não é difícil aceitar que *Possession* possui uma *intriga* (*plot*) baseada num jogo complexo de acções secundárias que não se podem dispensar, por isso

Roland e Maud pertencem de direito e de facto a uma história (*plot*) com armadilhas que só com a cumplicidade benigna do leitor é possível funcionar:

> Somewhere in the locked-away letters, Ash had referred to the plot or fate which seemed to hold or drive the dead lovers. Roland thought, partly with precise postmodernist pleasure, and partly with a real element of superstitious dread, that he and Maud were being driven by a plot or fate that seemed, at least possibly, to be not their plot or fate but that of those others. And it is probable that there is an element of superstitious dread in any self-referring, self-reflexive, inturned postmodernist mirror-game or plot-coil that recognises that it has got out of hand, that connections proliferate apparently at random, that is to say, with equal verisimilitude, apparently in response to some ferocious ordering principle, not controlled by conscious intention, which would of course, being a good postmodernist intention, *require* the aleatory or the multivalent or the 'free', but structuring, but controlling, but driving, to some – to what? – end. Coherence and closure are deep human desires that are presently unfash-ionable. But they are always both frightening and enchantingly desirable. 'Falling in love', characteristically, combs the appear-ances of the world, and of the particular lover's history, out of a random tangle and into a coherent plot. Roland was troubled by the idea that the opposite might be true. Finding themselves in a plot, they might suppose it appropriate to behave as though it was that sort of plot. And that would be to compromise some kind of integrity they had set out with.[75]

A narrativa contemporânea não está em perigo, ou pelo menos não corre os perigos que Byatt antecipa. A dúvida de Lyotard sobre a validade das metanarrativas não é suficiente para pôr em perigo a criação romanesca de uma grande narrativa, como acontece com *Possession*, de Byatt, ou com *Waterland*, de Swift. É difícil demonstrar com rigor que o tempo das grandes narrativas alguma vez esteve suspenso na história da literatura ocidental. O que há de novo, sim, é a aprendizagem do passado através das ficções meta-historiográficas com o pressuposto de que elas servem sobretudo para reaprendermos o presente. E esse programa narrativo pode ser construído de acordo com a mais tradicional matriz do romance histórico, à qual são acres-

[75] Ibid., pp. 421-422.

centadas novas técnicas de representação (gráficas e conceptuais). É isso que Swift tentou concretizar em *Waterland*. No fundo, todos nós temos que saber explicar ao aluno Price, um dos primeiros a intervir naquele romance, que só podemos compreender melhor o presente se soubermos muito mais sobre o que se passou antes. Se Price reclama junto do seu professor de História que: "What matters...is the here and now. Not the past"[76], terá de aprender que a História também existe no presente. A estratégia do professor é notável: ensinar--lhe-á a Revolução Francesa através da sua (do homem-professor) própria história pessoal: "'Who will not know of the mud of Flanders? Who will not feel in this twentieth century of ours, when even a teenage schoolboy will propose as a topic for a history lesson the End of History, the mud of Flanders sucking at his feet?'"[77] Neste reconto, a trama narrativa não é o desfiar cronológico de acontecimentos, como num romance histórico tradicional, mas o assistir a esses acontecimentos na exacta dimensão em que eles ocorrem. Como uma tal assistência não segue nenhum plano linear, porque o que aconteceu e o que acontece são sempre uma parte do caos que é o tempo histórico, a narração também reflectirá esse caos. Mesmo as tramas narrativas mais complexas e, aparentemente, mais disciplinas cronologicamente, como, por exemplo, *Tom Jones*, de Henry Fielding, que Samuel Taylor Coleridge considerou um dos três *plots* de sempre planeados com maior perfeição, contêm uma parte do caos factual em dose suficiente para não nos permitir extrair todos os sentidos da intriga principal apenas através do plano restrito dos acontecimentos dados em aparente sincronia. É cada vez mais *clássica* a tese de Aristóteles que defende que um conjunto de discursos desordenados, mesmo que perfeitamente executados, nunca terá o mesmo impacte emocional de uma série de discursos de locutores imperfeitos cuidadosamente ordenados num mesmo texto. É cada vez mais contemporânea a advertência de Henry Fielding para os leitores do seu século XVIII: "This Work may, indeed, be considered as a great Creation of our own; and for a little Reptile of a Critic to presume to find Fault with any of its Parts, without knowing the

[76] *Waterland*, p. 6

[77] *Ibid*. p. 19.

Manner in while the Whole is connected, and before he comes to the final Catastrophe, is a most presumptuous absurdity",[78] ou seja, nenhuma obra romanesca fica completa sem a cumplicidade dos seus leitores para dela extraírem o seu sentido, incluindo nessa hermenêutica pública e positiva a descoberta da obra em toda a sua completitude, de que também fazem parte todas as fracções obscuras da narrativa. Uma grande narrativa também tem os seus buracos negros, porém, ao contrário do que se passa com os buracos negros do Universo que não são observáveis directamente porque não emitem radiação, os das grandes narrativas são visíveis por quem é capaz de olhar para tudo o que está à sua volta e tentar compreender o todo que é o texto literário de ficção.

Voltando à crítica de Byatt à crítica de Jean-François Lyotard para o fim das grandes narrativas, não podemos extrapolar a todas as teorias pós-modernas sobre as descontinuidades narrativas, a fragmentaridade do discurso da ficção ou a preferência pela história sem história. O que está em causa é o facto de muitos leitores serem incapazes de detectar a coerência e a coesão narrativas num texto que procura sistematicamente a sua ocultação. Tal como no Universo, os buracos negros do texto exercem força gravitacional sobre os corpos ao seu redor e graças a isso podemos detectá-los. Mas este trabalho exige um leitor (muito bem) informado, o que não significa que o caos narrativo seja uma espécie de tumefacção que importa curar. Por exemplo, a forma como Byatt desenha a psicologia de um dos protagonistas da sua história, Maud, serve o propósito de transposição da fragmentaridade da sociedade para o núcleo do romance, um texto tão "intermitente e parcial" como as suas personagens:

> Narcissism, the unstable self, the fractured ego, Maud thought, who am I?... It was both a pleasant and an unpleasant idea, this requirement that she think of herself as intermittent and partial. There was the question of the awkward body. The skin, the breath, the eyes, the hair, their history, which did seem to exist.[79]

---

[78] *The History of Tom Jones, A Foundling,* ed. Fredson Bowers, Wesleyan Edition of the Works of Henry Fielding, 2 vols., Oxford University Press, Oxford, 1975, pp. 524-25.

[79] *Possession*, p. 251.

Há uma premeditação do caos nas narrativas pós-modernas que é controlada em todos os momentos pelo autor. Não ser capaz de reconhecer essa premeditação como um sinal do génio artístico é um problema de formação do leitor e não um problema de excesso de teoria.

10. A questão da auto-reflexividade

Um romance auto-reflexivo é aquele que se refere ao seu próprio processo de criação. *The Golden Notebook* abre dessa forma, explicando deasde logo a sua estrutura formal. Esta circunstância tem sido apontada como uma das principais marcas da literatura pós--moderna, mas não nos devemos deixar iludir pela datação possível desta "literatura". A auto-reflexividade é já uma das marcas da técnica narrativa de Cervantes no *D. Quixote*, que contém exemplos suficientes para fundar um estilo único: na segunda parte da novela-romance, as personagens lêem, em reflexão crítica e satírica, o texto da primeira metade, incluindo o próprio protagonista a surpreender uma personagem a ler uma versão "pirata" do Livro Dois escrito por alguém que não o autor real Miguel de Cervantes. A auto-reflexividade é a técnica narrativa de suporte de qualquer manifestação de *ficcionismo*, mas se não é de nenhuma época em particular, se se trata de um verdadeiro modo de expressão do literário, o que é que levou a que se tomasse como um paradigma da ficção pós-moderna?

Se o romance enquanto género literário conhece a técnica da auto-reflexividade desde a sua nascença, temos que distinguir os tipos de auto-reflexividade e os modos da sua expressão que mais têm interessado os romancistas das últimas décadas. Considero dois tipos fundamentais de auto-reflexividade: *metanarrativa*, quando o texto de ficção se ocupa dos problemas técnicos e estruturais da narrativa (originalidade, criação literária, escrita literária, função do narrador, do autor, do leitor, organização das acções, fundação do estilo e da linguagem, problemas de retórica, psicologia e sociologia das personagens, etc.); *meta-ideológica*, quando o texto de ficção se ocupa da discussão de ideias paraliterárias, normalmente vindas dos campos da filosofia, da ética, da religião ou da política. Neste último caso, o texto de ficção é muitas vezes um ensaio de ideias que usa uma história ficcional como ilustração e não como matéria fundamental do literário, ou seja, ilustra-se um ideia forte com um episódio romanesco, numa espécie de alegoria filosófica, cuja demonstração é necessária para credibilizar o pensamento e cuja ficcionalização é suficiente para nos convencer de que qualquer fragilidade nos argumentos deve ser atenuada pela natureza não científica do texto.[80] Sirvam de exemplos para os dois tipos de auto-reflexividade *O Bosque Harmonioso* (1982), de Augusto Abelaira, para o tipo metanarrativo, e o romance de Graham Greene *The End of the Affair* (1951), para o tipo meta-ideológico.

The End of the Affair (1951)[81], de Graham Greene (1904-1991), é uma comédia romântica do género a que os não devotos costumam chamar romance "água-com-açúcar". Mais justa parece ser a opinião do realizador Neil Jordan que em 1999 fez a segunda adaptação ao cinema do romance de Greene,[82] interpretando *The End of the Affair* como uma história do amor irracional. E o enredo é simples de resumir: O romancista Maurice Bendrix tem um caso com Sarah, a mulher de um de seus amigos, mas enquanto Londres é devastada pelas V2 alemãs, em plena II Guerra Mundial, por volta de 1940, ela termina o caso sem dar nenhuma explicação. Bendrix contrata um detective particular, porque, roído pela dor do ciúme, acredita que tem um rival mais importante do que ele. Invariavelmente considerado um dos melhores dos 64 romances escritos por Greene, *The End of the Affair* é uma história inspirada no romance extraconjugal do próprio Autor, na idade de 43 anos, com a norte-americana Catherine Waltson, mulher de 30 anos casada com um rico fazendeiro.[83]

---

[80] É neste sentido que vale a pena falar da reflexividade no romance moderno e contemporâneo como uma arte revolucionária, como o faz Robert Siegle em *The Politics of Reflexivity*: "Reflexivity is a permanently revolutionary dimension of literature that persists in resisting the yoke of any paradigm that attempts to obscure its own self-transforming qualities." (Johns Hopkins University Press, Baltimore e Londres, 1986, pp. 244).

[81] *The End of the Affair*, Vintage, Londres, 2003; *O Fim da Aventura*, 5ª ed., trad. de Jorge de Sena, Asa, Porto, 2002. Edição em castelhano em DVD: *El fin del romance* (Columbia Tristar Home Video, 2000), com subtítulos em Português.

[82] A primeira adaptação é de Edward Dmytryk, a preto e branco, em 1955, e é um filme menor.

[83] Sobre o assunto existe inclusive literatura especulativa. Ver, por exemplo, *The Third Woman: The Secret Passion That Inspired the End of the Affair* (2000), de William Cash,

O romance ficcionado de Greene resiste à tentativa de o interpretar, mas como representação da vida realmente vivida e é nesta postura que devemos começar por investigar e reconhecer a recusa pós-moderna da identificação da matéria da ficção com a matéria da vida real. "We tell stories and listen to them because we live stories and live in them," esclarece o romancista norte-americano John Barth em "Tales within Tales within Tales," um ensaio de 1981, "Narrative equals language equals life. To cease to narrate, as the capital example of Scheherazade reminds us, is to die. . . . One might add that if this is true, then not only is all fiction fiction about fiction, but all fiction about fiction is in fact fiction about life."[84] A proposta de Barth, que é deduzida do pensamento de Jorge Luís Borges sobre os limites da ficção, pode também ser colocada nos seguintes termos: **É o escritor que escreve o romance ou é o romance que *forma* o escritor?** Podemos sempre seguir um caminho como o que indica Gore Vidal, em oposição declarada ao caminho auto-reflexivo proposto por John Barth. Em "The Hacks of Academe", Vidal adverte: "I suspect that the works of Professor Barth are written not so much to read as to be taught."[85] Vladimir Nabokov também anda por esta estrada anti-académica: "I write mainly for artists, fellow-artists and follow-artists."[86] O problema está em misturar um certo academismo

---

um biógrafo que se apresenta como "a burnt-out journalist" e que pertence ao clube romântico dos que exigem que um romancista se envolva o mais possível nas histórias que conta. O resultado da "investigação" é pouco mais do que nulo, em relação aos factos conhecidos do relacionamento de Greene com Catherine Walston e ainda mais irrelevante para a compreensão do romance ficcionado.

[84] *The Friday Book: Essays and Other Nonfiction*, Johns Hopkins University Press, Baltimore e Londres, 1997, p. 236.

[85] "The Hacks of the Academe", in *Matters of Fact and Fiction: Essays 1973-1976*, Random House, Nova Iorque, 1977, p. 97.

[86] *Strong Opinions*, McGraw-Hill, Nova Iorque, 1973, p. 41 (originalmente, a citação pretence à conversa-entrevista de Nabokov a Alvin Toffler, que apareceu na *Playboy* em Janeiro de 1964. A posição de Nabokov pode ser explicada por um certo ressentimento em relação a leituras intencionalistas da sua obra. A citação completa é esta: "Every good reader has enjoyed a few good books in his life so why analyze delights that both sides know? I write mainly for artists, fellow-artists and follow-artists. However, I could never explain adequately to certain students in my literature classes, the aspects of good reading – the fact that you read an artist's book not with your heart (the heart is a remarkably stupid reader), and not with your brain alone, but with your brain and spine. "Ladies and gentlemen, the tingle in the spine really tells you what the author felt and wished you to feel." I wonder if

ou elitismo com a ideia de romance auto-reflexivo. Poucos foram mais longe neste campo do que Nabokov, por exemplo, mas não é necessário que um romance seja escrito para uma pequena comunidade de leitores privilegiados para que seja desprezível, como não é necessário que seja escrito com o maior número possível de enigmas só acessíveis a eruditos para que seja um romance a canonizar. A existir uma medida universal para tudo, que não confundo com nenhuma divindade, para aferir o valor histórico de um romance, não será a um místico que vamos pedir conselho exclusivo para tão importante decisão. Quero dizer, o romance não está nunca sujeito a um único destino. Não se escreve um romance auto-reflexivo para não ser entendido por ninguém como não se escreve com a exigência de apenas uns poucos o poderem ler correctamente. O que Gore Vidal pretende excluir do processo de criação romanesca não faz sentido: ninguém pode eliminar o enciclopedismo de *Ulysses*, de Joyce, só para o tornar legível pelo grande público; ninguém pode eliminar o teatro dentro do teatro de *Hamlet*, de Shakespeare, só para que a representação seja possível de forma linear; ninguém pode eliminar os intertextos da *Ilíada*, de Homero, só para manter a matéria mítica ao nível de um conto oral. Em suma, não há simplesmente obras de arte para serem lidas e não estudadas como não há obras para serem lidas e estudadas apenas por um grupo privilegiado.

Freud fez-nos crer que o texto literário é um sintoma do escritor que o escreveu, ou seja, é o resultado do trabalho do inconsciente traduzido numa narrativa verbal. O que escrevemos é o que sonhamos ou o que vivemos inconscientemente; os dramas da escrita são os dramas que de alguma forma vivemos dentro de nós próprios. Se é verdade que muitos escritores subscrevem religiosamente esta tese, o facto é que a modernidade e o que veio depois dela trouxeram-nos não só uma espécie de pessimismo individual incurável e inconciliável com o mundo exterior como ficamos sem saber a quem culpar por esse pessimismo: o mundo que representa o que somos ou o que somos que se representa como mundo?

I shall ever measure again with happy hands the breadth of a lectern and plunge into my notes before the sympathetic abyss of a college audience." O que Nabokov abomina é um certo academismo crítico que tenta extrair da sua obra uma intenção canonizável do autor e, muitas vezes, deduções absurdas sobre a sua personalidade como homem a partir daquilo que escreveu como romancista.

A maior parte dos escritores pós-modernos tenta esconder-nos a resposta a esta questão e increvem a sua estratégia de dissimulação no próprio corpo do romance, não hesitando em usar a própria literatura para fazer literatura em exercícios de intertextualidade criativa, como o fazem o sul-africano J. M. Coetzee em *Foe* (1986), o indiano Salman Rushdie em *Midnight's Children* (1981), ou o canadiano Timothy Findley em *Famous Last Words* (1981). Outros romancistas como Graham Greene, David Lodge ou Malcolm Bradbury tentam assegurar que existirá sempre uma certa forma de verosimilhança que não tem que estar relacionada com a busca mítica de uma verdade absoluta. Por outras palavras, o romance não tem que ser uma projecção dos actos vividos, mas pode aproveitá-los como pretexto para fundar um novo mundo criado pela imaginação artística, o que pode ser uma simples variação da resposta anterior à mesma questão central sobre quem é que escreve o quê. Os romancistas ingleses do século XVIII, como Daniel Defoe, Henry Fielding ou Samuel Richardson, colocaram em primeiro lugar a questão da representação do real na ficção, mas quiseram propor os seus romances como obras verídicas, no sentido em que deviam representar alguma forma de verdade. Não parece ser esse o caso da maior parte da ficção em língua inglesa que nasce depois da Segunda Guerra mundial. O sentimento colectivo pós-traumático da experiência da guerra não chega para explicar esta forma de pessimismo, que muitos transformarão em programa de escrita. Rushdie, em *Midnight's Children*, dá-nos uma alegoria da distância que vai da ficção à realidade:

> Reality is a question of perspective; the further you get from the past, the more concrete and plausible it seems - but as you approach the present, it inevitably seems more and more incredible. Suppose yourself in a large cinema, sitting at first in the back row, and gradually moving up, row by row, until your nose is almost pressed against the screen. Gradually the stars' faces dissolve into dancing grain; tiny details assume grotesque proportions; the illusion dissolves – or rather, it becomes clear that the illusion itself *is* reality.[87]

[87] *Midnight's Children*, pp. 165-166.

O filme *The End of the Affair* presta-se a este teste. Começando com um *close-up* nas palavras de uma máquina de escrever, o filme leva o público a ter uma sensação permanente de *dejá vu*, para que a trama narrativa não se fixe num só plano. Um breve *travelling* sobre o espaço íntimo do escritor-personagem resume o trabalho metaficcional, mas também introduz com grande eficácia a predisposição do amante para o prazer em humilhar o marido traído. "A realidade é uma questão de perspectiva", dizia atrás Salmon Rushdie, e é isso que nos faz compreender a recorrência das duas frases iniciais de Maurice Bendrix (Ralph Fiennes): *"Este é um diário de ódio!"* e *"Sou um homem ciumento!"*. Dependendo de quem narra – o escritor Bendrix, a *pivot* da paixão dos dois homens, Sarah, o marido traído Henry ou o detective contratado para seguir Sarah –, a perspectiva adquire um significado diferenciado. Assim devia ser a leitura do romance de Greene: para além dos possíveis vestígios de um romance autobiográfico, o que mais importa é a leitura que cada um de nós é capaz de extrair de uma história de amor com um padrão que não é de nenhum tempo histórico e que não resulta de nenhuma interpretação mimética da realidade.

Mais, se a realidade é ainda uma questão de perspectiva, a forma de a representar também está condicionada a uma focalização que é controlada por quem interpreta o que vê. No princípio do jogo da sedução, Sarah e Maurice têm a oportunidade de assistir a um filme, que é uma adaptação de um romance de Maurice. O marido de Sarah não gosta de ir ao cinema e não se importa que a mulher saia com amigos. O que interessa aqui é destacar a reacção negativa do romancista-personagem Maurice Bendrix à livre adaptação ao cinema de uma obra sua. Maurice protesta pelo desvio que o filme faz do seu romance: "That's is not what I wrote, you know" (p. 43), mas este é um logro ficcional: tal como o romance, a ficção cinematográfica não tem que ser reprodução mimética de um texto pré-estabelecido; o cinema não tem que ser fiel à literatura na exacta medida em que a literatura não tem que ser fiel à realidade que representa. A ficção é esse momento de infidelidade na representação do real sem o qual não distinguiríamos um romance de uma reportagem.

Convertido ao catolicismo desde os seus 21 anos, quando adoptou simbolicamente o nome de St. Thomas the Doubter, na recepção que a Igreja lhe fizera, Greene acreditava seriamente que o religioso e o escritor nunca alcançam o que buscam. Este pessimismo não é um programa de vida católico, mas apenas uma forma subtil de justificar que nunca poderemos chegar a um patamar de existência superior que nos está proibido por decreto moral. Vencer o divino não é o programa de vida de Greene, mas tentar compreender por que é que não podemos aspirar a uma vida mais de acordo com a perfeição que nesse nível parece habitar já parece ser desafio aceitável. Qualquer religião necessita de alimentar a proibição da dúvida para que a crença na divindidade que se coloca num nível superior ao homem possa não perder esse lugar hierárquico de privilégio. Ao homem está proibido duvidar que esse lugar exista, como está proibido de alimentar a esperança de o poder alcançar. Esta impossibilidade existencial conduz, em regra muito geral, ao problema da legitimidade da fé: *afinal, para quê acreditar?* O questionamento da fé cristã é um tema maior no romance de Greene, que sobrevive na adaptação ao cinema na reinterpretação de Neil Jordan. Não sei em que obra é mais eficaz o poder de nos convocar para a história: se no romance, pelos movimentos da escrita, se no filme, pelos movimentos da câmara. A dado momento do filme, quando os amantes Bendrix e Sarah vivem uma crise de consciência, Sarah sai a correr à chuva. Bendrix vai atrás dela e diz: *"Tenho ciúmes de tudo que se move. Tenho ciúmes da chuva!".*[88] Cobre-a com a sua capa e beijam-se numa espécie de anti-serenata à chuva, enquanto a câmara gira em torno dos dois. Somos levados pelo movimento lento e circunspecto da câmara a acreditar que estamos em cena com os actores, da mesma forma que todos os problemas de má-consciência que se descrevem no romance de Greene são-nos comunicados como se fizessem parte de um património moral comum. Este poder de convocação do leitor-espectador é hoje reconhecidamente uma marca do pós-modernismo literário e cinematográfico.

O questionamento da fé nos romances de Greene não é do mesmo tipo que encontramos em muita literatura a partir da II Guerra Mundial, sobretudo na literatura de inspiração existencialista. Greene continua, em parte, a tradição dos romances vitorianos[89] que trataram

---

[88] As palavras são do guião do filme e não estão no texto original.

[89] Ver a este propósito: Robert Lee Wolff, *Gains and Losses: Novels of Faith and Doubt in Victorian England* (1977).

a questão da fé e da dúvida, sem melancolias, mas também sem rupturas com a doutrina vigente. Esperaríamos que existisse aqui, de forma clara, um rompimento com a modernidade, capaz de apontar uma saída para a condição humana, mas Greene não está interessando em resolver o dilema fundamental do existencialismo: *Como conviver num mundo absurdo?* Ao colocar o homem na dependência espiritual de Deus, mesmo que para isso tenha que passar pelo sofrimento da dúvida, anula-se a possibilidade de ser o próprio homem a dar um sentido à vida – exactamente o programa existencialista de Sartre. No mundo católico dos romances de Greene, o homem só existe em função dos pontos de referência previamente estabelecidos pela doutrina para o guiar. Quando não os encontra, questiona-se; quando os reencontra, conforma-se. Falta aqui, a esta doutrina moral, a crença de que é a partir da sua individualidade que o homem deve dar sentido à vida, apesar de os mais optimistas verem em Greene um positivismo moral que um vitoriano como Thomas Hardy não foi capaz de emprestar aos seus romances, apenas porque Greene nos deixa entrever a luz de Deus no final de cada conflito interior vivido pelas suas personagens.

Usar o catolicismo como tema de ficção é, contudo, no caso de Greene, uma aprendizagem difícil. Não sejamos tentados a ler a sua obra como um prolongamento da fé do próprio escritor, o que seria absurdo, mas sejamos capazes de ver nesse tema, como bem observou um dos seus mais atentos leitores, David Lodge, um artifício literário para estudar as diferentes formas de expressão da natureza humana. Os símbolos do catolicismo estão nos romances para serem desconstruídos (na acepção mais literal do termo) e não reconstruídos ou validados. Por isso interessam a Greene mais os pecadores do que os virtuosos, por isso se diz muitas vezes que a obra de Greene é mais um catecismo para os desesperados do que para os felizes, como se vê na escolha para epitáfio de *The Heart of the Matter*: "The sinner is at the very heart of Christianity. . . . No one is as competent as the sinner in Christian affairs. No one, except the saint." (Charles Péguy). *The End of the Affair* segue a mesma lição. O seu êxito comercial foi tão notório que alguns católicos mais ortodoxos criticaram as opções moralistas de Greene, dizendo que o romance parece convidar a acreditar que Jesus Cristo terá dito aos seus discípulos: "Se me amais, quebrai os meus mandamentos." Neste ponto, Greene consegue vencer as limitações de uma postura católica de raiz vitoriana, embora lhe falte, a meu ver, o elemento parodístico e satírico que podemos encontrar, por exemplo, em *The French Lieutenant's Woman*, de John Fowles. Aqui, a fé é uma forma de impedimento à compreensão da verdadeira humanidade do homem; em Greene, prevalece a ideia de que o homem consegue, apesar das tentações do coração, compreender a sua própria natureza imperfeita, mas em sintonia com algo que lhe é superior. Falta aos heróis de Greene a capacidade crítica sobre as restrições à liberdade individual e moral.

O modernismo produziu romances que prolongaram a crença iluminista no conhecimento total, sobretudo nas visões cristãs do mundo ao qual temos acesso pela fé num deus que é uma espécie de guardião desse conhecimento total. O romancista acreditava ainda que uma grande narrativa seria aquela capaz de conter a súmula de todo o conhecimento acessível à compreensão humana, ao mesmo tempo que daria resposta a todos os problemas conhecidos. De certa forma, esta espécie de optimismo contradiz a legitimação de qualquer fé, porque torna desnecessária a existência de um código moral que contenha todos os ensinamentos tidos por bons. A partir da II Guerra Mundial, as narrativas de ficção, em particular aquelas que falam dos próprios limites da ficção, tendem a abandonar este optimismo, propondo que não só a descrença nos grandes códigos como a descrença num único código. O jogo das intertextualidades não é um apelo a um novo código. Ele está presente em todo o lado, desde os filmes dos Monty Python aos cartoons de Bugs Bunny. O jogo com o grafismo textual que dominou o modernismo dá lugar ao jogo com o texto visual e com o metatexto ou o texto que fala consigo *próprio*. É a interactividade destes elementos que permite fundar novas proporcionalidades no campo da literatura ficcional sem termos a necessidade de acreditar que um qualquer deus vai controlar todas as combinações possíveis que a imaginação conseguir desenhar. A ideia de Deus hoje só devia fazer sentido se fosse possível hipertextualizá-la: como qualquer hipertexto da Internet, Deus seria interactivo, seria visto, seria olhado, seria ouvido, seria copiado, seria colado, seria instalado, seria desinstalado, mandar-lhe-íamos um e-mail e ele responderia. Este é o Deus pós-moderno que ainda não inventámos.

The End of the Affair, de Neil Jordan, quis manter-se o mais fiel possível ao guião do romance. Segue inclusive com grande disciplina todos os movimentos da narrativa, avançando quando o texto do romance avança e recuando quando a história de Maurice e Sarah recua, ao contrário da primeira versão cinematográfica do livro (a de Edward Dmytryk, de 1955), que reconstruiu o romance anulando os movimentos progressivos e regressivos, para fundar uma linearidade narrativa de que o cinema do pós-guerra ainda não queria abdicar para contar uma história que de outra forma o público não saberia *ler*. Mas o livro não é a história de um amante *substituto*. Greene quis antes dar-nos um romance sobre as possibilidades da subjectividade ética que nos leva do ciúme dos homens à incapacidade de Deus para controlar esse ciúme. O conflito de Sarah com Deus é um conflito auto-reflexivo, mas ao qual falta interactividade. O amor acaba porque Deus não responde às mensagens de Sarah; Bendrix falha o seu projecto de vida e de amor, porque Deus não lhe pôde dar a força que não existia dentro de si próprio. Num final de impassibilidade perante o poder de Deus que não é próprio de um romance cristão (fica aí arrumada de vez a hipótese de o livro ser lido como tal), Bendrix faz questão de dar uma anti-moral à história da sua vida de amante substituto:

> I wrote at the start that this was a record of hate, and walking there beside Henry towards the evening glass of beer, I found the one prayer that seemed to serve the winter mood: O God, You've done enough, You've robbed me of enough, I'm too tired and old to learn to love, leave me alone for ever. (p.192)

Num filme de 98 minutos, só aos 50 é que aparece Deus pela primeira vez, mas nem assim a sua evocação vai ser essencial para compreender a intriga e o trabalho auto-reflexivo dos protagonistas no filme. Só depois do encontro de Sarah com Deus ficamos a conhecer a lógica circular da narrativa, respeitando o original com grande disciplina e engenho, mas também é agora que Sarah faz as contas com a sua própria consciência: "Meus Deus, estou farta. Estou farta de estar sem ele [Maurice] e a culpa é toda Tua." O ciúme e o ódio são sentimentos que Greene trabalha de forma a permanecerem como forças motrizes da acção: o amante ciumento que tudo faz para manter o poder que tem sobre a mulher amada depende do diálogo da consciência com o próprio poder de Deus, que é o que se procura verdadeiramente vencer. O filme também coloca Bendrix a lutar constantemente contra os acontecimentos, mas neste caso sem que Deus seja responsável por nenhum dos seus actos ou motivações. No livro, a história do amor entre Bendrix e Sarah é, a duas vozes, a história da consciência que se quer libertar do poder de Deus sobre o amor entre homem e mulher, algo que Greene insiste em deixar à mercê dos caprichos humanos e não na dependência de um deus que quer ver tudo escrito segundo a sua lei. O filme não nos dará essa moral, porque se interessa apenas pela dimensão humana do amor. De notar que o fim do caso amoroso, é dado simbolicamente na promessa a Deus quando Sarah imagina o amante morto por causa da explosão de uma bomba e pede à divindade que o restitua à vida por troca com a desistência de tal paixão:

> I love him and I'll do anything if you'll make him alive... I'll give him up forever, only let him be alive with a chance... People can love each other without seeing each other, can't they, they love You all their lives without seeing You" (p.95)

O fim é adiado várias vezes, tantas quantas as tentativas que Sarah e Bendrix fazem para resistir ao compromisso da consciência com algo supostamente fora dela e suficientemente forte para determinar o destino do amor. Até à morte de Sarah, os amantes permanecem separados, até ao confronto final com a divindade, com resultados que não são muito diferentes: "You've taken her, but You haven't got me yet. I know Your cunning. (...) I wanted something very simple and very easy: I wanted Sarah for a lifetime and You took her away. With Your great schemes You ruin our happiness like a harvester ruins a mouse's nest: I hate You, God, I hate You as though You existed." (p.191). Embora o filme acabe por ser uma história sobre os limites do amor, para nos levar a acreditar que o ciúme mata a boa consciência de nós próprios, o livro de Greene está mais preocupado em analisar os limites do sofrimento humano, do trabalho reflexivo da consciência, de que acabámos de dar um exemplo incompleto, para que o indivíduo se encontre a si mesmo, numa sociedade católica que julga poder controlar as paixões por decreto divino.

De notar que a solução da trama narrativa é diferente nas duas obras. Apesar do respeito quase académico que Jordan nutre pela obra de Greene, o filme acaba por ser dominado pelo constante adiamento de um caso de adultério que se quer resolver tragicamente pela morte da mulher adúltera, reservado para o final do filme para garantir o necessário suspense. O filme não resistiria à divulgação dessa tragédia no início da trama, como acontece na obra romanesca. Tudo no romance gira em torno da questão: *por que é que o amor tem que acabar?*, e assume-se que esse fim é irreversível no curso do destino humano e que nem Deus tem o poder de mudar esse curso. No filme, o que interessa não é essa questão, provavelmente irrepresentável na tela, mas saber como é que se resolve o destino de um caso de adultério, como se de uma trama policial se tratasse. Por isso, Sarah triunfa no filme de uma forma que não acontece no livro: da história de uma mulher adúltera que se transforma por uma promessa a Deus, passamos para a história de uma mulher que é punida com uma morte trágica por ter insistido no amor adúltero que prometera a Deus terminar. O filme acaba por apontar para uma lição moral que é bem diferente do programa ético de Greene.

Os romances de Greene não costumam ser seleccionados para a galeria onde se vão exibindo os textos de ficção tidos por pós-modernos. *The End of the Affair* é a excepção, porque esboça, já esgotado o modelo modernista, uma nova forma de trabalho com a focalização múltipla, com a auto-reflexividade, com o envolvimento do autor em questões metanarrativas e com algumas técnicas de montagem que o filme-adaptação de Neil Jordan soube explorar. Faltar-lhe-á ainda aquele grau de experimentação que os romancistas que apenas se estreiam na segunda metade do século XX vão saber aproveitar, retomando a tradição experimental do século XVIII. Faltar-lhe-á aquilo que o romancista norte-americano John Barth reclamará para a ficção pós-moderna como condição de libertação da herança modernista: a revitalização (*replenishment*) da narrativa,[90] que deve incluir a exploração de todos os limites formais e linguísticos de construção de um texto ficcionado. Em 1967, John Barth publicou um polémico artigo que hoje se conta entre as primeiras

[90] Ver "A Literature of Replenishment", in *The Friday Book*, pp. 193-206.

reflexões teóricas sobre o romance dito pós-moderno: "The Literature of Exhaustion" (*The Atlantic*, 220); seguiu-se em 1980 outro texto nuclear para esta questão, "The Literature of Replenishment", ambos na revista *The Atlantic Monthly*. Apesar de terem sido lidos e discutidos como mais um anúncio apocalíptico da literatura, a *exaustão* e a necessidade de revitalização da ficção de que Barth fala não são motivadas pelo fim da literatura, mas dizem respeito à forma como um certo modo de pensar a literatura, dominado, por exemplo, pelas teses da morte do autor e da morte de Deus, nos impôs soluções finais às quais a literatura devia sobreviver. Barth ilustra uma forma de sobrevivência com o conto-relato de Jorge Luís Borges "Pierre Menard, autor de *Quixote*" (in *Ficções*, 1944), que relata a história de um simbolista francês que escreve, sem imitar ou citar, vários capítulos do romance cervantino. O problema em causa é a originalidade em literatura: uma vez esgotada a fonte da originalidade para todos os escritores, resta-nos fugir aos temas esgotados contando, de alguma forma, ou o modo como se esgotou a fonte ou o modo como podemos contar a própria história da criação literária. Este movimento auto-reflexivo da criação literária, ao qual se devem juntar todas as formas de revitalização possíveis da narrativa, pode conduzir a literatura a novos caminhos, mesmo que sejam reencarnações da originalidade artística, mesmo que a acompanhá-la esteja sempre um cepticismo ético sobre a forma como a ficção incorpora aquilo que vivemos realmente.

De certa forma, podemos aceitar que as categorias "romance modernista" e "romance pós-modernista" são *ficções*, isto é, arrumações estéticas necessárias a quem precisa de disciplinar o pensamento, mas que, no fundo, não devem ser mais importantes do que a simples questão: *O que vale este romance?* Há um problema didáctico que persiste quando falamos de pós-modernismo em literatura: não sabemos ainda defini-lo numa única frase, mas precisamos dele para falar de toda a literatura depois da II Guerra Mundial. Uma solução simples foi ainda proposta por John Barth no artigo "Post-modernism Revisited",[91] "Postmodern, I tell myself serenely, is what I am; ergo,

---

[91] Recolhido em *Further Fridays: Essays, Lectures, and Other Nonfiction (1984-1994)*, Little, Brown and Company, Boston, 1995; publicado originalmente na *Review of Contemporary Fiction*, 1988.

Postmodernism is whatever I do." (p. 121). Ou seja, se queremos saber o que é a ficção pós-moderna, só nos resta ler autores como John Barth; se queremos classificar as obras literárias de John Barth, é mais seguro dizer que ele escreve sobretudo ficções sobre o amor. A obra literária resiste sempre a categorizações póstumas, qualquer que seja a autoridade que as fixou. Nada é mais relativo do que a classificação de um romance, mas não deve ser relativa a proposta de uma classificação. Num dos contos de *Lost in the Funhouse*, John Barth conclui que o que se passa entre um homem e uma mulher "[is] not only the most interesting but the most important thing in the bloody murderous world". *The End of the Affair* ilustra este interesse literário sobre os limites do amor e a forma como a consciência que dele temos pode ser tão terrena como a certeza de morrermos um dia. Não precisamos de nenhuma classificação para o romance que faz desta certeza um programa de escrita. A divisão proposta pelo romancista norte-americano John Gardner (autor de *The Art of Fiction: Notes on Craft for Young Writers*, 1991) para a narrativa, que distingue entre "ficções primárias", ou ficções sobre a vida, e "ficções secundárias", ou ficções acerca da própria ficção (ou *ficcionismo*, na nossa acepção), é de difícil demonstração textual e histórica. Facilmente *The End of the Affair* entraria na classificação de "ficção primária", se o processo fosse novo e se ficções sobre a vida e acerca da própria ficção não pudesse ocorrer na mesma obra. Desde as narrativas das tragédias gregas clássicas até ao romance da segunda metade do século XX e já o início do século XXI, usar reflexivamente a ficção para fazer ficção não pode ser uma técnica dissociável do processo de representação do real. Um romance como *The End of the Affair* possui as duas dimensões: o final da história, com a morte trágica de um dos amantes e o esconjuro de Deus do amante que sobrevive, é ficcionalmente tão reflexiva e representativa da vida quotidiana quanto o é o êxodo do *Rei Édipo*. O coro das tragédias gregas é tão auto-reflexivo como o narrador dos romances de William Gass, John Hawkes, John Barth, David Lodge, John Fowles, etc.; os protagonistas e deuterogonistas das mesmas tragédias monologam com a sua própria consciência com a mesma frequência com que o fazem os protagonistas dos romances de James Joyce, Virginia Woolf e com a mesma frequência com o fazem os dois amantes de *The End of the Affair*.

É o vórtice de observações que Bendrix faz sobre os dilemas éticos da consciência que nos traz de novo o trabalho sobre o monólogo interior que os modernistas haviam explorado:

> That was the worst period of all: it is my profession to imagine, to think in images: fifty times through the day, and immediately I woke during the night, a curtain would rise and the play would begin: always the same play, Sarah making love, Sarah with X, doing the same things that we had done together, Sarah kissing in her own particular way, arching herself in the act of sex and uttering that cry like pain, Sarah in abandonment. ... I began quite seriously to think of suicide. I even set a date, and I saved up my sleeping pills with what was almost a sense of hope. I needn't after all go on like this indefinitely, I told myself. Then the date carne and the play went on and on and I didn't kill myself. It wasn't cowardice: it was a memory that stopped me – the memory of the look of disappointment on Sarah's face when I carne into the room after the VI had fallen. Hadn't she, at heart, hoped for my death, so that her new affair with X would hurt her conscience less, for she had a kind of elementary conscience? If I killed myself now, she wouldn't have to worry about me at all, and surely after our four years together there would be moments of worry even with X. I wasn't going to give her that satisfaction. If I had known a way I would have increased her worries to breaking point and my impotence angered me. How I hated her. (pp. 74-75)

Greene não opta pelo modelo modernista, que muitas vezes não quer obedecer às normas gramaticais, à lógica da sintaxe ou mesmo à coerência das ideias, modelo que ficou datado com o *Ulysses* de Joyce mas também com *Mrs. Dalloway*, *To the Lighthouse* e *The Waves*, de Virginia Woolf. O mónologo interior de Bendrix é um produto da imaginação da personagem como é um produto da imaginação ficcional de Greene, a quem não interessa traduzir em literatura os relatórios médicos da consciência perturbada, em conflito consigo mesmo; os monólogos interiores modernistas eram isto mesmo: formas de ficcionar o discurso real da mente de um indivíduo, algo que todos sabemos ser impossível de fotografar em palavras, porque esse é um discurso que nunca se fixa, que nunca se acaba de escrever. Mas Virginia Woolf e James Joyce fingiram que era possível recriar esse discurso na ficção, e que ao leitor não restava outra solução que não fosse escutar atentamente o que a mente dos protagonistas tem para nos dizer, em regra, de forma desordenada, desconexa e quase irracional. Em *The End of the Affair*, as desordens do pensamento de Bendrix e de Sarah fazem todo o sentido: escutamos aquilo que Greene quer que escutamos e não aquilo que o trabalho ficcional sobre o fluxo da consciência nos faz escutar. O ponto de partida do romance é claro: podia ser um romance sobre os conflitos mais íntimos da consciência ("So much of a novelist's writing (...) takes place in the unconscious", p. 35), mas quer antes ser um romance sobre o fim do amor, tão simples como isto ("but now there is something of infinitely greater importance to me than war, than my novel – the end of love.", p. 35).

A consciência de Bendrix é que comanda a economia da narrativa e, com a revelação do diário de Sarah – um registo escrito de todos os discursos de monólogo interior desta personagem –, é necessário voltar atrás na história para podermos confrontar os conflitos interiores de Bendrix com os de Sarah. O denominador comum não é só o amor. Deus e a forma como cada um se encontra ou desencontra com a divindade é igualmente importante. Greene não está preocupado com formalismos sintácticos para nos sugerir a complexidade do fluxo destas consciências. As explicações dos problemas vividos nunca são vagas nem são deixadas em suspenso: sabemos sempre em que termos a consciência luta com o próprio indivíduo; sabemos sempre que o indivíduo está condenado à sua própria sabedoria, ou, como diriam os existencialistas da época em que o romance foi escrito, está condenado à sua própria humanidade. O Greene cristão acharia que essa era uma consequência do desespero dos não crentes; o romance de Greene diz-nos que essa é apenas uma forma de ser do homem moderno, que não tem que ter resposta para tudo e, muito menos, para o que não compreende.

11. A *autoglosa* e a intertextualidade como formas de *ficcionismo*

Na literatura portuguesa, falar de auto-reflexividade como paradigma pós-moderno também é quase um erro histórico. Sem sairmos do romance, recordemos um dos primeiros exemplares do género em língua portuguesa, *O Feliz Independente do Mundo e da Fortuna, ou Arte de Viver Contente em Quaisquer Trabalhos da Vida*

Dedicado a Jesus Crucificado, do Padre Teodoro de Almeida (Régia Oficina Tipográfica, Lisboa, 1779), à época, um *best-seller* em Portugal e em Espanha. Também é de destacar o romance picaresco-satírico *Obras do Diabinho da Mão Furada*, obra anónima do séc. XVIII, por vezes atribuída a António José da Silva, o Judeu, que tem por lema: "Zombando se dizem verdades", um velho princípio de humor que Gil Vicente já havia explorado nas suas comédias. Se é verdade que o romance português começa por se exprimir em forma de novela de *proveito e exemplo*, a que o olhar inquisitorial não é estranho, a matéria ficcional representada na viagem de André Peralta de Évora a Lisboa contém ingredientes de paródia de uma entidade que tardou a ser vítima do humor literário (a Santa Inquisição), que podemos aproximar da paródia das instituições seculares que Laurence Sterne, por exemplo, não deixou de fora no seu *Tristram Shandy*.

No mesmo século em que a Inglaterra viu nascer obras-primas da escrita ficcional introspectiva, mas profundamente planeada, como *Clarissa* (1748), de Samuel Richardson, e *The History of Tom Jones, a Foundling* (1749), de Henry Fielding, *O Feliz Independente* não deixa de ser um arrojo na literatura portuguesa num século todo ele dominado pela escrita didáctico-moral e pelo lirismo académico, características que também lemos no Padre Teodoro de Almeida. Para além de uma certa engenharia da escrita ficcional, de que os sumários que encabeçam todos os capítulos de *Tom Jones* são prova documental, facilmente percebemos que o romance do século XVIII, quando o género começa a rivalizar com os discursos dominantes da comédia, da poesia lírica e da prosa didáctica, contém ingredientes introspectivos na construção da sua ficcionalidade que se repetirão mais tarde em algumas obras do Romantismo e, de forma mais insistente, naquilo que agora chamamos o romance pós-moderno. Em *O Feliz Independente*, não faltam já o dialogismo com o leitor ("Público") como "Juiz das Obras", a quem se há-de prestar um quase juramento de fidelidade que outros como Miguel de Cervantes e Laurence Sterne souberam levar ao registo da paródia. O Padre Teodoro de Almeida manteve-se fiel ao propósito didáctico-moral de uma obra que pretendia não rivalizar com as licenciosidades que vinham de França, sobretudo. Mas para além do moralismo pesado do romance, parco em acções e aventuras, registe-se um dos primeiros exemplos em língua portuguesa de monólogo interior ficcionado, exactamente no mesmo registo tão dramático quanto intimista que vamos encontrar nos modernistas muito mais tarde:

> Lutava Misseno consigo mesmo, caminhando só e pensativo: o seu entendimento, a sua honra, a delicadeza do seu coração, repugnavam a repetidas injúrias, que recebia do Conde. Com tudo elevando o seu pensamento ao Céu, e pedindo auxílio ao Omnipotente, se achava senhor de si mesmo (...) E se além disso (dizia ele) eu pudesse livrar o Conde do precipício em que se vai precipitando, ainda serei mais feliz, por impedir a infelicidade alheia. (...) Verdade é que não sou omnipotente, nem o meu braço é igual ao meu coração; porém sempre devo obrar segundo as forças com que a Mão Soberana me assistir (...)[92]

O indivíduo consciente que fala consigo mesmo mas que deseja corrigir a felicidade dos outros antes da sua própria é um quadro impossível de se repetir no modernismo literário. O artista não virá ao mundo para salvar moralmente os outros nem para se salvar a si próprio, porque acreditará que está irremediavelmente perdido, restando-lhe apenas suspirar pela compreensão do mal que vive em si próprio. As diferenças do discurso auto-reflexivo pré-modernista e modernista não se ficam pela distanciação moral, sendo mais visível no arrojo discursivo que se utiliza nos relatos da consciência. Veremos isso em James Joyce e em Almada Negreiros. Em *The End of the Affair*, por exemplo, vemos já progredir o discurso de si-próprio para um confronto com todo o tipo de moral, individual ou colectiva, e contra o poder de Deus sobre as paixões. O discurso ficcional da auto-reflexividade vai conhecer ainda outra renovação quando os artistas contemporâneos descobrem que eles próprios se podem comprometer com a legitimação da sua arte e fazer desse diálogo um programa de escrita profundamente introspectiva. Agora, pós-modernamente, é a reflexão sobre os limites do discurso ficcional que se combina com a reflexão sobre os limites da imaginação e com todo o tipo de representação do mundo interior.

---

[92] *O Feliz Independente do Mundo e da Fortuna, ou Arte de Viver Contente em Quaisquer Trabalhos da Vida Dedicado a Jesus Crucificado*, Régia Oficina Tipográfica, Lisboa, 1779, Tomo III, pp. 208-209.

Os romances de Augusto Abelaira e Maria Velho da Costa, por exemplo, são fortemente marcados pelo trabalho do autor sobre a sua própria escrita ficcional. Por vezes, este trabalho torna-se mesmo uma obsessão temática, em que o processo de criação literária é em si mesmo uma intriga romanesca independente, como acontece em *Bolor* (1968), de Abelaira. Este romance é dominado pela ansiedade da escrita ficcional, pelo preenchimento estético da página em branco, pela ansiedade de cumprir um programa de escrita, preocupações centradas no desespero ficcionado de conseguir chegar a uma página avançada do romance, a mítica página 115, a meta que havia de garantir a própria existência de um romance:

> ***Sem data***
> As duas páginas anteriores, e também esta, não foram escritas depois da cento e catorze, como seria lógico, mas em dez de Dezembro. E quando amanhã (onze de Dezembro) *começar* este diário cheio de preocupações pelo destino que me aguarda na página cento e quinze, então ainda branca – como hei-de escrever –, mentirei es-candalosamente. Essa página já não será pertença do futuro, não aguardará um destino imprevisível (coisas de cortar o meu coração e o coração do mundo), estará escrita há vinte e quatro horas, será o passado – foi a primeira deste diário a ser escrita, e esta é a terceira.[93]

Num outro romance de Abelaira, *O Bosque Harmonioso* (1982), a narrativa, construída como um *multi-layered novel*, convida-nos a acreditar na descoberta rocambolesca do manuscrito original da réplica ficcionada de *O Bosque Deleitoso*, ficcionando até onde a imaginação alcança a impossibilidade do acesso ao conhecimento da história (em especial no capítulo 88) e fazendo humor com tratados de filosofia, de história e de retórica (capítulos 38 a 40 e 57 e 58). Este movimento auto-reflexivo do texto de ficção sobre o problema da legitimação em literatura conhece o seu momento mais significativo quando o autor ideal classifica a obra como "livro de investigação histórico-literária". Aos leitores, deixa um aviso tão severo quanto auto-parodístico: "eu não estou a escrever um romance, mas um

---

[93] *Bolor*, 5ª ed., Edições "O Jornal", Lisboa, 1986, p.100 — nas quatro primeiras edições, desde a 1º de 1968, corresponde de facto à página 115.

trabalho erudito. Quem supõe ser um romance que feche este livro" (1982, p. 73). O problema da dupla autoria (textual = Cristóvão Borralho e real = Augusto Abelaira) do texto literário, convocando para o mesmo argumento personagem criada e autor criador, serve para jogar ao jogo da representação do real, de tal forma que o leitor não saberá distinguir em que plano decorre a história que se vai contar, como Abelaira deixa bem claro no início do romance, avisando que o leitor há-de perguntar sempre a si próprio: "Como distinguir a realidade da fantasia?" (1982, p. 14). É ao leitor que compete decidir sobre a literariedade do texto e, em último caso, sobre a ficcionalidade que o texto simula. A confiança que o Padre Teodoro de Almeida tem no "Público" do seu século XVIII é agora antes um pretexto para fundar uma relação de descrença entre quem escreve e quem lê, algo que é fundamental para a construção do romance segundo uma lei que se infringe premeditadamente a cada página lida.

MONÓLOGO DO SOLDADO QUANDO CÃO

> Não é isso mulher, também mos fechastes à minha mãe, estou mas é aqui derreado, hoje estive três horas metido na carrinha com os cabritos dos estudantes a berrar à volta, ele era curtas e compridas e um até acertou no tejadilho com uma pedrada que parecia que era no dentro dos ossos da cabeça e depois o nosso tenente inda deu ordens para a gente avançar e chateei-me de agora a malta ir malhar num estendal de putos todos a pirarem-se por aquela erva afora e mais os matorrais à volta, com os cães que pareciam danados, um até abocanhou uma cachopa na cara, uma raparigaça, o que le valeu foi os cabelos senão levava-lhe metade, a empeçarem uns nos outros e os mais afoitos a fazerem-se à gente, a açularem de longe, rais parta, que o nosso comandante já nos tinha avisado que a manutenção da ordem mais isto mais aquilo, porra, malfeitores e passadores da raia inda vá que não vá, que eu não gosto de andar a meter chumbo em ninguém, fiz muita patrulha debaixo da neve do posto aos cabeços da serra, alembras-te?, mas parece que os gajos o que não querem é ir para a guerra, também eu não, olha que porra, prometem uma catrefa de coisas à gente, que a guarda isto, que a guarda aquilo, que dão escola, que dão cantina, que a vida de posto sempre é mais certa que andar a semear uma para arrecadar quatro com a enxada nas unhas, que escusa um gajo de ir malhar com os costados à França, e vai-se a ver é uma miséria dum venci-

mento e agora para andar a cobrir os camaradas a atiçar os cães às canelas dos ganapos (...)[94]

Este discurso do eu mais íntimo recupera a matriz monológica de Molly Bloom em *Ulysses*, de James Joyce. O monólogo pertence ao romance *Casas Pardas* de Maria Velho da Costa. Mais tarde, veremos com mais pormenor como funciona este *ficcionismo* do discurso da consciência, mas por agora notemos que o romancista contemporâneo está tão preocupado em recuperar o estado de pureza da linguagem falada como em tentar fotografar os dramas íntimos de uma consciência socialmente perturbada, ao contrário da focalização sobre si mesmo que vemos nos anti-heróis modernistas. Em cada discurso da consciência, os romances contemporâneos (depois da II Guerra Mundial, nesta acepção retrospectiva) não querem oferecer um guia espiritual para a condução à boa consciência e aos bons costumes, porque a pedagogia não é mais um programa de escrita. A única educação que interessa ao artista de hoje, diga-se de forma assumidamente exagerada, é a educação do discurso. Para o conseguir, o romance pós-moderno vira-se constantemente para todos os romances que o antecederam no tempo. Um dos sentidos que se acrescentou à metaficção foi o da relação intertextual com matrizes conhecidas na história da literatura.

Casas Pardas, de Maria Velho da Costa, é um desfile de intertextos e, neste sentido, um romance de tese sobre as relações possíveis da literatura com a tradição do romance, em conjunção com outras artes. Romance polifónico quanto baste, *Casas Pardas* é um exercício ficcional para comprovar que a linguagem da narrativa é comunicativa por definição formal e conceptual. Nesta nova ordem, a linguagem narrativa só se concretiza socialmente ou pelos efeitos que pode ter sobre os outros (o leitor incluído), o que implica uma realização sempre plural. A esta circunstância realizadora chamou Mikhail Bakhtin *heteroglosa*, que vem a ser a proliferação do discurso do Outro, ou a centrifugação de vozes que surgem de todos os lados, ou a rede de linguagens que se cruzam no nosso quotidiano, ou o acervo incrível de textos e paratextos que nos saltam à vista

---

[94] *Casas Pardas*, 4ª ed., Publicações Dom Quixote, Lisboa, 1996, p. 170.

sempre que queremos comunicar visual ou verbalmente. Creio que o termo polifonia não faz justiça a todas as possibilidades, pelo que proponho antes a descrição deste tipo literário como romance poliândrico. Tal como as plantas poliândricas que têm muitos estames, um romance poliândrico será aquele que possui várias camadas ou tecidos narrativos, que se combinam livremente entre si. Não é apenas de polifonia ou multiplicidade de vozes que falamos nos romances que usam diversas focalizações. Trata-se de fazer variar tanto as focalizações como os géneros, os sub-géneros, os textos e os subtextos, as histórias e as não histórias num mesmo romance. A expressão inglesa *multi-layered novel* aproxima-se deste conceito, mas exclui de alguma forma o carácter poliarticulado deste tipo de romance, por assumir que o romance é uma série de extractos textuais. O romance poliândrico pode incluir a própria discussão especulativa e metanarrativa da sua génese, da sua composição e da sua recepção. Trata-se, a rigor, de um sub-género da categoria de romance que pode ser encontrado, intemporalmente, desde *Tristram Shandy*, de Laurence Sterne, até *The Curious Incident of the Dog in the Night-Time* (2003), de Mark Haddon.[95]

Os desafios à lógica do *storytelling*, de que é exemplo recente o romance de Mark Haddon, podem conduzir-nos de novo ao problema da resistência ao género. Falamos de um romance assumidamente policial, mas que escapa a qualquer categorização de um género literário tão codificado como o é o tipo de *murder mystery novel* que aqui se ilustra. Christopher, o jovem protagonista do romance, faz questão de declarar que a sua história é o contraditório do clássico *The Hound of the Baskervilles*, porque quer contar a história de um cão assassinado e não de vítimas humanas, cujas histórias parecem ser mais do agrado do público. É uma espécie de anti-intertextualidade o ponto de partida deste romance, como se fosse necessário vencer uma tradição para fundar uma nova obra. Falar de si próprio numa narrativa experimental obriga não só a vencer uma tradição mas também a vencer formas conhecidas e esgotadas de representação do real. A sobreposição do narrador com o autor da história está

---

[95] Se se quiser, o meu romance *O Professor Sentado* (Lisboa, 2004) também pertence a esta categoria.

fundada no princípio da verosimilhança: só aquilo que efectivamente acontece na vida de Christopher terá sentido entrar na história. Assim se apresenta logo no capítulo 7 (o terceiro do romance) o texto romanesco:

> This is a murder mystery novel.
>
> ---
>
> But I do like murder mystery novels. So I am writing a murder mystery novel.
>
> In a murder mystery novel someone has to work out who the murderer is and then catch them. It is a puzzle. If it is a good puzzle you can sometimes work out the answer before the end of the book.
>
> Siobhan said that the book should begin with something to grab people's attention. That is why I started with the dog. I also started with the dog because it happened to me and I find it hard to imagine things which did not happen to me.[96]

The Curious Incident of the Dog in the Night-Time pode entrar na categoria de romance poliândrico, que atrás propusemos. O Autor quer contar uma história sem obediência a nenhum cânone narrativo, privilegiando a poliandria, que se tornou um dos paradigmas mais consistentes das narrativas pós-modernas. Acresce que um tal narrador-autor implícito confessa detestar aquilo que é da natureza de uma história literária: o discurso da metáfora, o discurso do humor dos trocadilhos e jogos de palavras: "This will not be a funny book. I cannot tell jokes because I do not understand them. "(p. 10), e também é incapaz de mentir, pelo que a sua história terá sempre um grau de verosimilhança definido aprioristicamente e de forma inquestionável. Se soubermos que, no fundo, Christopher detesta aquilo que a que chamamos ficção, um tal livro tem que resistir à própria ideia de romance para se fixar num género premeditamente híbrido que se desenha entre um romance e a história de um adolescente diferente que tenta ajustar-se à essa mesma diferença, independentemente dos

---

[96] *The Curious Incident of the Dog in the Night-Time*, Vintage, Londres, 2003, p. 5. O romance foi publicado simultaneamente pela David Fickling Books, como livro para crianças.

estímulos do mundo que lhe é exterior. Por estas razões, este romance é um interessante problema de teoria da literatura: como saber se a ficcionalidade é tanto do domínio da imaginação artística como do que domínio da razão mais disciplinada pelo pensamento científico? Como podem conviver no mesmo texto as duas possibilidades?

A história de *The Curious Incident of the Dog in the Night-Time* é relativamente simples, mas com força simbólica suficiente para cativar qualquer público sensível à diferença de comportamento de um adolescente. Os vários comentários que o livro atraiu um pouco por todo o imenso mundo dos *blogs* pessoais, preferem o espanto pela trama narrativa de um rapaz de 15 anos, 3 meses e 2 dias, portador da síndrome de Asperger, uma variante moderada de autismo (apenas o comportamento do jovem indicia a doença que nunca é nomeada no livro), do que a apreciação da técnica narrativa singular de Mark Haddon, um antigo técnico de saúde mental que até à data havia publicado uma considerável obra de literatura para crianças. Por isso o que empurra o leitor para o livro não é de certeza os modos narrativos utilizados mas a força de um caso estranho: a morte de um cão com uma forquilha, cão que pertencia à vizinha Mrs. Shears, que vai acusar inicialmente o anti-herói Christopher por tão trágica morte. O jovem vai tentar saber quem matou o cão, motivação que vai desdobrar-se numa demanda paralela sobre o paradeiro de sua mãe, que julgava morta, depois de seu pai lhe garantir isso mesmo. O livro é escrito na primeira pessoa, concentra-se fortemente no desenho da psicologia de Christopher, até ao ponto em que o leitor não saberá ao certo quem sofre do quê. A diferença de Christopher acaba por nos ser estranhamente comum. O maior triunfo do livro é mostrar, sem falsas moralidades, que a diferença de comportamento de um jovem diferente é apenas uma questão de interpretação e de olhar de quem interpreta e observa. Há demasiadas semelhanças com o mundo dos comportamentos convencionais para não resistirmos a combater o estranhamento de Christopher.

O comportamento do adolescente é tão complexo e diferente quanto o do narrador de *The Curious Incident of the Dog in the Night-Time*. Mark Haddon tenta desconstruir o conceito de narrador fiável, dando-nos a ilusão de que pelo facto de Christopher sofrer de Asperger, sendo incapaz de fingir, mentir ou simular o que quer que seja, a narração desta história tem que ter um nível de autenticidade indiscutível. O leitor não tem à sua disposição um manual de comportamentos autistas, não vai encontrar confissões de puro sentimentalismo ou compaixão pelo sofrimento de uma doença complexa do foro psicológico, não lhe vai ser exigido que se torne solidário com os autistas em geral ou com jovens portadores de qualquer síndroma particular, porque Mark Haddon consegue evitar todas as manipulações que se podiam esperar do tratamento de um tema como este. A história de *The Curious Incident of the Dog in the Night-Time* é também pertença do leitor, não nesse sentido de comparticipação emocional no mundo diferente de Christopher, mas no sentido de acrescentar um sinal de compreensão de um mundo com que não estamos habituados a conviver. Esse entendimento do leitor permitirá, por exemplo, não fazer juízos morais quando Christopher atira comida fora, bate nas pessoas que lhe tocam ou grita em público. Mark Haddon não o faz nunca, porque deixa que a história se conte sem moralidades gratuitas; do leitor espera-se que também não o faça, mas que compreenda apenas.

A estratégia narrativa ajusta-se a esse objectivo: trata-se de um texto minimalista, muito disciplinado, sem expressões suplementares ou frases secundárias, sem especulações filosóficas ou médicas sobre a doença ou sobre os autistas. O minimalismo da narrativa não é proporcional à simplificação do seu conteúdo, porque são inúmeros os puzzles que o narrador lhe acrescenta. Christopher gosta de puzzles e equações matemáticas, tal como gosta de romances policiais ou de mistério, porque a complexidade de uma história pode ser semelhante à complexidade do cérebro de um autista quando é inundado de informação que precisa de ser descodificada. Christopher gosta desse desafio. A descodificação de um puzzle matemático é tão promissora como a paz que Christopher sente quando consegue ordenar a informação que lhe chega do mundo exterior.

Julgo que Luísa Costa Gomes teve o mesmo problema com o seu romance poliândrico *Olhos Verdes* (1994), que é também um puzzle matemático de características idênticas àqueles enigmas que o jovem Christopher se entretém a resolver, enquanto parte de uma ficção maior dominada pelo matemático textual a que chamamos autor real. Em *Olhos Verdes*, existe uma história para contar, de matriz puramente literária, que integra, no seu penúltimo capítulo uma sub-história literário-filosófica sob a vida de Berkeley, aparentemente estranha à história principal, como se se tratasse de uma camada narrativa de cor totalmente oposta à cor dominante do romance. Um leitor anónimo de *bookcrossing* comentou assim o livro:

> Começa muito bem mas quando estamos já embrenhados na leitura eis que surge despropositadamente um capítulo sobre Berkeley; o livro termina com um capítulo avulso voltando à personagem "principal". Fica a ideia de que houve engano na tipografia, terão caído os capítulos ao chão, entrou o capítulo errado no livro errado...

A dificuldade deste leitor circunstancial na leitura de *Olhos Verdes* explica-se facilmente pelo desconhecimento das regras de construção de um romance, que, para a maior parte dos leitores, deve responder a uma sequência narrativa do tipo A +B+ C +D... ou semelhante, desde que se respeite a linearidade da história narrada. Só assim o romance seria avaliado como sendo de construção coerente, porque este tipo de leitor não reconhece uma narrativa fragmentada (numa lógica discursiva controlada) como narrativa. A maior parte dos romances experimentais contemporâneos prefere uma construção do tipo B +C +F + A +G + M + M1 + M3 + M2,..., isto é, com suspensões, elipses, adiamentos, antecipações, remissões, etc. de forma a quebrar o mais possível a linearidade narrativa. Ao leitor não se pede uma justificação deste tipo de opção, mas que siga o seu desenrolar o melhor que souber e que quiser. Não há qualquer compromisso e muitos escritores, como James Joyce, por exemplo, julgam até que os leitores especializados levarão uma vida inteira a descodificar esse método. Outros receiam que não venham a ser compreendidos e preferem revelar tudo em entrevistas ou auto-estudos.

A entrevista de Luísa Costa Gomes ao *Público*, onde tenta justificar o seu método de construção de *Olhos Verdes*, é um problema para o leitor crítico: perante este texto, como vou interpreter este romance ignorando aquilo que foi dito pelo seu autor? Se o autor nos explica todos os segredos do romance nessa entrevista, como vencer a sua autoridade? Não me impede de interpretar de forma livre o romance? A primeira coisa que a Autora nos revela é o ponto de partida criativo do romance, resposta motivada por uma pergunta jornalistíca que, do meu ponto de vista, é anti-hermenêutica sendo pretenciosamente hermenêutica:

PÚBLICO – *Olhos Verdes* é um romance muito particular, nada convencional. De que ideia partiu quando começou a escrevê-lo?

LUÍSA COSTA GOMES – O livro parte de um pressuposto e de um princípio que é: as personagens não têm vida interior. Eu quis tematizar sobre a forma como a televisão estrutura e formata a convenção do mundo contemporâneo. De uma forma muito simplista, saber de que maneira a imagem a duas dimensões leva a uma concepção do mundo a duas dimensões, ou seja, sem profundidade, sem distância. É um mundo em que as pessoas vivem quase como bonecos animados, chapadas na sua própria existência, sem reflexão, sem distância, sem ironia. [97]

Acredito que a maior parte dos escritores responda a este tipo de questão de forma inocente e descomprometida, mas acredito também que é uma traição ao texto (a questão e a resposta). Se aceito que um texto literário não deve ser auto-explicado, ou de outra forma é porque ficou incompleto, não posso oferecer aos leitores um texto e a sua chave de descodificação ao mesmo tempo. A chave revelada pelo autor ("as personagens não têm vida interior", neste caso ilustrativo, combinada com a desocultação das suas intertextualidades) é uma prerrogativa do leitor. A autoglosa não funciona fora do texto ficcional. O que é estranho é que um autor pode estar perfeitamente consciente de que controla a ansiedade de auto-explicação quando fala dos seus livros, contudo não resiste a essa espécie de instinto artístico que é o de não deixar que uma obra criada fique incompreendida. Este caso de *Olhos Verdes* é representativo. Por um lado, a Autora quer surpreender os "académicos" que se entretêm a classificar os livros num dado género literário, por isso confessa que o enxerto literário-filosófico sobre Berkeley serve apenas a intenção de ludibriar a leitura académica:

P. – No quinto capítulo, o leitor é surpreendido com o tal ensaio filosófico sobre Berkeley. Pode ficar irritado ou achar muito interessante...

R. – Fez parte da experiência deste livro ter este problema de consciência a certa altura: ponho ou não ponho este artigo dentro do livro. E, até à última, estive a discutir comigo própria se o incluía. Hoje acho que fiz bem

[97] Consultado em Novembro de 2006, <http://www.publico.pt/cmf/autores/LCGomes/entrevista.htm>.

em incluir. Porque não é um ensaio filosófico, é um texto literário que parte da vida e da obra de uma pessoa que escreveu coisas que os filósofos classificaram como filosofia, mas que um psiquiatra podia classificar de patologia mental, de psicose e um poeta podia classificar de outra maneira. Berkeley é um filósofo de poetas, ele próprio acabou já muito próximo de uma visão poética e completamente criativa da vida, achei que para o meu propósito, que é sempre brincar com os géneros, estragar um bocadinho os arranjos florais dos académicos que põem umas pessoas num sítio e outras noutro. (...)

Por outro lado, este jogo ficcional é já em si mesmo uma explicação, algo que a Autora pretende, contraditoriamente, afastar da leitura literária:

P. – Acha que isso [o texto sobre Berkeley] pode afastar os leitores?

R. – Não. Eu sempre disse: não querem ler, saltem. Aliás acho que disse isso logo no princípio, não é obrigatória a leitura do quinto capítulo, podem saltar que o livro faz sentido na mesma. Podem ler no fim ou podem ler no princípio, podem fazer o que muito bem quiserem, é-me completamente indiferente. Aquilo que eu penso e que me preocupava do meu ponto de vista quando estava preocupada se iria ou não pôr o artigo sobre o Berkeley era exactamente o contrário. Era pensar que um artigo sobre o Berkeley ia tornar explicativa uma obra de ficção. E isso é que me preocupava.

P. – Porquê?

R. – Porque a ficção não tem de ser programática, nem tem de ser explicativa. Uma ficção não tem de ter mensagem de espécie nenhuma. O autor não tem de obrigar o leitor a ter uma determinada interpretação.

Estamos perante duas posições inconciliáveis na construção de um romance: a criação autoral e a leitura crítica auto-explicativa dos segredos desse romance. O que é curioso em Luísa Costa Gomes, mas repetido em muitos outros autores, é que as duas circunstâncias se anulam: por um lado, a Autora explica-nos como construiu o romance, como é que ele deve ser lido e quais são as suas intertextualidades significativas, por outro lado, defende que a ficção "não tem de ser explicativa" e não devemos obrigar o leitor a ter uma "determinada interpretação", premissas que subscrevo sem reservas. As histórias fragmentadas de *Olhos Verdes* pertencem todas à mesma dimensão poliândrica do romance:

> Normalmente quando se conta uma história, ela tem de ser, pela sua própria natureza, linear. Tem de se ir de uma causa para um efeito. Existem uma data de coisas à volta que ficam fora da imagem. Aquilo que se conta é uma espécie de um enquadramento diacrónico, enquadram-se coisas e ligam-se arbitrariamente, porque há uma data de outras causas que não estão a ser contadas. Isso parecia-me redutor, que a história tivesse de ser completamente linear, porque as histórias acabam por ser todas iguais.

O que é, afinal, uma história? Em *Les Faux-monnayeurs* (1926), de André Gide, o protagonista Edouard é um escritor que prepara afincadamente um novo romance de carácter auto-reflexivo. Num momento em que o modernismo europeu já se havia imposto na literatura, o facto mais interessante deste projecto de escrita é o desafio que faz à estrutura do romance tradicional, desde sempre dependente de uma trama como suporte principal. Edouard tenta fugir dessa obediência e propõe escrever um romance sem trama, sem assunto e sem uma intriga previamente definida a não ser a história do próprio romance em gestação. A este projecto de um romance dentro do próprio romance chamou Gide *mise en abîme*. O leitor contemporâneo que desconheça a tradição metaficcional do romance não saberá reconhecer uma história organizada como *mise en abîme*. E dirá mesmo que esse é apenas um pretexto para dizer que existe uma história. Um leitor mais avisado reconhecerá que uma história nunca é apenas uma soma de acções lineares e que em qualquer situação narrativa não linear, construída com o efeito de *mise en abîme*, é possível descortinar um padrão narrativo.

Um exemplo de como o romancista pós-moderno venceu o impasse criativo ilustrado na metaficção de Gide pode encontrar-se no romance de Martin Amis *The Information* (1995). Eis um exemplo de como um romance se constrói com textos, intertextos, contextos e paratextos, se pensarmos nas incidências que levaram Amis a escrever esta tragédia romanesca sobre a inveja entre escritores. Amis separara-se de sua mulher Antonia, para se juntar a uma amiga do casal, a escritora norte-americana Isabel Fonseca; o Escritor inglês negoceia um avanço significativo para a publicação do seu novo romance, *The Information*, o que quase foi conseguido pela sua agente de sempre, Pat Kavanagh, mulher do escritor Julian Barnes, mas não se contentou com o dinheiro conseguido e mudou de agente, o famoso americano Andrew Wylie, o "Chacal", representante da própria Isabel Fonseca e de outros, como Salman Rushdie. Julian Barnes escreve uma carta a Amis anunciando o fim da amizade. *The Information* é, de alguma forma assumida, uma forma de ajuste de contas entre escritores e, para tal, Amis escolhe a estratégia de colocar em ridículo a escrita romanesca dentro do próprio romance. O *ficcionismo* negativo e conspirativo de *The Information* serve para o romance satirizar os complexos meandros da edição e da comercialização de grandes autores. Todos os agentes literários (editores, recensores, escritores, leitores, etc.) são severamente repreendidos – Amis esqueceu-se de si próprio, o que seria mais interessante e menos preconceituoso. É, pois, a história do mundo literário que se conta, mas sem obediência a um padrão narrativo linear e sem que as histórias do romance possam ser entendidas sem as suas intertextualidades literárias e o contexto em que surgem. O bolo final foi apresentado não na sua totalidade, pronto a ser apreciado e degustado por todos, mas às fatias, com factos por explicar na narrativa, fracturas na intriga principal, omissões no cenário e na narração, digressões e pensamentos fragmentados, hipertextualização de vários discursos e enunciados, etc., sem nos impedir de assistir atentamente ao espectáculo da história de dois escritores rivais:

> At dawn the next morning the two writers checked out of the Founding Fathers and, traveling by limousine, made the six-hour journey to New York in unpunctuated silence. When the chauffeur was pulling off FDR Drive, Gwyn said,
>
> "While you're here . . ."
>
> From his briefcase he took out the copy of *Untitled* that Richard had given him, back in London, a month ago. They both looked at it. Just as *Amelior*, in Richard's judgment, could be thought remarkable only if Gwyn had written it with his foot, so *Untitled*, as an object, could be thought passable only if its maker had fashioned it with his nose.

"You might as well sign it for me."

"I've already signed it."

"Ah. So you have," said Gwyn. "So you have."[98]

Em *The Information*, uma história ficcional passa a ser também a história de como se constróem histórias e vidas literárias. Como se constrói, então, uma história na forma de um romance? Não precisamos da autoridade (legítima) de Luísa Costa Gomes para responder a esta questão, porque, ao contrário do que defende a Autora, não são os académicos em geral que catalogam os livros em géneros literários fixos, mas talvez antes, de forma até compreensível, os académicos que são didactas da literatura e que sentem a necessidade de arrumar pedagogicamente os livros nos géneros literários conhecidos. Mas têm sido precisamente os académicos que estudam teoricamente a literatura, sobretudo a partir do que chamamos pós-estruturalismo, quem tem sabido descrever os mecanismos da construção de um romance, alertando para a fragilidade das classificações.[99] E antes dos teóricos da literatura do século XX, os romancistas ingleses do século XVIII souberam praticar a descontinuidade da/na narrativa, o jogo da história dentro da história e o jogo da história sem história. O desejo de contar uma história não linear, a tendência para fugir ao padrão do *storytelling* tradicional que obriga à narração de cabo a rabo, como se diz nesses registos populares, é algo que acompanha o romance desde a sua origem. E também não é de negligenciar o facto de a maior parte dos leitores e/ou escritores de circunstância gostarem de confessar: "Não sei contar histórias, mas gosto de ouvi-las!", o que há-de significar que um discurso narrativo estruturado por sequências lineares possuirá sempre um potencial de interesse que costumamos relacionar com o gosto literário e a criação de hábitos

---

[98] *The Information*, Flamingo, Londres, 1996, pp. 384-385.

[99] A título exemplificativo, basta recordar dois textos que resumem bem a consciência da dificuldade em atribuir um dado género literário a uma obra: Jacques Derrida, "The Law of Genre" (in *On Narrative*, ed. por W. J. Mitchell, The University of Chicago Press, Chicago e Londres, 1981) e Jonathan Culler, "Toward a Theory of Non-Genre Literature" (*Theory of the Novel: A Historical Approach*, ed. por Michael McKeon, The John Hopkins University Press, Baltimore e Londres, 2000).

de leitura. A verdade é que uma boa narrativa não tem um único plano de construção. Nenhum professor de escrita criativa ou de escrita convencional poderá, a rigor, apresentar aos seus discípulos uma espécie de tratado ou poética da narrativa ficcional que seja suficientemente eficaz na educação do escritor enquanto criador de universos de ficção. Todas as possibilidades de ligação dos elementos que estão disponíveis para quem cria um texto são válidas e é o génio artístico que decide sempre a melhor solução, salvo os casos em que a esse génio se associa o do leitor e/ou do próprio editor.

Não há hoje uma única história do clássico de Daniel Defoe, *The Life and Most Surprising Adventures of Robinson Crusoe* (1719): às duas matrizes originais – a matéria das aventuras de Crusoe, que constitui o núcleo principal do romance:

> I was born in the year 1632, in the city of York, of a good family, though not of that country, my father being a foreigner of Bremen, who settled first at Hull: he got a good estate by merchandise, and leaving off his trade, lived afterwards at York; from whence he had married my mother, whose relations were named Robinson, a very good family in that country, and from whom I was called Robinson Kreutznaer; but, by the usual corruption of words in England, we are now called, nay we call ourselves, and write, our name Crusoe; and so my companions always called me. [100]

e à matéria do diário de Crusoe, que existe no livro enquanto dura o tinteiro do protagonista:

> THE JOURNAL.
> *September* 30th, 1659. I, poor miserable Robinson Crusoe, being shipwrecked, during a dreadful storm, in the offing, came on shore on this dismal unfortunate island, which I called the ISLAND OF DESPAIR; all the rest of the ship's company being drowned, and myself almost dead.[101]

temos que acrescentar, quase hipertextualmente, as outras histórias que foram sendo enxertadas nas muitas edições depois de 1719:

[100] *The Life and Adventures of Robinson Crusoe Of York, Mariner, With An Account Of His Travels Round Three Parts Of The Globe, Written By Himself*, 2 vols., edição electrónica, The Project Gutenberg Ebook, <http://www.gutenberg.org/dirs/1/1/2/3/11239/11239-h/11239-h.htm>, p. 2.

"The Adventures of Robinson Crusoe," "The Further Adventures of Robinson Crusoe," e "Robinson Crusoe's Vision of the Angelic World." Portanto, uma história não se conta de uma só forma e não há leitores informados que se convençam de que a obrigação de um romancista que tem uma história para contar seja a de que essa história tem um programa pré-definido para ser contada.

O romancista pode também antecipar as leituras do seu romance, mas sem o dizer *a posteriori* em relação à sua criação. Metade da narrativa de *Tristram Shandy*, de Laurence Sterne, serve para o narrador metaficcionar com o leitor as razões da construção do livro e da escrita do livro, mas sem que nada desse dialogismo parodístico esteja relacionado com a acção principal. O Autor controla a narrativa de si próprio ao ponto de fingir que também perde o controlo da sua própria história, tanto pelo excesso de linguagem como pelo excesso de contar:

> I told him, Sir – for in good truth, when a man is telling a story in the strange way I do mine, he is obliged continually to be going backwards and forwards to keep all tight together in the reader's fancy – which, for my own part, if I did not take heed to do more than at first, there is so much unfixed and equivocal matter starting up, with so many breaks and gaps in it, – and so little service do the stars afford, which, nevertheless, I hang up in some of the darkest passages, knowing that the world is apt to lose its way, with all the lights the sun itself at noon-day can give it – and now you see, I am lost myself![102]

Um escritor que pretenda que o leitor deixe de classificar a partir de preconceitos o seu romance não precisa de o anunciar fora do texto de ficção. Um escritor perspicaz como Laurence Sterne saberá fazê-lo de forma ficcional: o leitor que se prepara para ouvir uma história, não terá nunca uma história para ouvir, mas apenas a promessa de que existem histórias e de que até existe apenas a possibilidade de haver histórias que dispensam que sejam contadas, pelo menos de forma convencional.

---

[101] Ibid., p. 89.

[102] *Tristram Shandy*, vol.VI, Chapter XXXIII, p 383.

A resistência ao género inclui a anulação total do próprio conceito de género atribuído premeditadamente por um autor à sua obra. Pos-modernamente, aprendemos a desconfiar de um autor que acrescenta ao título da sua obra, geralmente de ficção narrativa, um subtítulo taxonómico. Já vimos que o processo é explorado em vários livros de José Saramago e António Lobo Antunes. Quer dizer, se um autor nos apresenta um romance com o subtítulo "Um poema" ou subverte as leis clássicas dos géneros literários no próprio título, como *Auto dos Danados* ou *O Evangelho Segundo Jesus Cristo*, servindo neste caso de subtítulo a fragilidade dos limites do romance, estamos perante um nível de ficcionalização que nos empurra para fora de qualquer normalização conhecida da obra de arte literária. O romance de Haddon, *The Curious Incident of the Dog in the Night-Time*, entra nesta tradição de repúdio do género literário fixado por normas a que o texto tem que obedecer. O autor anuncia uma "detective story", para depois se distanciar de todas as formas possíveis daquilo que sabemos *a priori* ser uma "detective story". Podíamos falar de uma literatura sem género? O facto de haver textos que não encaixam em nenhum género conhecido não nos obriga a criar uma nova categoria, hipoteticamente uma *literatura sem género*, porque estaríamos a ceder ao aprisionamento que qualquer leitura taxonómica provoca: lemos em função de um sistema de classificações conhecido por todos, que nos obriga a reconhecer uma dada obra num dado género. Quando o texto e/ou o autor desse texto nos esconde ou nos leva propositadamente ao engano nesse exercício classificatório, não temos como justificar a falência da leitura a não ser com um argumento do tipo: *este texto não tem classificação possível.* Como bem observa Jonathan Culler,

> this view of genres seems singularly unhelpful. To treat them as taxonomic classes is to obscure their function as norms in the process of reading. If we begin with the assumption that every work must be accounted for in a literary taxonomy, then our taxonomic classes become artifices of description.[103]

[103] Cf. "Toward a Theory of Non-Genre Literature", in *Theory of the Novel: A Historical Approach*, ed. por Michael McKeon, The John Hopkins University Press, Baltimore e Londres, 2000, pp. 51-56.

Este parece-me ser o ponto de partida das paródias ao género introduzida pelos romancistas contemporâneos. Nenhuma classificação literária é melhor do que outra, se quisermos à força que um dado romance seja histórico, policial, mágico ou *à clef*, por exemplo. Querer que *The Curious Incident of the Dog in the Night-Time* seja um romance policial, no sentido histórico desta classificação de género, é o mesmo que tentar provar que *Finnegans Wake* é um romance. Falamos de dois livros cuja organização interna está mais próxima de um puzzle de muitas peças do que de textos literários para os quais é possível assegurar um conjunto fixo de normas.

A ideia de puzzle narrativo que resiste à classificação de género não é dissociável das estratégias da autoglosa. Se facilmente reconhecemos a auto-reflexividade do monólogo citado de *Casas Pardas*, de Maria Velho da Costa, há outros momentos que se repetem tanto aí como em *O Bosque Harmonioso*, de Augusto Abelaira, que só se podem explicar por um movimento de autoglosa, isto é, pela reflexão sobre o problema da génese da criação literária, pela reflexão da escrita sobre a escrita:

> Se Eu escrever, então terei a certeza que a escrita é também uma coisa frívola como um sapato pensado. Até lá tenho que me comover por não saber o que hei-de calçar-lhes. Se Eu um dia souber que toda a arte, mesmo a séria como um raio, participa da mesma realidade equívoca que faz que o coração humano deseje miríades de formas de sapatos, hei-de denunciar isso mesmo e então não haverá mais doidos ou santos necessários sobre a terra e ainda menos artistas. Acho que era isso que Eu queria, se escrevesse – que o que tenha que ser perguntado aos ares não o seja na terrível solidão dum sapato velho desirmanado na profusão dos calçados. E se um dia escrever vou ter que ter cuidado com as imagens baratas, com tudo o que é barato e se passa ao lado. Toda a gente quer algo que ao menos imite o,
>
> Elisa, minha querida, que é que estás a ler?
> Salgari, pai.
> Que abominação, minha querida, se te diverte.
>
> custoso[104]

---

[104] *Casas Pardas*, pp. 75-76.

Esta autoglosa justifica-se não pela insegurança pela arte de escrever ficção mas por uma maturidade que se afirma ao próprio escritor. É ao romancista convicto dos limites da sua arte que devemos perguntar o que é a arte e não àquele que está já convencido de que a sua arte é completa, indisponível para reflexões alheias ou pessoais. A autoglosa é, pois, um momento de completitude da ficção, pois nenhum texto pode ter juiz mais exigente do que o seu próprio criador:

> Devo prosseguir? Não será absurdo, nesta minha tradução do latim, procurar um sabor quinhentista, fatalmente artificial e portanto ridículo? Preferível talvez virar o leme, pôr tudo em português corrente, submeter-me à evidência de que *O Bosque Harmonioso* não vai buscar ao estilo a originalidade, deve-a sim à riqueza das suas ideias inovadoras, filosóficas umas, científicas outras. (...) De início, pois, uma tradução despretensiosa, um simples esboço a corrigir mais tarde. Mas chegarei a corrigi-lo, já alguma vez acabei qualquer trabalho?[105]

O texto virado para si próprio é como a consciência que procura interpretar o mundo das ideias e imagens inconscientes. O romancista pós-moderno incorpora no próprio texto de ficção o trabalho de meditação que, em regra, nunca se reproduz verbalmente a não ser como resultado. Este tipo de *ficcionismo* da arte literária tem normalmente pouca fortuna entre leitores comuns, porque julgam tratar-se de uma infracção à história romanesca. É assim desde Cervantes, pelo menos. Um leitor informado torna-se cúmplice do texto metaficcional, porque nele revê as suas próprias leituras passadas, a tradição literária que é a sua, e as recordações de todos os textos que constituem o seu contrato de leitura pessoal. O caso mais surpreendente no romance pós-moderno é o do uso da intertextualidade, não como acontecimento fortuito no texto de ficção, não como simples registo de uma alusão, não como uma relação textual entre dois autores, mas como encenação da autoria, da originalidade como exigência estética, e do estilo como padrão de avaliação do mérito de um escritor. *Casa Pardas* é quase uma súmula de todas as possibilidades da intertextualidade: livros, autores antigos e modernos, cita-

[105] *O Bosque Harmonioso*, Sá da Costa, Lisboa, 1982, pp. 2-3.

ções, versos, dramas, registos de cinema, sociolectos, provérbios, gírias, miscigenação de géneros literários, recursos estilísticos recuperados à história literária, vozes despregadas do seu contexto original, etc. "Ó da Barca", "Monólogo da Vaqueira", "Oração de sapiência", "Enunciação", são exemplos soltos do trabalho intenso sobre os intertextos, que inclui o trabalho linguístico sobre outras formas estranhas ao Português, incorporadas de forma tão fragmentária quanto disruptiva no texto de ficção.

O discurso da intertextualidade é, por definição, um discurso solidário que procura afinidades significaticas entre os textos ou autores convocados. Quando reflecte sobre os limites da sua escrita, o romancista pós-moderno sente a necessidade de recordar aqueles que antes dele terão já experimentado as mesmas dificuldades. No fim, esses exemplares escritores e textos do passado são soluções para os problemas da escrita ficcional que o presente coloca ao escritor em transe criativa. O romance *Foe* (1986) de J. M. Coetzee é outro exemplo maior de trabalho metaficcional com os textos exemplares do passado, neste caso, com o clássico *The Life and Strange and Surprising Adventures of Robinson Crusoe* (1719), de Daniel Defoe, e com outras obras do mesmo autor, como *Moll Flanders*. O desafio é uma vez mais o de encontrar uma forma de resolução do lugar da escrita no mundo moderno dominado pela proliferação de discursos: "Nevertheless... Writing is not doomed to be the shadow of speech... God's writing stands as an instance of a writing without speech. Speech is but a means through which the word may be uttered, it is not the word itself. Friday has no speech, but he has fingers..."[106] Este novo Friday é uma imagem figurada daquilo que resta ao artista: expressar-se por todos os meios conhecidos e não ficar preso apenas ao poder da linguagem falada, dos signos historicamente grafados.

Outro exemplo de desconstrução intertextual do cânone literário pode ser o de Kathy Acker, que se notabilizou pelas experimentações no romance, como a reescrita interpretativa do clássico *Treasure Island*, de Robert Louis Stevenson, em *Pussy, The King of Pirates* (1996), o plágio criativo de Charles Dickens em *Great Expectations* (1982), e a reescrita criativa intitulada *Don Quixote: Which Was a*

[106] *Foe*, Secker & Warburg, Londres, 1986, pp. 142-143.

Dream (1986), que relata as viagens quixotescas de uma jovem mulher que enfrenta o trauma do aborto. Os mitos que nos ajudaram a construir a tradição ocidental são hoje revistos de forma a retirar deles o lado mais sacramental das suas verdades, permitindo que a história possa ser vista também como lugar de descoberta sempre acessível e lugar de inspiração num mundo que parece ter esgotado todas as formas de originalidade. O *ficcionismo* do autor e da obra clássica, com toda a mitologia que a história ajudou a perpetuar, está devidamente explicado neste testemunho de Kathy Acker, a propósito da criação de *Don Quixote*:

> What it really did was give me a language with which I could speak about my work. Before that I had no way of discussing what I did, of course I did it, and my friends who were doing similar work – we had no way of talking to each other.[107]

O romancista pós-moderno virou-se para as potencialidades da intertextualidade para se salvar na falta de um código de referência que a sociedade pós-industrial lhe nega. Não há mais originalidade, não há mais referencialidade idónea, não há mais fronteiras visíveis entre a ficção e a realidade, entre o publicado e o inédito, entre o texto completo e imaculado e a texto-transgressão e o texto-fragmento. Todos estes movimentos se acentuaram alargando consideravelmente o âmbito do trabalho intertextual da ficção contemporânea. A forma como os textos de ficção se vão construindo concentricamente, com recurso constante à autoglosa, exige que o leitor esteja suficientemente informado sobre a teoria subjacente à construção narrativa. Um intertexto, em regra, só é visível por quem está devidamente informado sobre a tradição literária a que pertence. Um conto como "Lost in the Funhouse", de John Barth, só consegue ser legível se compreendermos a forma como o autor desafia as convenções dos códigos literários que ele próprio está obrigado a respeitar:

> *En route* to Ocean City he sat in the back seat of the family car with his brother Peter, age fifteen, and Magda G, age fourteen, a pretty girl and exquisite young lady who lived not far from them on B____ Street [...]

---

[107] *Don Quixote: Which Was a Dream*, Grove Press, Nova Iorque, 1986, p. 54.

> Initials, blanks, or both were often substituted for proper names in nineteenth century fiction to enhance the illusion of reality. It is as if the author felt it necessary to delete the names for reasons of tact or legal liability. Interestingly, as with other aspects of realism, it is an *illusion* that is being enhanced, by purely artificial means. [108]

Chegámos a novo modo de representação do mundo literário? A ilusão é que superintende à realidade na construção do *ficcionismo* de uma obra de arte ou é o contrário? A linguagem literária consegue traduzir o diálogo entre ilusão e realidade? O texto literário não mais se pode entender fora das representações lineares da narrativa?

12. A ilusão da sequencialidade e da coesão discursiva do texto de ficção

Assumir que um texto narrativo de ficção se distingue pela sequencialidade e pela coesão das acções que integra é hoje um argumento abandonado. A Universidade de Chicago organizou em 1979 um simpósio com o título sugestivo: "Narrative: The Illusion of Sequence", que teve conferencistas de relevo como Hayden White, Jacques Derrida, Frank Kermode ou Paul Ricouer. Este último resume assim o problema: "My approach to the problem of the 'illusion of sequence' is derived from two complementary claims. If by sequence we mean chronological time, and if by illusion of sequence we mean the illusion of chronology, we may be correct; but such a critique of chronology does not dispose of the question of time."[109] O nosso argumento segue a mesma direcção: a sequencialidade das acções numa narrativa e a coesão que devem apresentar entre si todas as sequências não são, desde os primódios do romance (Fielding, Richardson, Sterne, Cervantes, etc.) argumentos decisivos para determinar quer a narratividade de um texto de ficção quer a sua própria ficcionalidade. Por outras palavras, não distinguimos um romance de um poema pelo facto de o primeiro obedecer a uma estrutura do tipo

[108] *Lost in the Funhouse: Fiction for Print, Tape, Live Voice*, Anchor Press, 1988, p. 69.
[109] In *On Narrative*, ed. cit., p. 165.

S1 + S2 + S3... e o segundo não possuir qualquer conjunto sequencial de acções.

Que valor atribuir aos factores de garantia e preservação da textualidade de um texto de ficção? Seria um erro histórico pressupor que o romance exige e respeita as condições de coerência e coesão textuais desde a sua origem até ao modernismo, exclusive, e que só a partir daqui o romance encontra formas de expressão que combinam entre si ideias incoerentes e subtextos desconexos, por exemplo. O romance inglês do século XVIII (Fielding, Richardson e Sterne, em particular) já experimenta estas possibilidades, pelo que estas condições gerais de construção de um texto de ficção são apenas pontos de referência, mas não pontos de avaliação. Quando lemos um texto como *Naked Lunch*, de William S. Burroughs, que nos adverte "You can cut into *Naked Lunch* at any intersection point", a ilusão da sequência é uma estratégia do texto tão importante e tão válida como a condição de coesão ou de coerência para um romance romântico, ultra-romântico, realista, naturalista, neo-realista, ou qualquer outro que siga em regra as leis da linearidade.

Coerência é a ligação em conjunto dos elementos formativos de um texto; coesão é a associação consistente desses elementos. Estas duas definições literais não contemplam todas as possibilidades de significação destas duas operações essenciais na construção de um texto e nem sequer dão conta dos problemas que se levantam na contaminação entre ambas. Por exemplo, seja um texto de ficção como *The Unfortunates* (1969), de B. S. Johnson, cujos capítulos estão em cadernos soltos e colocados dentro de uma caixa, para que o leitor os ordene como entender, sendo que apenas o primeiro e o último capítulos aparecem identificados. A coesão e a coerência deste texto dependem exclusivamente da capacidade de leitura do leitor, que é afinal quem determinará um certa forma de coerência entre os capítulos. Este exemplo serve para dizer que a coesão e a coerência não são categorias fixas do romance. As definições apresentadas constituem apenas princípios básicos de reconhecimento das duas operações (note-se que o facto de designarmos a coerência e a coesão como *operações* pode ser inclusive refutável). A distinção entre estas duas operações ou factores de textualidade está ainda em discussão quer na teoria do texto quer na linguística textual. Entre os autores que apenas se referem a um dos aspectos, sem qualquer distinção, estão Halliday e Hasan, que, em *Cohesion in English* (1976), defendem ser a coesão entre as frases o factor determinante de um texto enquanto tal; é a coesão que permite chegar à *textura* (aquilo que permite distinguir um texto de um não-texto); a coesão obtém-se em grande parte a partir da gramática e também a partir do léxico. Por outro lado, autores como Beaugrande e Dressler apresentam um ponto de vista que partilhamos: coerência e coesão são níveis distintos de análise.[110] A coesão diz respeito ao modo como ligamos os elementos textuais numa sequência; a coerência não é apenas uma marca textual, mas diz respeito aos conceitos e às relações semânticas que permitem a união dos elementos textuais.

A coerência de um texto depende da continuidade de sentidos entre os elementos descritos e inscritos no texto. Veja-se o seguinte exemplo do citado romance de Berger, *G.*:

> I cannot continue this account of the eleven-year-old boy in Milan on 6 May 1898. From this point on everything I write will either converge upon a final full stop or else disperse so widely that it will become incoherent. Yet there was no such convergence and no incoherence. To stop here, despite all that I leave unsaid, is to admit more of the truth than will be possible if I bring the account to a conclusion. The writer's desire to finish is fatal to truth. (p.77)

Um texto narrativo como este em que o narrador abdica de qualquer omnisciência sobre as suas personangens, sobre o destino da própria narrativa ou sobre a sua própria capacidade para controlar a sequencialidade dos acontecimentos representa necessariamente um desafio ao paradigma da narrativa linear do romance. O desfasamento das acções narrativas não é um sinal de incoerência, do tipo que costumamos detectar em textos de iniciados ao ofício literário e que, em regra, avaliamos negativamente. A incoerência pode ter a função de uma grande figura de estilo – no exemplo atrás citado de *G.*, o jogo entre a coerência e a incoerência discursivas é uma acção escolhida para anular a possibilidade de fixar a linearidade narrativa e fazê-la

---

[110] V. Robert-Alain de Beaugrande e Wolfgang Ulrich Dressler: *Einführung in die Textlinguistik* (1981), *Introduction to Text Linguistics*, Longman, Londres e Nova Iorque, 1981.

corresponder de imediato ao sentido único do texto; sendo esta linearidade uma ilusão ficcional premeditada, é preciso contar com a formação literária do leitor para poder ser descodificada e evitar, assim, a confusão entre incoerência textual reprovável e incoerência textual como figura de sintaxe.

A fronteira entre um texto coerente e um texto incoerente depende em exclusivo da competência textual do leitor/alocutário para decidir sobre essa continuidade fundamental que deve presidir à construção de um enunciado. A coerência e a incoerência revelam-se não directa e superficialmente no texto mas indirectamente por acção da leitura/audição desse texto. As condições em que esta leitura/ /audição ocorre e o contexto de que depende o enunciado determinam também o nível de coerência reconhecido. Estes princípios serão muito importantes para a análise dos textos de ficção que vamos analisar, porque de uma forma ou de outra todos provocam as leis gerais da coerência e da coesão textuais. O que faz a literariedade e a textualidade de um texto é em primeiro lugar o reconhecimento geral dessa propriedade por *toda* uma comunidade interpretativa. A coerência do texto, ou seja, a negação de poder ser considerado um absurdo, segue o mesmo critério de aceitação. Contudo, mesmo esta regra, que parece satisfatória, está sujeita a excepções incómodas. A recepção dos textos modernistas, por exemplo, de *Ulysses* e *A Portrait of the Artist as a Young Man* à "Ode marítima" de Álvaro de Campos, ficou marcada quase sempre pelo escândalo na comunidade interpretativa instalada na época. Esses textos não foram reconhecidos como textos literários mas como textos "indecentes", pura "pornografia", "alienação", "literatura de manicómio" e outros epítetos do género – todos apontando a falta de coerência e de moralidade, mas não certamente a sua falta de coesão. Todas as obras artísticas de vanguarda respeitam de alguma forma a exigência de provocação, que quase invariavelmente redunda em anátema. Isto significa que o princípio de aceitação universal da literariedade, da ficcionalidade, da textualidade e da coerência de um texto está sujeito também a um certo livre-arbítrio. Todas as declarações de guerra à sintaxe tradicional que as literaturas de vanguarda costumam fazer são, logicamente, guerras à coesão gramatical dos textos literários de vanguarda. Contudo, não deixam de ser literários por essa falta de coesão, uma vez que a sua literariedade, ficcionalidade e textualidade se conquistam ao nível da coerência.

Vejamos agora o caso complexo do romance *Os Lusíadas* (1977), de Manuel da Silva Ramos e Alface[111]. Trata-se, claramente, de um exercício ficcional do mesmo tipo que encontramos em *Tristram Shandy*, em *Ulysses* e em *Finnegans Wake*. A textualidade literária torna-se o verdadeiro protagonista do romance e os contorcionismos da linguagem são o trunfo principal dos artistas:

> Assim, muito bem, Montauban, ora, testava-se mesmo a ver, você sabe como são as coisas, há maravilhas há, daqui a nada você chama-me fraccioso, mas na época eu, de resto boatos só na cama, agora deixam-me entrar de borla, tantas vezes um homem lá vai que lá acaba por ficar, você compreende, não é preciso mostrar o retrato de D. Manuel, ele também se chamava assim, sim, um dia eu arremeti-me a desconfiar, não recebia uma carta desde trinti, foi ele, veja lá como ele era brincão, Leninho, o russo, quase me chamaram de lado, retrato trocado, sova, e eu de luvas, mas, prolicocos, nem tão pouco, os rebófias, de respeito está cheio o meu peito, de resto a minha cama é popular, (...)[112]

Este romance é quase uma homenagem a *Finnegans Wake*, de Joyce, e a *Tristram Shandy*, de Sterne, pelo conjunto de técnicas de disrupção narrativa e disrupção linguística que introduzem: manipulação da página impressa, fragmentação da sintaxe, inserção de todo o tipo de intertextos, demolição da lincaridade narrativa, criação de anti-heróis, pluridiscursividade, anulação da progressão lógica da intriga, e a originalidade de garantir ao felizardo leitor que a sua cópia do livro não naufragará com ele no mar desta textualidade complexa, porque o editor (cúmplice do autor) colocou uma folha de cortiça no meio

---

[111] Pseudónimo do jornalista, publicitário, escritor e argumentista João Alfacinha da Silva, que, a solo, publicou mais recentemente um romance de forte veia parodística sobre os costumes populares de Lisboa, com o título *Cá Vai Lisboa* (Fenda, Lisboa, 2004), onde não falta uma rara (na ficção portuguesa) crítica académica, em particular na figura do Professor Doutor Por Extenso Delfim Sardinha, autor de uma tese sobre a «Génese, Fixação e Futuro das Chamadas Marchas dos Santos Ditos Populares desta Lisboa Que Eu Amo». O ficcionismo linguístico em relação às gírias de Lisboa que lemos neste romance continua o trabalho parodístico desenvolvido em *Os Lusíadas*.

[112] *Os Lusíadas*, Assírio & Alvim, Lisboa, p. 127.

do livro – salve-se o livro e que se dane o leitor, parece ser o propósito parodístico.

Para além da linguística textual, podemos discutir os conceitos de coesão e sobretudo o de coerência no âmbito da textualidade puramente literária, por exemplo, na construção de uma narrativa de ficção. Tradicionalmente, todas as formas *naturais* (para distinguir das formas subversivas de vanguarda) de literatura ambicionam a produção de textos coesos e coerentes, por exemplo, no caso do romance, com personagens integradas linearmente numa narrativa, com uma intriga de progressão gradual controlada por uma determinada lógica, com acções interligadas numa sintaxe contínua, com intervenções do narrador em momentos decisivos, etc. Por outro lado, nunca ficará claro que todas as formas de anti-literatura possam ser desprovidas de coesão e de coerência. As experiências textuais que tendam a contrariar as convenções de escrita e/ou até mesmo as regras da gramática tradicional também podem distinguir-se por uma forte coesão ou coerência dos seus elementos. Sejam os dois textos:

> (1)
> A fome alastrava. A estação fria acossava os homens, os coelhos do mato, os morcegos, e fechava-os nas tocas. As árvores ficavam nuas, as grandes chuvas voltavam.
>
> (Carlos de Oliveira, *Casa na Duna*, 1943)

> (2)
> dezembro 9 soaram de fora os passos pesados da dona descendo um bater depois hesitante na porta a voz dela hesitante: então o senhor não vai votar? Não não vou talvez logo à tarde estou ainda deitado. no quarto de janelas fechadas com riscos de luz das frestas na parede a lâmpada apagada desde a véspera amávamos possessos de amor um do outro.
>
> (Almeida Faria, *Rumor Branco*, 1962)

Nenhum leitor terá dificuldade em reconhecer a coesão textual de (1), com os seus elementos léxico-gramaticais devidamente postos numa sequência lógica, e a coerência das ideias comunicadas num contínuo narrativo convencional. Numa primeira leitura, o texto (2) oferece resistência a ser considerado um texto, a ser considerado um texto coeso, a ser considerado um texto coerente. Este texto é uma forma de anti-literatura, cuja coesão e coerência dependem em exclusivo da capacidade de abstracção do leitor para poder ser entendido. Todo o romance *Os Lusíadas* de que falámos atrás pode servir de exemplo. Se um falante necessita de possuir uma competência textual e uma competência linguística para reconhecer a coerência e a coesão de um enunciado escrito ou oral, também é legítimo exigir uma competência literária e cultural ao leitor que quiser interpretar um texto anti-literário (diferente de não literário) ou de textualidade literária não convencional. O romance também se constrói com alicerces de imaginação.

II.
A CONSTRUÇÃO DO ANTI-ROMANCE: *TRISTRAM SHANDY* (1760-1767), DE LAURENCE STERNE E *VIAGENS NA MINHA TERRA* (1846), DE ALMEIDA GARRETT

Primórdios da literatura metaficcional: os mecanismos do anti-romance. A (in)classificação do romance experimental. A resistência à norma. O discurso digressivo experimental. A construção da narrativa metaficcional.

1. Primórdios da literatura metaficcional: os mecanismos do anti-romance

A literatura metaficcional inclui hoje obras de diferentes épocas, o que permite falar com maior propriedade de um paradigma metaficcional comum a vários momentos da história literária em vez de nos cingirmos à época presente. Em *Life and Opinions of Tristram Shandy, Gentleman* (1760-67) de Laurence Sterne, encontramos já aquilo que hoje reconhecemos como metaficção e que se pode resumir ao texto de ficção que fala de si próprio e que interroga a sua própria ficcionalidade. Se for esta a principal virtude de uma metaficção, então o nosso Almeida Garrett escreveu uma obra-prima do género, as *Viagens na Minha Terra*, texto repleto de considerações sobre a sua própria natureza ficcional e cujas interpelações ao leitor também podem servir de cânone a qualquer teoria sobre a metaficção. Demonstrar-se-á que, quanto ao método, não há grande diferença entre estas metaficções pré-pós-modernistas e aquelas que se têm citado como pós-modernas.

A relação entre *Tristram Shandy* e *Viagens na Minha Terra* foi já devidamente assinalada, pelo menos desde 1949, quando Norman Lamb nos ofereceu uma leitura de influências que fez escola entre os comparatistas de Sterne e Garrett. O confronto dos textos não foi feito com outro intuito que não fosse o de provar que 1) Garrett leu Sterne; 2) Garrett copiou Sterne; 3) Garrett foi influenciado por Sterne. É minha convicção que a ansiedade de influência devia aplicar-se mais aos críticos do que aos autores. Não me parece metodologicamente correcto e pertinente fazer exercícios de predestinação sobre quem influenciou quem, como se isso fosse o mais importante no acto criativo. Os mundos das influências como o mundo das intenções autorais são escorregadios e conduzem-nos quase sempre a leituras superficiais e arbitrárias. Garrett tem primeiro em Norman Lamb e sobretudo em Lia Raitt (*Garrett and the English Muse*, Tamesis Books, Londres, 1983) o exemplo do que estou a tentar dizer. O primeiro apenas nos deixou à época (1949) uma síntese das ligações de Garrett à estética romântica do sentimentalismo, realçando mais o empréstimo que Garrett faz de *A Sentimental Journey*, de Sterne, do que a adopção das estratégias metanarrativas; Lia Raitt completou o puzzle dos pontos de contacto entre Sterne e Garrett e conseguiu forçar a comparação entre os dois autores levando-a até a limites muito discutíveis, como o da afinidade do estilo e da linguagem, "influência" que me parece mal demonstrada.[113] Não iremos

[113] Concordo plenamente com a observação de A. Owen Aldridge: "Nor did Garrett imitate Sterne in his most flagrant eccentricities of style. From the point of view of technique, he follows Sterne merely in digressions and addresses to the reader.", in "From Sterne to Machado de Assis", in *The Winged Skull: Papers from the Laurence Sterne Bicentenary Conference*, University of York, The Kent University Press, 1971, p.173.) Sterne tem servido de *pai* literário (no sentido bloomiano) praticamente para todo o tipo de escritor modernista e/ou pós-modernista. Joyce sentiu isso na pele logo em 1922 quando publicou *Ulysses*. Um crítico *influencista* raramente se preocupa com interpretação textual, mas apenas se concentra na identificação de familiaridades à superfície do texto. Tudo aquilo que Raitt faz com Garrett, por exemplo, em termos comparatistas, é assinalar as coincidências verbais, narrativas e estilísticas entre os dois autores, deixando de lado qualquer tentativa de ler os dois textos à luz do que essas coincidências acrescentam ao sentido do texto. A mera descoberta de afinidades textuais não diz respeito à literatura comparada mas à literatura de adivinhação, que está ao alcance de todos os que sabem ler o alfabeto. A hermenêutica repugna a um crítico que apenas se pré-ocupa com o jogo das coincidências de estilo, como se a criação literária só fosse possível uma vez curada a ansiedade de influência;

por aqui. A comparação mais evidente entre Garrett e Sterne é dada pela adopção do sentimentalismo nas viagens que ambos realizaram, por isso é mais fácil aproximar as *Viagens* de Garrett à *Sentimental Journey Through France and Italy by Mr. Yorick* de Sterne, que por sua vez continua uma tradição iniciada com *The Unfortunate Traveller* (1594), de Thomas Nashe, o *Dom Quixote* (1605) de Cervantes, *Gulliver's Travels* (1726), de Jonathan Swift, e a *Voyage autour de ma chambre* (1794), de Xavier de Maîstre. O presente trabalho não visa a descoberta de "influências convergentes", como o fez Lia Noemia Rodrigues Correia Raitt na sua tese *Garrett and the English Muse* (1983); não visa também a simples descoberta acrítica de alusões a Sterne, todas elas devidamente assinaladas – pretendo antes comparar textualmente os processos narrativos de ambos os autores e reflectir sobre as inovações introduzidas, para concluir sobre a actualidade dos princípios metaficcionais aí defendidos. Interessa-me demonstrar que o que hoje entendemos por metaficção pós-moderna é uma categoria literária intemporal, que não pode estar sujeita a uma hermenêutica sincrónica.

Quando Garrett confessa as influências literárias que lhe dizem respeito: "o autor das *Viagens na Minha Terra* é igualmente familiar com Homero e com Dante, com Platão e com Rousseau, (...) com Sterne e Cervantes (...) – com tudo o que a arte e ciência antiga, com tudo o que a arte, enfim, e a ciência moderna têm produzido." (Prefácio de Garrett às *Viagens na Minha Terra*), é possível concluir algo mais do que a mera comprovação do papel que esses autores tiveram na formação do Autor: 1) Garrett quer mostrar que a sua obra pertence a uma tradição literária não portuguesa; 2) Garrett quer advertir o leitor que quer continuar essa tradição; 3) Garrett pode querer advertir o leitor para o perigo que correrá se ler a sua obra fora dessa tradição; 4) Garrett pode querer advertir o leitor para a armadilha em que cairá se ler a sua obra só em função dessa relação intertextual. Os comparatistas de Garrett e Sterne leram as *Viagens na Minha Terra* sem atender a estas quatro possibilidades.

---

a hermenêutica dialéctica repugna ainda mais a quem apenas quer demonstrar que um escritor só tem valor porque segue os passos de não sei quantos outros escritores anteriores. À crítica *influencista* nem Homero – se acreditarmos que foi o primeiro *escritor* – escapa a essa ansiedade de influência.

2. A (in)classificação do romance experimental

Tristram Shandy foi desde o seu início uma obra polémica, recebendo classificações tão díspares como um "salmagundi of odds and ends" ou um "literary puzzle". "Salmagundi" ou "puzzle" são atributos que, para além da negatividade que expressam neste contexto, ilustram uma das características mais importantes da obra: a sua exemplaridade, que está associada à resistência à classificação tipológica. Garrett tanto nos confessa que o seu próprio livro é "despropositado e inclassificável" (§XXXII) como nos assegura que é uma "obra-prima, erudita, brilhante de pensamentos novos, uma coisa digna do século" (§II). Em ambos os casos, já possuímos uma classificação prévia dada pelo próprio texto. A este tipo de narrativa que desafia o próprio conceito de género literário que a tradição lhe impõe chamou Alastair Fowler o *poioumenon,*[114] isto é, a *work-in-progress novel*, um romance que se constrói a si próprio avançando com os elementos que hão-de tipificá-lo como género literário. O processo já está experimentado no teatro de Shakespeare com aquilo a que se chama a *play-within-a-play*, de que o *Hamlet* é um perfeito exemplo de *poioumenon*. Ora, a evolução dá-se em Sterne quando neste jogo narrativo auto-referencial se introduz o elemento auto-crítico e parodístico, sobretudo quando este se revela em forma de auto-elogio do carácter exemplar da obra *em progressão*.

Falamos de obras que podem servir de exemplo a várias categorias da literatura: obra de vanguarda literária, obra de anti-literatura, obra antifundacionalista, obra metaficcional, obra moderna, obra pós-moderna, obra de colagem, obra de paródia, obra de sátira, etc. Se pensarmos que a maior parte destas categorias foram inventadas ou impostas no século XX, ficamos desarmados perante qualquer tentativa de obediência ao princípio de que uma dada obra pertence ao momento em que foi produzida e só em função dessa simultaneidade a podemos compreender e classificar. *Viagem na Minha Terra* segue o exemplo de *Tristram Shandy* com poucas variantes nas categorias identificáveis. O formalista russo Viktor Shklovsky foi o res-

---

[114] *Kinds of Literature: An Introduction to the Theory of Genres and Modes*, Harvard University Press, Cambridge, Mass. 1982, p.123.

ponsável pela ideia de obra exemplar, de obra que por si só pode servir de exemplo a todas as outras e constituir em si mesma a ilustração de um conceito universal. O célebre ensaio sobre *Tristram Shandy*,[115] obra que é apresentada como "uma ilustração de leis gerais", ganha hoje um novo sentido: se o que interessou Shklovsky foi a obra como pretexto para reflexões sobre a teoria do romance, aquilo que se passou a chamar metaficção fornece-nos o espaço adequado para levar mais longe as especulações sobre as grandes narrativas que obstam à constituição de categorias estáveis. De notar que esta indecidibilidade da narrativa não é um privilégio do romance contemporâneo, pois é possível encontrar vários exemplos mesmo antes da fixação do romance enquanto género literário, como acontece com *Faerie Queene* (1590-96) de Edmund Spenser: trata-se de um livro de cortesia, de um romance em verso, de um poema épico ou de uma alegoria? A coexistência de vários atributos literários numa mesma obra não é garantia de estarmos perante uma espécie de *texto universal, global* ou *sublime*, capaz por si só de resistir a qualquer crítica dado o carácter perfeccionista que aparentemente possui.

Se existisse uma *magnum opus* deste calibre ficcional, depois do *Don Quixote* não se escreveria o *Tristram Shandy*, as *Viagens na Minha Terra*, as *Memórias Póstumas de Brás Cubas* ou o *Ulysses*, para não alongarmos os exemplos. Para além das familiaridades (ou *intertextualidades*, se se quiser) óbvias entre estes textos, o que quero dizer é que são obras que se exemplificam a si próprias em primeiro lugar; depois, é possível então acrescentar que são referências obrigatórias na definição do género metaficcional. A exemplaridade de uma obra funda-se pelo significado que tem como obra de criação individual; um livro torna-se exemplar porque nos diz da melhor forma aquilo que outros não foram capazes de dizer até aí sobre o mesmo assunto. Na história da literatura portuguesa, *Viagens na Minha Terra* é uma obra exemplar, porque ninguém até aí tinha sido capaz de escrever nada semelhante e o problema das influências não tem nada a ver com essa circunstância.

---

[115] "A Parodying Novel: Sterne's *Tristram Shandy*", trad. do original *O Teorii Prozy* (Moscovo, 1929), in *Laurence Sterne: A Collection of Critical Essays*, Prentice-Hall, Englewood Cliffs, Nova Iorque, 1968.

3. A resistência à norma

Tristram Shandy faz ver ao leitor que não há verdades garantidas no mundo da razão: só o ilógico e o irracional trazem consigo alguma verdade sobre este mundo. Daí a resistência às definições, ou seja, aos sentidos fixados academicamente, lembrando-se Sterne sempre do *Essay* de Locke, quando escreve sobre a natureza do nariz: "I define a nose as follows – intreating only beforehand, and beseeching my readers, both male and female, of what age, complexion, and condition soever, for the love of God and their own souls, to guard against the temptations and suggestions of the devil, and suffer him by no art or wile to put any other ideas into their minds, than what I put into my definition – For by the word Nose, throughout all this long chapter of noses, and in every other part of my work, where the word Nose occurs – I declare, by that word I mean a nose, and nothing more, or less." (III, 31)[116]. Esta impugnação parodística das definições – "to define – is to distrust", afirmara antes Tristram – mostra o tipo de filosofia da composição artística que vamos encontrar nestas metaficções, que deverão ser digressivas e reflexivas sem a pretensão de controlarem o sentido.

Nestes textos, não há nenhuma autoridade final que domine completamente o homem; não há nenhuma Providência que consiga salvar o homem, mesmo o melhor dos homens. Certamente que para os leitores portugueses de meados do século XIX o efeito da leitura de um texto que resiste às verdades absolutas e a qualquer moral indefectível produziu um choque maior do que aquele efeito que hoje tem as *Viagens* sobre nós, já totalmente vacinados contra as desconstruções da moral e da ética. O facto é que, à luz das normas do romance nos séculos XVIII e XIX, o leitor não devia ser deixado em estado de desorientação. Um aviso como o que Garrett nos deixa logo no Prefácio: "[Esta obra foi] composta bem ao correr da pena (...)" e é "talvez a que ele [Autor] mais descuidadamente escreveu", é uma provocação para o leitor do século XIX. Ao autor, pedia-se respeito pela linearidade e coerência dos factos narrados. *Tristram*

---

[116] *The Life and Opinions of Tristram Shandy*, Penguin, Londres e Nova Iorque, 1997 (1ª ed., 1759-67), p. 178.

Shandy e *Viagens na Minha Terra* são, neste sentido, anti-normativas, o que está longe de constituir uma desvantagem. Neste tipo de literatura, desengane-se o leitor que procurar uma história simples, contada de acordo com aquilo de que se está à espera, mesmo que se concentre apenas na história de Joaninha. Por isso Garrett adverte: "isto pensava, isto escrevo; isto tinha na alma, isto vai no papel: que doutro modo não sei escrever" (§ XXIX). Mesmo que não seja tão radical quanto Sterne no papel de um autor que se diverte com jogos de desorientação do leitor, Garrett faz também algumas habilidades narrativas para não permitir que o leitor aceite a narração como um mero registo cronológico de acontecimentos. A atitude do autor-taful já a notáramos em *Tristram Shandy*, no mesmo tom desafiador e irónico: "Ask my pen – it governs me – I govern it not" (vol. VI, §vi), "I begin with writing the first sentence – and trusting to Almighty God for the second" (vol. VIII, §ii) e ainda: "for I write in such a hurry, I have no time to recollect" (vol.I, §xxi). Concordo inteiramente, neste ponto, com o comentário de Wolfgang Iser, em toda a sua extensão aplicável às *Viagens* de Garrett:

> It must be said that in view of the subject-matter unfolded in *Tristram Shandy*, an omniscient narrator is out of the question, for this would be in direct conflict with the unfathomableness of subjectivity. He who knows everything is obviously incapable of not knowing, and thus incapable of conveying the limitations of knowledge as a means of experiencing subjectivity. To communicate this "message" the gnostic narrator would either have to narrate the demise of his own knowledge, or to transform unfathomable subjectivity into a sign for something else. [117]

O facto de os narradores dos dois romances em estudo serem narradores de primeira pessoa não deve obrigar-nos à conclusão de tal circunstância indicar uma tentativa de reprodução directa da vida e do real – a experiência da viagem diz-se com mais verdade se deliberadamente o sujeito-narrador se colocar no meio da acção e não depender dos mecanismos tradicionais da narração para descrever esse envolvimento. O capítulo XIII do quarto volume de *Tristram Shandy* explica isto divertidamente. Sterne, que se auto-apresenta

[117] *Tristram Shandy*, Cambridge University Press, Cambridge, 1988, p. 56.

ironicamente como um "autor biográfico", oferece-nos aí uma implacável teoria anti-mimética, quando confessa que por mais que se esforce por assinalar os acontecimentos da sua vida à medida que os vai experimentando, jamais conseguirá escrevê-los porque envelhece mais depressa do que escreve. Sterne e Garrett são autores que se colocam acima de qualquer tentativa fundacionalista de institucionalização da própria categoria de autor literário; à razão, preferem a intuição criativa. Ambos os textos experimentam uma espécie de resistência à norma: não encaixam nas leis do Iluminismo sobre a objectividade e o exercício da razão. Sterne declara: "I confess I do hate all cold conceptions, as I do the puny ideas which engender them."[118]; Garrett segue-lhe a doutrina noticiando o seu ódio: "Detesto a filosofia, detesto a razão." – De notar que o sujeito-narrador em *Tristram Shandy* e nas *Viagens na Minha Terra* – aquele que escreve: "Isto pensava, isto escrevo; isto tinha na alma; isto vai no papel, que doutro modo não sei escrever." (§XXIX) – não é um narrador omnisciente, mas um narrador entre personagens ficcionadas que participa em todos os factos descritos. Não podemos falar aqui de subjectividade, mas de uma atitude agnóstica perante a escrita que visa colocar todas as personagens (incluindo o sujeito-narrador) num mesmo patamar de auto-interpretação. Só um narrador que seja capaz de se confessar *inseguro* sobre o progresso da escritura do romance pode servir o objectivo de revolta contra a tradição do romance como representação fiel do real.

O tipo de resistência contra a filosofia é declarada por Sterne como uma manifestação contra aquilo que o *Essay Concerning Human Understanding* de Locke representava, por exemplo, mas também serve o caso de Garrett, sob reserva: o filósofo inglês defendia que a comunicação entre os homens só podia estabelecer-se quando todos possuíssem o mesmo conhecimento elementar da linguagem. Sterne e Garrett não nos dão definições de conceitos para uso enciclopédico, tendem a não permitir que as ideias se fixem num único momento histórico (e discursivo) – antes deixam que o sentido divirja, que se instaure aquilo que a se pode chamar a disrupção do

[118] *A Sentimental Journey*, ed. por Herbert Read, Londres, 1929, p. 84.

sentido,[119] que não significa que as personagens não dominem a sua própria linguagem ou que o autor nos deixe apenas registos de *opiniões* avulsas e impensadas. A reserva que coloco às *Viagens na Minha Terra* como texto anti-essencialista diz respeito à menor evidência de uma narrativa construída com fragmentos diegéticos, de sentidos adiados e retardados – Garrett conta de facto uma história, a de Carlos e Joaninha, segundo o cânone, isto é, uma história que em si mesma podemos ler sem sobressaltos e que não nos surpreende com questões metaliterárias que refutem o próprio conceito de história narrada. Só fora da história de Carlos e Joaninha podemos ler a pós-modernidade deste texto. Tal não acontece em *Tristram Shandy*, que não tem nem um herói nem uma história canónica para contar.

4. O discurso digressivo experimental

As digressões de *Tristram Shandy* e *Viagens na Minha Terra* são descrições de acontecimentos que pertencem à narrativa e dela não devem ser dissociados como subtextos dispensáveis. As digressões de ambos os textos funcionam como meio de interrogação do acto de narrar, cuja temporalidade é insignificante para o desenvolvimento da intriga. Pertencem à narrativa e escondem-se no meio da intriga, mas não integram a sequência de acontecimentos descritos segundo uma determinada temporalidade e causalidade. É a condição de reflexividade narrativa que faz das digressões discursos especiais, circunstância que serve de justificação às teorias pós-modernas para o estabelecimento da categoria de metaficção. Partirei do princípio de este tipo de discurso ser uma parte importante da metaficção enquanto modo narrativo, colocando de parte a hipótese de comparação com o conceito de metadiegese que não me parece adequado aos textos em

[119] Uma variante ou interpretação possível deste princípio de disrupção do sentido pode ser encontrada no livro de Jonathan Lamb: *Sterne's Fiction and the Double Principle* (Cambridge University Press, Cambridge, 1989), cujo "duplo princípio" se refere ao trabalho de Sterne com as apropriações textuais (plágios, colagens, alusões e citações) que são premeditadas no romance com o objectivo de nos ensinar que o sentido do texto nunca está completo, nem o leitor pode ambicionar a tê-lo nas suas mãos seguras.

análise.[120] Também tomo como uma evidência o facto de uma obra de ficção que é digressiva por natureza poder ser *também* um romance.

A digressão enquanto discurso auto-reflexivo (por exemplo, ao serviço da paródia, da sátira e da demonstração retórica) foi uma categoria desprezada na construção de uma narrativa, segundo a doutrina dos formalistas russos continuada pelos estruturalistas franceses, com o pretexto de desviar o bom curso da acção. Mas hoje reconhecemos na digressão uma função muito especial que está já insinuada nas obras de Sterne e Garrett, mesmo sabendo que, nesta técnica, ambos são aprendizes de Cervantes. Se o prefixo grego *hiper* significa "sobre", "por cima", então o conceito electrónico de hipertexto serve-nos para descrever a técnica de construção narrativa de *Tristram Shandy* e *Viagens na Minha Terra*, no que respeita às digressões. Como não há em ambos os casos um registo linear da matéria narrada, o conceito de hipertexto aplica-se a todos os subtextos que escapam ao plano elementar da obra ou à narração da história principal. As digressões funcionam como hipertextos,[121] o que permite ao leitor vaguear por entre todos esses subtextos pela ordem que quiser e destacá-los como entender. E é esta liberdade de navegação que define a rigor a hipertextualidade de qualquer texto, pois a não-linearidade é apenas uma qualidade formal que diríamos *inata* no processo exacto da construção do texto, ao passo que a possibilidade de determinar que texto queremos ler ou que texto queremos sobrepor a outro já existente é algo que se adquire ou se premedita.

A identificação da escrita do romance com o género da conversação é também essencial para compreendermos o significado das digressões reflexivas. Sterne resumiu assim a questão:

---

[120] A crítica de Jeffrey Williams ao conceito de *metadiegese* aplicado ao *Tristram Shandy* é válida para as *Viagens*: "Tristram's comments are not separate from, outside or above the narrative, as the term *meta*-diegesis implies. On the contrary, Tristram is the central character in the plot of narrating. What Genette calls the meta-diegetic is really only one other plot, that is not demonstrably any more literal or less fictional than any other plot." ("Narrative of Narrative (*Tristram Shandy*)", *MLN*, vol. 105, nº 5, 1990, p.1037).

[121] Ver, por exemplo, um exemplo de hipertextualização estudado em: <http://www.english.ilstu.edu/students/drhammo/tristram/htts.html> (verificado em Junho de 2006).

> Writing (...) is but a different name for conversation (...) no author, who understood the just boundaries of decorum and good breeding, would presume to think all: The truest respect which you can pay to the reader's understanding is to halve the matter amicably, and leave him something to imagine, in his turn, as well as yourself.
>
> (p.88)

Garrett também confessa algo semelhante, no fim do capítulo IV:

> Sou sujeito a estas distracções, a este sonhar acordado. Que lhe hei-de eu fazer? Andando, falando, escrevendo, sonho e ando, sonho e falo, sonho e escrevo.

Se no caso de Sterne a história completa não chega a ser contada, quer no plano da escrita quer no plano da conversação digressiva, no caso de Garrett a indeterminação e a procrastinação do sentido não vão tão longe, pois as digressões não são suficientes para apagar a importância da novela da "menina dos rouxinóis". Sterne deixa a história por contar-se e por contar, porque entende ser também da responsabilidade do leitor intrometer-se no processo de busca de um sentido para o romance. O objectivo do estilo conversacional é precisamente, como lembra Sterne, o de manter a imaginação do leitor tão ocupada quanto a do autor-criador. A escrita não é uma responsabilidade exclusiva do autor, porque as inúmeras interrupções, reticências e espaços em branco estão lá para que o leitor também *escreva* com a imaginação. Talvez porque confessa detestar a imaginação crua, Garrett não convoca o leitor a participar da sua escrita do mesmo modo disruptivo que vemos em Sterne. No início do capítulo XLI, depois de confessar existir uma "lacuna" na história de Joaninha e recusando-se a preenchê-la com recurso à imaginação ("Oh! Eu detesto a imaginação." – o que não deixa de ser estranho uma vez que também já repudiou a razão, anulado assim os dois modos intelectuais de criação; como é que se pode criar sem o uso da razão e/ou da imaginação?), Garrett diz preferir o *Tristram Shandy*: "Onde a crónica se cala e a tradição não fala, antes quero uma página inteira de pontinhos, ou toda branca – ou toda preta, como na venerável história do nosso particular e respeitável amigo *Tristão Shandy*, do que uma só linha da invenção do croniqueiro." O tipo de imaginação que Garrett repudia não é afinal a imaginação criativa dos românticos mas a imaginação recriativa dos "croniqueiros", dos que são incapazes de criar sem dependerem exclusivamente da observação objectiva da realidade. (No início do capítulo XXIX, esta tese fica demonstrada com o elogio dos clássicos e dos românticos que usam a imaginação como porta para o sonho criativo.) Trata-se aqui de um importante problema de representação do real que Garrett terá compreendido no *Tristam Shandy* como um programa de impossível consecução. A este nível, a escrita de Garrett também inclui a condição pós-moderna de embargamento da representação objectiva do real. O que é comum a ambos é a certeza da necessária participação do leitor, de outra forma o processo de transformação da escrita da viagem em conversação digressiva falhará. Garrett aprendeu bem a lição de Tristram – "the mind should be accustomed to make wise reflections, and draw curious conclusions as it goes along" (I, §xx, ed. cit., p. 48) – quando desenvolveu uma forma particular de dialogismo com o leitor. O que ambos não querem é leitores passivos, cujas expectativas não chegam a interferir no texto. O leitor deve abandonar a sua crença nas estruturas tradicionais do romance de viagens e entrar no jogo metanarrativo.

5. A construção da narrativa metaficcional

O primeiro problema da metaficção dita pós-moderna é a sua definição localizada. De uma forma geral, os teóricos da literatura pós-moderna têm adoptado a proposta de Linda Hutcheon de uma "narrativa narcisista"[122] para os casos de textos auto-referenciais e metaficcionais. Mas esta condição não é exclusiva do cânone que normalmente se define *ad hoc* para a literatura pós-moderna que ilustra este tipo de narrativa: Jorge Luis Borges, Julio Cortázar, Italo Calvino, John Barth, Doris Lessing, Thomas Pynchon, David Lodge, José Saramago, Mário de Carvalho, Luísa Costa Gomes, etc. A história da literatura ocidental conhece desde os seus primórdios exemplos de narrativas auto-referenciais que parodiam a sua própria escrita.

---

[122] V. *Narcissistic Narrative: The Metafictional Paradox*, Wilfred Laurier University Press, Waterloo, Ont., 1980, p.153.

Discutindo o romance de Trollope, Henry James indigna-se sobre o desrespeito pelas normas clássicas do género: "He [Trollope] admits that the events he narrates have not really happened, and that he can give his narrative any turn the reader may like best. Such a betrayal of a sacred office seems to me, I confess, a terrible crime."[123] Ora, a este "terrible crime" chamamos nós hoje metaficção. As estratégias narrativas de *Tristram Shandy* e *Viagens na Minha Terra* – digressões reflexivas, interrupções, desconstruções do tempo da narrativa, contrato ficcional com o leitor – são exercícios de crítica literária incorporados no romance, ou, se quisermos, são ficções do próprio exercício crítico da literatura, uma vez que incluem a exposição de uma teoria ou de certas convenções e a respectiva demonstração da sua falibilidade, expondo as suas limitações ou simplesmente mostrando como é que essas convenções de escrita operam. Esta circunstância define o que hoje se entende por metaficção.

Em termos temporais, não há como resolver o problema da metaficção como paradigma pós-moderno, se quisermos que esta seja uma categoria datada. O que é actual, datado e divulgado internacionalmente é o conceito e a teoria sobre a condição metaficional do romance. Por esta razão, parece-me mais adequado continuar a falar de metaficção como uma dominante técnica, cuja expressão literária é intemporal e cuja expressão teórica é actual. As obras de Sterne e de Garrett provam a primeira premissa – trata-se de duas obras que entram na categoria de *poioumenon*, atrás considerada, porque ambas constróem a sua própria poética interna ao mesmo tempo que produzem a ficcionalidade necessária ao romance para que seja reconhecido como tal. Será um processo de escrita simples? Tristram diz-nos que é um trabalho "vil".[124] Este tipo de narrativa já transporta consigo a contra-estética que impedirá qualquer tentativa de redução crítica do texto a um só género, porque o primeiro crítico

[123] "The Art of Fiction", in *The House of Fiction*, ed. por Leon Edel, Westport, Conn., 1976, p.26.

[124] "For which reason, from the beginning of this, you see, I have constructed the main work and the adventitious parts of it with such intersections, and have so complicated and involved the digressive and progressive movements, one wheel within another, that the whole machine, in general, has been kept a-going" (I, §xxii). Esta "máquina" deve ser lida como uma metáfora da própria narrativa em desenvolvimento.

do texto é o próprio texto, porque a escrita serve para rescrever a própria escrita.

Tristram Shandy e *Viagens na Minha Terra* devem ao narrador o funcionamento da máquina narrativa. O papel principal em ambas as obras é desempenhado não por uma personagem mas pelo narrador, que é um não-herói (bem diferente de anti-herói). A garantia da metaficcionalidade destas obras está dada por essa personagem activa que se encarrega de ordenar e desordenar a matéria a narrar.[125] Prefiro não falar aqui de coerência a propósito do papel do narrador, como o faz Wayne C. Booth para *Tristram Shandy*, quando nos assegura que este é "o segredo da coerência" da obra, como resposta às condenações de irregularidade, promiscuidade, confusão, fragmentaridade, etc. a que Sterne esteve sujeito. *Coerência* é uma qualidade que repugna ao projecto de Sterne e Garrett, pois não se conquista a ambiguidade e a plurissignificação criativas com coerência narrativa, sobretudo quando esta quer apenas dizer (como pretente Booth) ideias ordenadas segundo um determinado critério pré-fixado. O narrador é o não-herói que domina a narrativa das obras que estamos a analisar e esse domínio faz-se pela desconstrução da coerência dos factos da narração. Não significa isto que as obras sejam ilegíveis, mas que a sua escritura se deve ler de outro modo, se quisermos dela extrair vários sentidos. A coerência narrativa obriga, pelo contrário, à unificação do sentido, o que é contrário ao programa das duas obras. "This chapter, therefore, I *name* the chapter of THINGS – and my next chapter to it, that is, the first chapter of my next volume, if I live, shall be my chapter upon WHISKERS, in order to keep up some sort of connection in my works." (IV, §XXXII, ed. cit., p. 277). Este exemplo que Booth apresenta não serve para demonstrar a coerência narrativa mas, pelo contrário, ilustra o processo irónico de construção do romance à luz de uma planificação rigorosa que simplesmente não existe como narrativa, isto é, não devemos tomar a confissão de tentativa de garantir "some sort of connection in my works" como uma prova de coerência na construção da narrativa, o que seria cair na armadilha metaficcional de Sterne. Sterne e Tristram (e Yorick) são

---

[125] Cf. *The Rhetoric of Fiction*, 2ª ed., The University of Chicago Press, Chicago e Londres, 1983, p.221.

o sujeito narrador de *Life and Opinions of Tristram Shandy*; Garrett é *o sujeito* narrador das *Viagens na Minha Terra*. É este sujeito-narrador activo que transforma o texto em *escrita-como-viagem:*[126] o viajante/ o narrador Garrett procuram a identidade própria mais do que a identidade nacional, à qual se junta a procura de uma identidade da escrita enquanto acto criativo. É esta fusão de horizontes e de projectos que faz com que as *Viagens* nos pareçam hoje um texto tão moderno como pós-moderno.

A deslocação dos planos clássicos da narrativa é outro sinal característico das metaficções. Considero o prefácio à primeira edição das *Viagens na Minha Terra* um texto editorial, porque o prefácio a que chamarei narrativo, mais importante para a hermenêutica da obra, encontra-se no capítulo II, que se inicia com a célebre autodefinição da obra: "Estas interessantes viagens hão-de ser uma obra-prima,...". O processo de deslocação do prefácio narrativo para um lugar mediano na narração é uma técnica da poesia épica que Sterne também havia adoptado de forma mais provocadora com o título exacto de "The Author's PREFACE", colocado no capítulo XX do terceiro volume (p.157). Enquanto na poesia épica esta técnica é meramente uma estratégia formal, sem importantes consequências no processo de compreensão da obra, no romance metaficcional o autor pode recorrer ao exercício da disrupção para obter um efeito de complexidade narrativa que vai exigir do leitor uma atenção redobrada

---

[126] Narrador e Autor são uma e a mesma pessoa no *Tristram Shandy* (como nas *Viagens* de Garrett). Como persona do Autor, Tristram Shandy encarrega-se de manter a obra como uma escrita em constante revisão sobre os seus próprios fundamentos. A expressão "escrita-como-viagem" é emprestada de " 'Many Planes of Narrative' — A Comparative Perspective on Sterne and Joyce", de Michael Hart (in *Laurence Sterne in Modernism and Postmodernism*, ed. por David Pierce e Peter de Voogd, Rodopi, Amesterdão, 1996, p.69). A fusão das duas entidades – Autor e Narrador – chega à própria carnavalização da figura do editor, que também está de alguma presente na obra: o escritor é visto por Sterne como um "vendedor da sua produção", como bem comenta Manuel Portela: "Consciente igualmente do novo papel do escritor como vendedor da sua produção, Tristram ironiza acerca da própria estrutura narrativa da obra que tem entre mãos, fazendo-a derivar não de uma fidelidade na representação do mundo, nem de um respeito por uma forma determinada de apresentação, mas sim da necessidade de garantir o seu próprio trabalho e, portanto, de prolongar [a] acção de escrever." ("O livro dentro do livro em *Tristram Shandy*", in *Actas do XVI Encontro da APEAA*, Universidade de Trás-os-Montes e Alto Douro, 16-18 de Março de 1995, p. 129).

se quiser apanhar o fio à meada narrativa. Como é o autor que nos está a comandar a leitura, ele pode dar-se à paródia de nos desorientar até ao ponto em que nos promete o desfecho de uma história para o capítulo seguinte, aonde iremos frustradamente, porque tal desfecho só será revelado muito mais à frente do que fomos instruídos a esperar. Assim acontece, por exemplo, no capítulo XXVI de *Viagens na Minha Terra*:

> – «Porquê? Já se acabou a história de Carlos e de Joaninha? Diz talvez a amável leitora.
>
> – «Não, minha senhora», responde o autor mui lisonjeado da pergunta: «não, minha senhora, a história não se acabou, quase se pode dizer que ainda ela agora começa: mas houve mutação de cena. Vamos a Santarém, que lá se passa o segundo acto.»

Esta estratégia de diferição narrativa repete-se várias vezes, por exemplo, no capítulo IX, onde Garrett interpela o "Benévolo e paciente leitor" para que seja tolerante com "estas digressões e perenais divagações" e no capítulo XXXI: "Entraremos portanto em novo capítulo, leitor amigo; e agora não tenhas medo das minhas digressões fatais, nem das interrupções a que sou sujeito." – debalde achará o "leitor amigo" a continuação da história prometida, que só se efectiva no capítulo seguinte. Sterne utilizou esta estratégia várias vezes no *Tristram Shandy*, deixando o leitor sentado à espera do acontecimento seguinte e autocriticando-se pela irreversível tendência para as distracções especulativas. Sterne foi mais longe: escreveu o capítulo xxv do volume IX antes do capítulo xviii. A justificação autoral de Garrett é também ironicamente autocrítica: "não é que se quebre, mas enreda-se o fio das histórias e das observações por tal modo que, bem o vejo e o sinto, só com muita paciência se pode deslindar e seguir em tão embaraçada meada." (§XXXII). É precisamente a premeditação desta "embaraçada meada", que não é uma casualidade como se quer dar a entender, que constitui o tipo de ironia metaficcional que se tem vindo a identificar para as ficções pós-modernas.

Numa metaficção, os discursos auto-reflexivos tornam-se mais autênticos quando se combinam com interpelações parodísticas do leitor. É importante, neste ponto, não confundir auto-reflexividade com exercícios auto-hermenêuticos de psicologia do autor ou mesmo com definições de fluxos de consciência, conceitos que me merecem sempre desconfiança. Quando estudarmos o romance de David Lodge, compreenderemos melhor o conceito de auto-reflexividade. Falar de consciência numa narrativa obriga-nos a provar de que consciência estamos a falar: Da consciência do autor? Da consciência do texto? E o que é que isto significa a rigor? Quem possui autoridade crítica para determinar o que é a *consciência*? Como é que uma obra de arte opera ao nível da consciência? Como é que a consciência é responsável pela ficcionalidade de uma obra de arte literária?[127]

Trata-se aqui de chamar a atenção do leitor para o facto de que o autor não está morto: ele é o autêntico obreiro da escrita, ou como sugere William Makepeace Thackeray no capítulo introdutório de *Vanity Fair*, ele é o "Manager of the Performance". Sterne foi o mestre deste tipo de estratagema, que Garrett soube imitar. Se é costume apontar Fielding e Richardson como pioneiros deste tipo de dialogismo entre autor e leitor, não há dúvida que Sterne comunica de uma forma diferente com o leitor: enquanto no primeiro caso se trata de estabelecer um tipo de comunicação passiva, para ir apenas

---

[127] O livro de Robert Alter *Partial Magic: The Novel as a Self-Concious Genre* (1975) não responde a estas questões e ajudou à divulgação de um método de análise literária muito discutível, que tinha sido imposto pelo modelo americano da Escola de Chicago, representada por Wayne C. Booth, cuja leitura dos narradores "auto-conscientes" que serviram de modelo a Sterne, em particular o *Tom Jones* de Fielding, explica tudo sobre influências e não diz nada sobre a natureza da "auto-consciência" (cf. *Rhetoric of Fiction*, ed. cit.). Daí que o princípio do narrador "auto-consciente" seja uma falácia científica ilustrada em afirmações do tipo: "If no other textural principle is employed to hold a metafiction together, the consciousness of the self-aware narrator serves this purpose" (Rüdiger Imhof, *Contemporary Metafiction: A Poetical Study of Metafiction in English since 1939*, Carl Winter, Heidelberg, 1986, p.36). E não deixa de ser curioso como um capítulo com o título "Modernism and post-modernism: the redefinition of self-consciousness" de um livro de referência para a metaficção (*Metafiction: The Theory and Practice of Self-Concious Fiction,* de Patricia Waugh) não contenha mais do que a seguinte "redefinição": "Contemporary reflexivity implies na awareness both of language *and* metalanguage, of conciousness *and* writing.", concluindo depois, paradoxalmente, pela menoridade da "consciência": nas metaficções, "Writing itself rather than consciousness becomes the main object of attention." (Methuen, Londres e Nova Iorque, 1984, p.24). Discuto com mais profundidade este problema no estudo sobre David Lodge, que recentemente publicou *Consciouness and the Novel: Connected Essays* (2002), onde procura responder à questão: De que forma o romance representa a consciência?

ao encontro das expectativas do leitor, que assim partilharia acomodadamente as experiências narradas, no segundo caso, que é também o de Garrett, o tema da discussão com o leitor não é a vida e forma de a apreender mas a própria escrita do romance, colocando em causa aquilo que se reconhece como facto consumado na arte literária e desafiando o leitor a participar nessa desconstrução. A viagem não é mais objectiva do que a própria escrita da viagem. Por outro lado, quer o "fair reader" de Sterne quer o "leitor amigo e benévolo" de Garrett são entidades que servem aos autores para parodiar a própria categoria literária de leitor segundo uma tradição da qual querem diferir.

Nem sempre assim foi visto. A recepção do *Tristram Shandy* conheceu, como todas as obras de vanguarda, bastantes textos de reprovação e indignação. Se é evidente que Sterne rompe com uma tradição literária – à custa do plágio de Rabelais, do Burton de *Anatomy of Melancholy*, de Marivaux, etc., conforme a primeira leitura de influências assinada por John Ferriar em "Comments on Sterne",[128] texto apresentado publicamente em 1793 –, não é menos evidente que esse rompimento é uma estratégia literária comum a qualquer estética que pretenda desafiar as leis do seu tempo. Apesar das acusações de plágio de ideias e de artifícios narrativos emprestados de outros autores (e assim Garrett estaria a pedir emprestadas em segunda mão as mesmas ideias e os mesmos artifícios), Sterne conseguiu construir um modelo de escrita virada para os problemas da própria escrita que não encontramos de forma tão assumida em qualquer outra obra. O modelo que estará sempre em julgamento para Sterne (e de certa forma também para Garrett) é o que dominou o século XVIII e a maior parte do século XIX: um romance deve esconder o melhor possível a génese da sua escrita; não deve assumir que trata essencialmente de ficção mas de factos que no seu conjunto representam uma experiência de vida; deve construir cenários que conduzam de imediato o leitor ao local descrito, sem distracções nem armadilhas. Não esqueçamos também que o que domina a época de Sterne e depois ainda a época de Garrett é o conceito de *história*

[128] *Sterne: The Critical Heritage, ed. por Alan B. Howes,* Routledge and K. Paul, Londres e Boston, 1974, p. 283ss.

como o conjunto de acontecimentos descritos, pressupondo que esses acontecimentos foram realmente vividos. É esta a teoria que é desconstruída em *Tristram Shandy* e *Viagens na Minha Terra*, provando-se que uma história pode ser contada de múltiplas formas sem deixar de ser uma história.

III.

O MODO AUTO-REFLEXIVO NO ROMANCE MODERNISTA: *ULYSSES* (1922), DE JAMES JOYCE, E *NOME DE GUERRA* (1938), DE ALMADA NEGREIROS

Ficção modernista ou pós-modernista? A sociologia do romance modernista. O abandono-de-si-próprio como condição da personalidade do herói romanesco. O trabalho linguístico e estilístico. O monólogo interior.

1. Ficção modernista ou pós-modernista?

O objectivo desta reflexão não é o de problematizar a constituição periodológica do modernismo enquanto movimento literário, não é sequer o de tentar responder de forma teórica à questão "O que é o modernismo?", mas pretende ser o de encontrar as coordenadas de um novo tipo de discurso ficcional que os romances *Ulysses* e *Nome de Guerra* introduzem nas respectivas literaturas. Segundo os parâmetros históricos das actuais teorias da literatura ligadas ao pós-modernismo, James Joyce e Almada Negreiros seriam exemplos de escritores pós-modernos, ou pelo menos legíveis à luz do pós-modernismo, face às revoluções linguísticas e literárias que personalizaram. O caso de Joyce é mais extraordinário, porque a bibliografia passiva sobre a sua obra é naturalmente superior: assistimos a uma divisão curiosa entre os seus leitores mais atentos, uns reconhecendo-o unicamente como escritor modernista, outros reconhecendo-o como escritor modernista e/ou pós-modernista. Em "*Ulysses* and the Age of

Modernism",[129] Maurice Beebe só precisou do romance de Joyce para sistematizar as características do modernismo; Kevin J. H. Dettmar faz uma revisão das propostas de leitura de Joyce como autor pós-moderno e avança com uma teoria: "Towards a Nonmodernist *Ulysses*"[130]; Stanley Sultan deixa claro o carácter modernista de *Ulysses* em *Ulysses, The Waste Land, and Modernism: A Jubilee Study,*[131] Derek Attridge tenta mostrar-nos os caminhos possíveis e impossíveis da pós-modernidade em "The Postmodernity of Joyce: Chance, Coincidence, and the Reader"[132], quando antes já havia organizado com Daniel Ferrer uma colectânea de estudos sobre *Post--structuralist Joyce: Essays from the French* (1984). Há ainda os casos de Brian McHale, que, em *Postmodern Fiction* (1987), trata as obras de Joyce *Dubliners*, *A Portrait of the Artist as a Young Man* e *Ulysses* como precursoras da ficção pós-modernista, ao passo que *Finnegans Wake* é apreciado como um texto paradigmático do pós--modernismo; em *A Poetics of Postmodernism* (1988), Linda Hutcheon declara sem hesitação que Joyce é um dos "grandes modernistas", mas não o inclui entre os pós-modernistas. Estes exemplos são suficientes para concluirmos que a questão modernismo/ /pós-modernismo está ainda em aberto e em constante revisão. Mas porque acontece esta incerteza em atribuir a Joyce um lugar fixo na história literária? O seguinte comentário de M. Keith Booker parece resumir e explicar a questão:

> (...) so many modernists have been discovered to have 'actually' been postmodernists that one begins to wonder whether there *were* any modernists in the first place. Perhaps the implication is simply that modernism is at least as much a product of the ways texts are read as of any inherent properties in the texts themselves. More generally, the recent 'postmodernization' of so many modernist writers may simply serve to

---

[129] In *Ulysses: Fifty Years*, ed. por Thomas Staley, Indiana University Press, Bloomington, 1974.

[130] In *The Illicit Joyce of Postmodernism — Reading Against the Grain*, The University of Wisconsin Press, Madison, 1996.

[131] Kennikat Press, Port Washington, Nova Iorque, 1977.

[132] In *Joyce Studies Annual 1995*, ed. por Thomas Staley, University of Texas Press, Austin.

illustrate the way that literary history always consists of a process of rewriting and updating previous literary works[133]

Se aceitarmos que o pós-modernismo pode escapar às leis da temporalidade e dos limites rígidos da história literária, se aceitarmos que é possível ler pós-modernamente a modernidade de Joyce, se aceitarmos que um texto modernista pode conter elementos que também o fazem entrar nos paradigmas do que se entende hoje por ficção pós-moderna, então faz sentido validarmos as leituras pós-modernas de James Joyce e de Almada Negreiros, para este caso específico. Concordo, neste aspecto, com Kevin J. H. Dettmar quando, para justificar a sua leitura pós-moderna de Joyce, adverte:

> Postmodern stylistics, I argue, values textual play over high artistic purpose, respects mystery over the writer's desire for mastery, and renounces global narrative structures in favor of small, local, often capricious textual strategies, celebrating the inelectably heterogenous, participatory, and excessive character of all texts. Freeing the term "postmodernism" from notions of temporality and literary history, as these theorists try to do, helps remove some of the barriers to a reading of Joyce that would reveal his untimely postmodernity.[134]

Desta forma, também é possível legitimar qualquer abordagem das grandes narrativas experimentais como *Viagens na Minha Terra* e *Tristram Shandy, Nome de Guerra* e *Ulysses* numa perspectiva pós-modernista sem pressupor a classificação histórica destes textos dentro de uma *época* supostamente chamada *pós-modernismo* e sem beliscar tudo aquilo que justamente contribui para a caracterização destes mesmos textos como representativos da sua época literária.

---

[133] *Joyce, Bakhtin, and the Literary Tradition: Towards a Comparative Cultural Poetics*, The University of Michigan Press, Ann Arbor, 1997, p.202. Tese semelhante também nos é oferecida por Margot Norris: "Although James Joyce's *Finnegans Wake* is generally credited with the invention of postmodernism... one could argue that it is the other way around: that postmodern theory rescued *Finnegans Wake* from its marginalization by New Criticism and endowed it with a rationale for canonization." ("The Postmodernization of *Finnegans Wake* Reconsidered", in *Rereading the New: A Backward Glance at Modernism*, ed. por Kevin J. H. Dettmar, University of Michigan Press, Ann Arbor, 1992, p.343.

[134] Op. cit., p.10.

O citado estudo de Brian McHale (*Postmodernist Fiction*, 1987) defendeu uma muito debatida tese: a diferença entre o pós-modernismo e o modernismo, dentro da ficção literária, reside na presença de uma dominante *ontológica* no primeiro, que não se encontra no segundo. Nesta acepção, o modernismo preocupa-se em apreender epistemologicamente o mundo, enquanto o pós-modernismo se concentra na construção diferenciada do mundo. Entre os críticos desta tese, parece-me pertinente o comentário de Elisabeth Wesseling:

> ... there is no question of an 'ontological dominant', because several influential literary texts which have been considered 'postmodernist' are strongly preoccupied with epistemological problems. (...) Like so many other critics, McHale regards postmodernism as the literature of radical ontological doubt. This attitude toward the external world, however, implies the end of ontology in the conventional philosophical sense of the world. (...) What is more, the term is too vague, for postmodernist writers are not merely interested in ways of world making just for the fun of it.[135]

A tese da "dominante ontológica" para explicar a diferença entre os dois tipos de ficção é uma fraqueza conceptual, porque a diferença entre o conhecimento do *mundo-aí* (modernismo) e a visão de mundos-por-construir (pós-modernismo) não é ontológica mas meramente formal, ao ponto de poder ser facilmente manipulada didacticamente (um qualquer manual não desdenharia de colocar estes dois domínios como paradigmas programáticos aplicáveis a qualquer texto das respectivas épocas). Falamos de uma diferença aprogramática, porque desligada de qualquer ciência, entre modernismo e pós-modernismo – parece ser mais seguro afirmar que do trabalho retórico sobre o discurso passamos ao problema da própria constituição teórica do discurso (Como se constrói? A que experiências resiste? Quem o controla? Como o lemos?).

Do ponto de vista formal, os dois romances em comparação são diferentes na concretização artística e no fôlego aplicado ao texto: o

---

[135] *Writing History as a Prophet: Postmodernist Innovations of the Historical Novel*, John Benjamins, Amsterdam/Philadelphia, 1991, p.118. Nos seus estudos sobre o pós-modernismo, Linda Hutcheon, por exemplo, defendeu precisamente que neste espaço cultural coabitam as questões epistemológicas e as questões ontológicas. A separação entre os dois domínios é, aliás, de difícil demonstração do ponto de vista filosófico.

de Joyce é um romance experimental em termos de combinação de discursos e de temas diversos utilizando diferentes códigos linguísticos até quase à exaustão; o de Almada é um romance experimental apenas enquanto modo de expressão literária que adopta preferencialmente o monólogo interior sem grandes intersecções discursivas, mas de uma forma inovadora na literatura portuguesa até ao momento em que é escrito (1925, mas publicado em 1938). O romance de Almada não oferece, naturalmente, os mesmos problemas que o de Joyce. *Ulysses* é um desafio a todas as classificações literárias conhecidas. A dificuldade de leitura de uma grande narrativa é também, neste caso, um problema de (in)definição do género literário ou, melhor dizendo, um problema de resistência ao género literário imposto por uma tradição ou por uma comunidade de leitores informados. *Ulysses* é uma obra complexa do ponto de vista estilístico, porque não há um único género medido segundo os moldes tradicionais capaz de suportar tamanha variedade de linguagens e formas de expressão. De notar que a obra já foi classificada como um drama naturalista, um poema simbolista, um poema épico-cómico, um romance convencional e um romance de personagem e de acção.[136] Nem Joyce nem os seus primeiros leitores se preocuparam muito com a definição do género de *Ulysses*, que apenas com a proliferação dos estudos sobre o romance pós-moderno ganhou verdadeira relevância. Numa carta a Carlo Linati, de Setembro de 1920, anexada à primeira versão do esquema autógrafo do romance, escreve Joyce:

> *It [Ulysses]* is an epic of two races (Israelite-Irish) and at the same time the cycle of the human body as well as a little story of a day (life). (...) It is also a sort of encyclopaedia. My intention is to transpose the myth *sub specie temporis nostri.*[137]

Leitores contemporâneos de Joyce como Ezra Pound e T. S. Eliot deixaram também expressas algumas dúvidas sobre a definição

---

[136] Para uma síntese dos problemas da definição do género de Ulysses, ver "The Genre of *Ulysses*", de A. Walton Litz, in, Mary T. Reynolds (ed.): *James Joyce: A Collection of Critical Essays*, Prentice Hall, Englewood Cliffs, New Jersey, 1993.

[137] *Letters*, ed. por by Stuart Gilbert, vol. I, ed. corrig., Viking, Nova Iorque, 1966, pp.146-47 .

do género. Pound reconheceu que *Ulysses* não pertence à tradição do romance britânico; Eliot recenseou a obra em "*Ulysses*, Order, and Myth", observando:

> I am not begging the question in calling *Ulysses* a "novel"; and if you call it an epic it will not matter. If it is not a novel, that is simply because the novel is a form, which no longer serve; it is because the novel, instead of being a form, was simply the expression of an age which had not sufficiently lost all form to feel the need of something stricter. Mr. Joyce has written one novel – the *Portrait*; Mr. Wyndham Lewis has written one novel – *Tarr*. I do not suppose that either of them will ever write another "novel". The novel ended with Flaubert and with James. It is, I think, because Mr. Joyce and Mr. Lewis, being "in advance" of their time, felt a conscious or probably unconscious dissatisfaction with the form, that their novels are more formless than those a dozen clever writers who are unaware of its obsolescence.[138]

O fim do romance proclamado por Eliot é uma opinião radical, que resulta apenas da dificuldade de classificação de uma grande narrativa que quer ser mais do que um simples problema de forma ou, nas palavras de Eliot, um problema de ausência de um padrão formal visível. Não nos parece que uma postura anti-formalista simples possa explicar a complexidade de *Ulysses* e a sua resistência à classificação literária. A melhor atitude que o leitor de *Ulysses* deve tomar, na minha opinião, é a de não se deixar prender pela ansiedade da pré-definição do género da obra – um texto literário não é avaliável apenas pela sua forma nem é possível provar que ele seja desprovido de qualquer forma –, pois só assim se poderá entender a complexidade do seu trabalho estilístico e literário.

Podemos dizer que a modernidade de *Ulysses* e de *Nome de Guerra* conflui neste ponto: ambos são exercícios de *stream-of--consciousness*, embora em proporções diferentes. No caso de Joyce, a experimentação é laboratorial e filosófica; no caso de Almada, tudo se reduz a um exercício de auto-análise transcrito de forma literária.

---

[138] *Selected Prose of T. S. Eliot*, Harvest, Londres, 1975, p. 177. Disponível em: <http://www.rci.rutgers.edu/~marinos/Eliot_MythicalMethod.html> (verificado em Novembro de 2006)

É importante referir que a introdução da técnica do *stream-of--consciousness* no romance modernista representou, pelo menos no caso britânico, de uma contra-resposta em relação ao realismo social que dominou o romance da segunda metade do século XIX e ainda ameaçava conquistar o século seguinte. O ensaio programático de Virginia Woolf, "Modern Fiction" (1921), já inspirado na novidade absoluta que a publicação em série de *Ulysses* de Joyce anunciava, deixou claro qual o rumo que o romance devia seguir, mais virado para os problemas da consciência e para a sondagem do mundo phantástico da mente humana:

> Look within and life, it seems, is very far from being 'like this'. Examine for a moment an ordinary mind on an ordinary day. The mind receives a myriad impressions – trivial, fantastic, evanescent, or engraved with the sharpness of steel. From all sides they come, an incessant shower of innumerable atoms (...) life is a luminous halo, a semi-transparent envelope surrounding us from the beginning of consciousness to the end.[139]

Para Woolf, este desígnio pode ser alcançado se abandonarmos o "materialismo" que nos arrasta para os problemas sociais e nos fixarmos no tipo de espiritualidade que Joyce representa, ilustrável no episódio de Hades: "In contrast with those we have called materialists, Mr Joyce is spiritual; he is concerned at all costs to reveal the flickering of that innermost flame which flashes its messages through the brain."[140] Veremos como é que também Almada Negreiros, neste sentido, é um escritor "espiritual".

O modernismo em Portugal tanto pode ter começado com as *Prosas Bárbaras* de Eça de Queirós como com os poemas de *Dispersão* (1913) de Mário de Sá-Carneiro; com *O Livro de Cesário Verde* como com os "Paúis" de Fernando Pessoa; com a criação em Lisboa do Museu Nacional de Arte Contemporânea (1911) como com a publicação da revista *Orpheu* (1915); com a exposição abstraccionista de Souza-Cardoso (1916) como com o *Portugal Futurista* (1917) de Almada Negreiros. Servem estes exemplos para dizer que todas as

---

[139] In *The Common Reader* (1925), Harcourt, Inc, San Diego, Nova Iorque e Londres, 1984, pp. 149-50.

[140] Ibid., p. 151.

experiências em literatura estão ligadas a atitudes de vanguarda e/ou contestação de uma norma vigente. Por esta razão, conceitos como *anti-romance* (diferente de não-romance) ou *romance experimental* estão ligados a todas as formas experimentais que rompem com os métodos tradicionais de construção do romance. Os romances naturalista, realista ou neo-realista, por exemplo, não entrarão na categoria de romance experimental, porque estão dependentes do cumprimento de uma determinada norma fixada por uma escola de artistas. O que distingue desde logo o romance experimental do não experimental é a sua independência artística: raramente faz escola e vale enquanto obra de arte única e irrepetível. Também é pertinente o argumento de que, a rigor, a história do romance não pode ser diferente da história do anti-romance, porque experimentação sempre houve pelo menos desde o *Don Quijote* até hoje.[141]

Os romances que iremos estudar nesta secção entram na categoria de romance experimental por razões diferentes: em *Ulysses*, fica evidente a dissimulação do fio da história narrada, os constantes recuos e avanços na acção, a inclusão de episódios estranhos a essa acção, o trabalho vocabular, sobretudo quando se trazem para o romance gírias singulares ou muito cerradas, a sintaxe revolucionária, a subversão da estrutura tradicional do romance (um princípio, um desenvolvimento, um final à vários princípios, vários desenvolvimentos, vários finais, ou simples anulação de qualquer estrutura lógica), a inclusão de *hors-texte*, etc. Estas características podem ajudar hoje a classificar, sem imposições históricas ou sem limitações de escola, como anti-romance qualquer obra de ficção que comece por negar a sua própria natalidade.[142] Em *Nome de Guerra*, a experimen-

---

[141] Frank Kermode assinalou isso mesmo no seu estudo "A ficção literária e realidade", ao concluir que "a história do romance é uma história de anti-romances" (in *A Sensibilidade Apocalíptica*, Ed. Século XXI, Lisboa, 1997, p. 130).

[142] Não deixa de ser curioso que um autor português como António Lobo Antunes, que tem usado a técnica da diluição da acções narrativas na construção dos seus romances mais recentes, de forma a não seguir nenhum padrão de discursividade como o faz Joyce, tenha manifestado um certo pudor pela própria técnica utilizada em *Ulysses*: "Ontem estava a ler o Ulisses de Joyce e considero que a novela é fantástica do ponto de vista da sua riqueza verbal, mas, ao mesmo tempo, aborrecia-me um pouco porque não percebia ao serviço de quê está esse extraordinário alarde verbal. A pirueta pela pirueta, o mostruário fantástico de uma imensa capacidade de invenção verbal, fica um pouco no vazio, porque

tação fica reduzida ao nível da psicologia das personagens e do trabalho de desenho da escritura do romance. Mas é importante realçar que a experimentação no romance modernista (e não só) não é um acto arbitrário. O comentário de David Lodge parece-me inteiramente justo:

> The later episodes of *Ulysses*, and the whole enterprise of *Finnegans Wake*, appear not as eccentric digressions from the great tradition of the novel, side strains of a main drain, but the most complete fulfilment of the expressive potential of the novel that has yet been achieved[143]

De notar, no entanto, que aquele que tem sido o argumento mais utilizado para afirmar a modernidade de *Ulysses* é o "método mítico", para usar a célebre expressão de T. S. Eliot, que, aliás, o próprio Joyce lhe havia sugerido. A primeira obra de referência para a recepção crítica de *Ulysses* continua a ser *James Joyce's «Ulysses»: A Study* (1930), de Stuart Gilbert. Esta leitura condicionou todas as leituras posteriores de *Ulysses*, porque ajudou a determinar os paralelos entre a matéria homérica e a matéria do romance de Joyce. Não concentrarei os esforços da nossa leitura neste tipo de confronto. Privilegio outras características de natureza experimental do texto de Joyce que ajudam a construir a sua modernidade.

Ulysses e *Nome de Guerra* não são romances-limite do tipo que vamos encontrar na literatura pós-moderna, como o anti-romance de Rayner Heppenstall *Connecting Door* (1962), uma descrição passiva de edifícios, ruas e notações musicais, abolindo qualquer acção e negando ao próprio narrador uma identidade própria. Sem acção/ /acções, os dois romances dificilmente viveriam. No caso de *Nome de Guerra*, ficaríamos com uma pequena e modesta dissertação sobre os problemas da existência individual. Não há ainda negações da própria condição do romance – nem o *Ulysses* quer negar-se como romance, pois depende da existência canónica deste género para

não ajuda a história no sentido da eficácia narrativa." (in *Conversas com António Lobo Antunes* , de María Luisa Blanco, trad. de Carlos Aboim de Brito, Dom Quixote, Lisboa, 2002 , p.29). O facto de Ulysses ser tomado por uma "novela", da qual se espera tradicionalmente uma intriga estereotipada (fixa na arrumação dos seus núcleos principais), pode ajudar a explicar o equívoco.

[143] "Double Discourses: Joyce and Bakhtin", *James Joyce Broadsheet*, nº 11, 1983, p. 1.

ocupar o leitor no trabalho permanente de leitura do texto como *romance*: a experimentação aqui é sobre as possibilidades ilimitadas do romance e não sobre a sua auto-anulação.

A procura de originalidade na literatura e a criação de uma nova escola são oportunidades evidentes para fundar uma anti-literatura. É isto que permitiu a Virginia Woolf escrever o romance *The Waves* (1931) sem usar a narração; é isto que permitiu a Fernando Pessoa e seus pares propor o fim da poesia rimada e de estrutura fixa, por exemplo, em nome de uma nova estética modernista. Não há anti-literatura sem espanto nem surpresa e, sobretudo, sem a negação de alguma coisa preexistente. *Ulysses* e *Nome de Guerra* são romances originais de experimentação modernista, nas respectivas literaturas, por quererem representar o real e o quotidiano mais próximo do homem sem exigir qualquer tipo de redenção. É hoje mais fácil compreender a modernidade destes romances quando sabemos que conseguiram ser originais deixando de fora um conjunto de técnicas narrativas que só mais tarde serão exploradas pelo romance pós-moderno: a auto-ironia; a rejeição da linearidade narrativa e discursiva; a rejeição da introdução de personagens excessivamente modeladas; a rejeição do sentido imediato, do fio do discurso de fácil apreensão, da intriga arrumada temporalmente. Muitos são os textos que cumpriram já estas ou condições semelhantes e que deixam para trás *Ulysses* e *Nome de Guerra*, no sentido em que estes romances realizaram experiências que se esgotaram num dado momento, mas sem cujo exemplo se tornaria impossível qualquer outro tipo de experiência posterior. Em breve recolha, a reescrita do *Don Quixote* que Kathy Acker no romance com o mesmo nome (1986); as experiências bizarras de James G. Ballard, que, em *Crash* (1973), mistura sexo e tecnologia; a estruturação de um romance como *Manual dos Inquisidores* (1996), de António Lobo Antunes, cujos capítulos são tomados alternadamente como "relato" e "comentário", duas formas não-literárias por definição; obras como *El hacedor* (1960) e *El libro de los seres imaginarios* (1967), de Jorge Luis Borges, que propositadamente ignoram as diferenças entre a poesia e a prosa misturando-as; a estrutura elíptica da sintaxe dos romances de Clarice Lispector – *Água Viva* (1973) ou *A Hora da Estrela* (1977); os muitos pastiches e recriações de *Gravity's Rainbow* (1973), de Thomas Pynchon, que descreve phantasias paranóicas, imagens grotescas e linguagem matemática; a paródia da vida de Jesus que Fernando Arrabal faz em *Le Cimitière des voitures* (1958); as personagens vagamente descritas e a exploração da ambiguidade a todos os níveis em *Mutmassungen über Jakob* (1959), de Uwe Johnson. O que nos prende a *Ulysses* e *Nome de Guerra* enquanto textos modernistas é o facto de se apresentarem mais como textos de estilização de um certo modelo, apresentando um discurso novo, sem dúvida, mas sem entrarem em conflito com o próprio texto criado. Esta é, aliás, a tese de Mikhail Bakhtin ao distinguir estilização e paródia. Falaremos, assim, de um monologismo para a estilização, que não estabelece qualquer conflito entre as vozes autoral e textual – processo que serve os dois romances modernistas em equação – e falaremos de um dialogismo para a paródia, que vemos sobretudo nos romances pós-modernistas que se servem do conflito autor-texto como ponto de partida para a criação literária. De um ponto de vista mais textual, o seguinte quadro de concretizações descritas por André Topia para o romance *Ulysses* pode mostrar didacticamente como é que o discurso modernista se constrói:

> The oratory style becomes pomposity, the metaphor becomes 'picturesque' imagery, amplification becomes pompous officialese, epic panorama becomes nomenclature, the vignette becomes a cheap print, the *exemplum* becomes popular wisdom, the Homeric epithet becomes a commomplace, description becomes 'on-the-spot notation', the *topoi* become clichés, the eulogy becomes advertising, the portrait gallery becomes the society page.[144]

Diríamos que *Nome de Guerra* é um esboço destas concretizações e *Ulysses*, um manual de todas estas experimentações.

---

[144] "The Matrix and the Echo: Intertextuality in *Ulysses*", in *Post-Structuralist Joyce: Essays from the French*, ed. por Derek Attridge e Daniel Ferrer, Cambridge University Press, Cambridge, 1984, p. 123.

2. A sociologia do romance modernista

Na sua *Teoria do Romance* (1916)[145], antes mesmo da revolução narrativa de Joyce, o teórico húngaro Georg Lukács opõe o romance à épica homérica, que era mais adequada a uma época de inocência, em que o herói só fazia sentido enquanto memória colectiva – o herói épico é um Epónimo, um Eu não-individual, que não desafia os valores do seu tempo nem da sociedade que o recolhe. O romance opõe-se-lhe desde logo, porque vai criar o espaço adequado ao triunfo do individualismo trágico. O cânone romanesco observado por Lukács vai de Cervantes a Dostoievsky. Em outro estudo, *O Romance Histórico* (1937), conclui que estes romances modernos são dominados por personagens "socialmente excêntricas":

> The modern novel in its shift to the world "above" has portrayed destinies which are socially eccentric. Eccentric because the upper sections of society have ceased to be the leaders of progress for the entire nation. The only proper way of expressing this eccentricity is to indicate its social basis, to show that it is the social position of the characters which distances them from the everyday life of the people.[146]

A experimentação no romance modernista a partir de Joyce, incluindo Almada Negreiros, é mais nítida precisamente no processo de construção e concepção das personagens, mais do que a nível discursivo – o *Don Quixote* e *Tristram Shandy* quase anulam toda a originalidade posterior, a este nível. O herói modernista é um *ser-sem-mundo*, está entregue irremediavelmente a si próprio, preso a um destino que parece nunca ser capaz de controlar e carregando uma cruz consciente de que mais ninguém percebe que esta cruz existe sequer – esta parece-me ser a condição humana mais importante para definir a experimentação no nível das personagens do romance moderno. Trata-se de seguir um caminho que leva apenas ao próprio indivíduo, muitas vezes por culpa da sociedade que não

---

[145] Recorro à tradução inglesa: *The Theory of the Novel,* MIT Press, Cambridge, Mass., 1971.

[146] *The Historical Novel*, trad. do alemão por Hannah e Stanley Mitchell, University of Nebraska Press, Lincoln e Londres, 1983, p. 285.

tem mais condições para interferir com o fadário individual. As reflexões iniciais de *Nome de Guerra* resumem a ideologia modernista do romance:

> O nosso íntimo pessoal é inatingível por outrem. (...) O melhor que se pode fazer em favor de qualquer é ajudá-lo a entregar-se a si mesmo. (...) Que uma pessoa tome a seu cargo dirigir o próprio destino que lhe coube, é com ela. Que seja a sociedade quem se proponha dirigi-lo, é ingenuidade. O mais que neste caso poderá a sociedade é eliminar esse destino pessoal. A sociedade só tem a ver com todos, não tem nada que cheirar com cada um! [147]

Em outro texto, o mesmo Lukács caracteriza a ideologia do modernismo como a defesa da solidão do homem, que estava irremediavelmente enclausurado nos limites da sua própria experiência: um anti-herói que não é já um Epónimo mas um *Anónimo*, que não vive nem no mundo nem por ele é formado, mas cuja intimidade é um drama por resolver. Almada diverte-se em *Nome de Guerra* com um anti-cratilismo renovado, cujos heróis são obrigatoriamente anónimos e entregues a si mesmos:

> Com certeza o leitor já teve, como eu, o prazer inesquecível de sentir-se anónimo! Simplesmente, há quem sinta prazer em proceder como anónimo. Não é ao que o autor se refere. O anónimo sabe ver. É até condição para saber ver: ser anónimo. Mas proceder como anónimo é contra as regras do jogo. (p.32)

No diálogo *Crátilo*, Platão discute a natureza dos nomes, que se assume não ser de ordem convencional, mas de acordo com a existência das coisas em si. No texto platónico, parodia-se o método etimológico de Crátilo, pensador de inspiração heraclitiana, que afirma que "cada coisa tem por natureza um nome apropriado, e que não se trata da denominação que alguns homens convencionaram dar-lhes" (*Crátilo*, 383ª), o que concorda na teoria naturalista dos nomes, segundo a qual as palavras têm um sentido certo e sempre o mesmo. *Nome de Guerra* funciona para refutar esta teoria: mais im-

---

[147] *Nome de Guerra*, IN-CM, Lisboa, 1986, pp. 29-30.

portante do que ter um nome com um símbolo fixo e pré-determinado é ter um "nome de guerra", que é uma designação para o nome que está sempre sujeito a conquistas semânticas, por um lado; e é uma designação para o nome que tem de ser aprendido, por outro lado. Os protagonistas de *Nome de Guerra* são obrigados a aprender um princípio anti-heraclitiano: os nomes não existem por natureza, mas conquistam-se e sofrem-se. Assim ensinou Platão: não é por meio dos seus nomes que devemos procurar, conhecer ou estudar as coisas, mas, de preferência, por meio delas mesmas, uma vez que o conhecimento directo da própria coisa é anterior e superior aos seus nomes. Assim se pode entender o processo de ensino/aprendizagem da personagem Antunes no cenário por excelência do romance modernista: a cidade.

Regra geral, as personagens do romance modernista não são grandes, não querem ser grandes e nunca seguem o caminho que leva à grandeza. Por esta via, o romance modernista não quer mais dar-nos o retrato de indivíduos de grande nobreza interior simbólica. Esse modelo ficou esgotado do romance romântico ao romance realista. É assim que entendo a conclusão de Lukács:

> The modern writers simply create symbolist *tableaux*. Their novels are conceived as biographies of individual great men; the events are grouped accordingly round the psychological development of these individuals so that when the people actually appear – that is, not simply as the object of the hero's reflections – this chaotic-mystical character becomes inevitable.[148]

O romance modernista já não se ocupa da grandeza do homem mas da falência dessa grandeza. O que vemos em *Ulysses* e em *Nome de Guerra* é o caminho que nos leva do nascimento do indivíduo para a sociedade até à trágica dissolução da própria individualidade, que é sempre dada por um mecanismo de desenraizamento social. O maior problema desta atitude do anti-herói modernista é a sua resignação por ser um ser-sem-mundo e resignar-se com esta condição. Daí a crítica, com alguma legitimidade, de Lukács a auto-

[148] *The Historical Novel*, p. 299.

res como Joyce, Beckett ou Kafka, que considera "decadentes",[149] quando comparados com o "realismo crítico" de Thomas Mann.

3. O abandono-de-si-próprio como condição da personalidade do herói romanesco

É certo que um texto como *The Portrait of the Artist as a Young Man* é mais facilmente comparável a *Nome de Guerra*, mas tal correlação apenas nos daria um dos aspectos mais fortes das experimentações romanescas modernistas: a definição de uma psicologia do artista e da sua experiência artística desde o nascimento até à morte ideológica, passando, de preferência, por muitas crises de identidade e de afirmação social. A tendência para o abandono-de-si-próprio dada pela autoconsciência de um anti-herói que nunca está ao serviço de uma nação nem de uma classe social estabelecida é uma das características de um certo tipo de personagem que domina muitos romances modernistas, incluindo os romances em estudo. Esta tendência aproxima-se do diagnóstico que os presencistas portugueses fizeram do chamado "primeiro modernismo", que inclui em primeiro plano Fernando Pessoa, Mário de Sá-Carneiro e Almada Negreiros. Socorremo-nos ainda hoje das teses de José Régio para definir o modernismo dessa primeira geração: Num texto de 1927 intitulado "Da Geração Modernista", Régio lista as três qualidades desse modernismo, que entretanto se canonizaram:

- Tendência vincada e confessa para a multiplicidade da personalidade.
- Tendência para o abandono às forças do subconsciente, e simultaneamente para o domínio da intelectualidade na Arte;
- Tendência para a transposição, isto é: para a expressão paradoxal das emoções e dos sentimentos.[150]

---

[149] Cf. *The Meaning of Contemporary Realism*, trad. por John e Necke Mander, Merlin Press, Londres, 1963. O "decandentismo" destes romancistas é também comum ao romance de Almada Negreiros, pelas mesmas razões.

[150] *Presença*, nº 3, 1927, ed. facsimilada, Tomo I, Contexto, Lisboa, 1993, p. 2.

Se Régio confunde o modernismo português com um certo tipo de psicologismo literário, digamos assim, não podemos deixar de notar que depois das novelas de Mário de Sá-Carneiro e de *Nome de Guerra* de Almada Negreiros, o homem fica entregue a si próprio porque dominado mais por dúvidas metafísicas e/ou epistemológicas do que por uma qualquer nevrose incontrolável. Para Régio, o modernismo português é antónimo de moderação de sentimentos e tendência para fenómenos conscientes.[151] Não chega. Os dramas íntimos são acompanhados por dramas da escrita, de não menos importância. É essa a diferença entre a Judite e o Antunes de *Nome de Guerra*; é essa a diferença entre a Judite e a Molly de *Ulysses*: os dramas íntimos de Judite justificam a tese de Régio, mas não chegam para explicar como é que o próprio discurso pode ser afectado pelas crises sentimentais. A discursividade da linguagem tem que dar-nos também a ilusão do paroxismo dos sentimentos, o texto tem que ser tão múltiplo quantas as personalidades retratadas, o "abandono às forças do subconsciente" tem que ser acompanhado de um abandono da própria lógica do discurso. Se esta característica fundamental do modernismo só é evidente na poesia portuguesa, se o romance de Almada apenas esboça a correspondência fundamental entre o drama do indivíduo com o drama da escrita, *Ulysses* é certamente a referência maior na concretização deste projecto modernista. Este esboço de estudo psicológico do drama do indivíduo na sua articulação com o drama da escrita, que vemos em *Nome de Guerra*, não é um menosprezo da discursividade modernista que Almada busca para o seu romance, por outras palavras, as limitações metafísica e moralista não justificam por si só a falta de um discurso original e coeso, o que o juízo exagerado de José Régio pode deixar entender: "As vagas, especiosas, engenhosas divagações metafisicizantes que arabescam

[151] O que Régio pretendia ou esperava de *Nome de Guerra* era um tratado sobre a vida íntima de uma personagem que necessariamente funcionasse como meio de transposição de experiências pessoais de Almada para o romance. Isto disse também Ellen W. Sapega: "Leva-nos isto a deduzir que a tarefa do narrador de *Nome de Guerra* não será a de escrever um tratado sobre a 'vida das pessoas' e que, pelo contrário, na advertência com que se abre o romance, dirigida ao *leitor* e justamente assinada pelo *autor*, o narrador revela que o livro consiste na criação de uma ficção do ser, ou seja, é antes de mais, um acto de 'pôr as palavras no seu lugar'." (*Ficções Modernistas: Um Estudo da Obra em Prosa de Almada Negreiros* – 1915-1925, ICALP, Lisboa, 1992, pp.100-101).

tanta página do romance não lhe acrescentam nada; antes o enfraquecem e o tornam, por vezes, pesado." [152]. Não deixa de ser curioso que um dos escritores portugueses do século XX que mais incursões (pseudo)-filosóficas fez em forma de romance, Vergílio Ferreira, tenha precisamente criticado *Nome de Guerra* por não possuir arte nem engenho na construção de um discurso novo, achando que Almada apenas faz "arranjos de superfície" do tipo "amalucado, caprichoso, de chacota apalhaçada e espectacular" (*Conta-Corrente* I, Bertrand, Lisboa, 1980). Conquanto considere que a correspondência entre o drama individual e o drama da escrita – e respectiva ficcionalização – seja mais conseguida numa obra como *Ulysses*, não é de desprezar desta forma simples o trabalho de Almada. De *Nome de Guerra*, não devemos esperar um tratado de ética e/ou de metafísica, mas uma obra que soube pela primeira vez na história da ficção portuguesa ensaiar uma aproximação entre a psicologia perturbada de uma personagem arrancada à realidade social e o drama de uma escrita que deve reproduzir esse conflito. A ruptura, a descontinuidade, a crise, o conflito, o mal-ser e o mal-estar são tão importantes para a análise da psicologia das personagens como para a análise do discurso de *Ulysses*. *Nome de Guerra* apenas consegue descrever esse drama íntimo fundamental em termos bastante moderados, como neste monólogo interior final do protagonista: "Porque não me hei-de explicar, se tenho em mim os dados? Hei-de morrer sem saber dizer-me todo? Hei-de acabar por não me dar a conhecer bem a mim nem aos outros?" (p.201); *Ulysses* vai até ao limite com as dezenas de páginas ininterruptas no pensamento, na pontuação, nos sentimentos que constitui o monólogo de Molly. Aquela conclusão de *Nome de Guerra* reduz, de certa forma, o romance a um exercício de psicologia do eu que não é comparável ao que vemos em *Ulysses*. Trata-se de uma redução psicológica que permite um tipo de teorização do modernismo como o fizeram os presencistas. Joyce faz precisamente o contrário com Molly Bloom: é mais importante investigar as possibilidades de uma psicologia do discurso ou da linguagem do que de uma personagem em particular, cuja existência individual é remetida para

---

[152] Recensão a *Nome de Guerra*, *presença*, nº53-54, 1938, p. 27.

um plano secundário em face da experimentação literária que interessa ao escritor.[153]

Há um efeito suplementar que Joyce acrescenta ao discurso-limite de Molly: o da auto-ironia. Molly é a primeira a surpreender-se com o seu próprio discurso, sobretudo quando se trata de falar sobre sexualidade, o que é evidente na linguagem desabrida do grande monólogo final:

> he must have come 3 or 4 times with that tremendous big red brute of a thing he has I thought the vein or whatever the dickens they call it was going to burst though his nose is not so big after I took off all my things [...] I never in all my life felt anyone had one the size of that to make you feel full up he must have eaten a whole sheep after whats the idea making us like that with a big hole in the middle of us like a Stallion driving it up into you because thats all they want out of you [...] I let him finish it in me nice invention they made for women for him to get all the pleasure but if someone gave them a touch of it themselves theyd know what I went through ...

Da mesma forma que Antunes não se sabe explicar a si próprio, também Molly se encontra numa fase de permanente experimentação para tentar apurar a sua própria natureza feminina.[154] Ambos os romances, enquanto exercícios de aprendizagem interior, concluem pela inexistência de qualquer resolução particular para o *telos* do homem e da mulher.

---

[153] Neste sentido, o romance de Almada aproxima-se mais dos romances de Virginia Woolf do que de *Ulysses*. Justificam-se, no caso desta leitura comparativa, as observações de André Topia: "With Woolf, everything constantly comes back to a unifying subject which supplies linkages, imperceptible connections in the form of associations of ideas. With Joyce on the other hand we are constantly witnessing the disappearance of the psychological subject Bloom. And despite all this, something is speaking, something which structures the discourse more profoundly and implacably than a psychological 'I'." (op. cit., p.107).

[154] Esta análise do carácter de Molly está devidamente explicada por David Hayman: "The point is that Molly is confused by her own nature. The unfettered musings that reveal her to us as readers also permit her to discover in herself, and to rationalize, repressed tendencies. Among these is the need for the sort of relationship she could have with Bloom (...)." ("The Empirical Molly", in *Approaches to Ulysses: Ten Essays*, University of Pittsburgh Press, 1970, pp.120-121.

4. O trabalho linguístico e estilístico

Uma das anedotas mais conhecidas de Joyce ilustra a minuciosidade da escrita de *Ulysses*. Um dia em Zurique, na altura em que andava a escrever *Ulysses*, encontrou o seu amigo Frank Budgen na rua e confidenciou-lhe que tinha estado a trabalhar durante todo o dia, mas apenas tinha produzido duas frases. O amigo perguntou-lhe se tinha estado a procura das melhores palavras. "Não, respondeu Joyce, as palavras já as tenho, o que me falta é descobrir a melhor ordem das palavras nas duas frases." *Ulysses* demorou sete anos a escrever, tal como o livro que catalogou como um *funferal* (um acrónimo de *funeral* e *fun-for-all*), *Finnegans Wake*, demorou catorze anos. O trabalho linguístico e estilístico de Joyce é o resultado de um programa de escrita que tem por fim provar que o romance enquanto género literário codificado estava limitado nas suas possibilidades de criação e de representação e conhecimento do mundo. Em estudo recente, *Joyce's Modernist Allegory: Ulysses and the History of the Novel* (University of South Carolina Press, Columbia, 2001), Stephen Sicari defende uma tese possível sobre este programa complexo de escrita que visaria conduzir à mesma lição que os clássicos métodos alegóricos de S.Paulo ou de Dante já haviam dado à humanidade: a fundação de um ideal cristão que modela o comportamento humano, o que se tornaria mais urgente num mundo moderno que Joyce via soçobrar na sua Dublin de princípio do século.[155] Não nos ocuparemos aqui da validade desta tese, que acrescenta ao trabalho da escrita um ideal que pode ser lido de diferentes pontos de vista, conforme a força e a natureza das nossas convicções religiosas.

Ulysses é uma obra múltipla, uma *omnium gatherum* ("colecção variada de coisas") de vários códigos linguísticos (dialectos irlandeses, expressões de gírias locais e de grupos sociais determinados, calões, numerosos empréstimos do grego, do latim, do francês, do italiano, do espanhol do hebraico, etc. e neologismos peculiares), de

---

[155] Sobre Dublin, escreve Joyce em carta a um amigo: "*How sick, sick, sick I am of Dublin! It is the city of failure, of rancour and of unhappiness. I long to be out of it.*" (22-8-1909). Paradoxalmente, em nenhum outro sítio do mundo se celebra hoje de forma tão eufórica o Bloomsday, o dia escolhido pelos admiradores de Joyce para homenagear as aventuras de Leopoldo Bloom nas ruas de Dublin.

vários tipos de discurso (texto literário, texto não literário, texto pontuado, texto não pontuado, sintaxe conexa, sintaxe desconexa, texto musical, texto não musical, etc.); porque se classifica em vários géneros (poema épico, romance, romance medieval, romance épico, romance alegórico, crónica de costumes, monólogo interior, literatura infantil, literatura de intervenção, literatura judicial, literatura médica, literatura jornalística, notícia, drama, etc.); porque disserta sobre vários saberes (teologia, medicina, filosofia, história, música, arte, química, etc.) – contudo é, em termos narrativos, a representação de um único tempo: um dia trivial na trivial Dublin. Esta concentração do saber enciclopédico de uma época, esta súmula de uma civilização particular é representada de uma só vez, mas não deve ser engolida pelo leitor de um só trago, pois é conhecida a intenção de Joyce querer ocupar o leitor deste livro durante uma vida inteira ("I've put in so many enigmas and puzzles that it will keep the professors busy for centuries arguing over what I meant!.", terá dito a propósito de Ulysses, uma ironia hoje citada de memória por todos os professores de literatura).

A tarefa é árdua, como podemos perceber por este significativo testemunho de Virginia Woolf, entre tantos leitores tolhidos pela dificuldade de leitura de *Ulysses*: "I have read 200 pages so far – not a third; & have been amused, stimulated, charmed interested by the first 2 or 3 chapters – to the end of the Cemetery scene; & then puzzled, bored, irritated, & disillusioned as by a queasy undergraduate scratching his pimples."[156] Por outras palavras, a célebre definição do que é um clássico proposta por Mark Twain serve Ulysses melhor do que qualquer outra obra: um clássico é aquela obra que todos gostaríamos de ter já lido, mas quem ninguém quer ler.

De todos os arrojos estilísticos de *Ulysses* aquele que mais tem ocupado os leitores atentos da obra é precisamente a variedade de estilos, um diferente por cada episódio, o que ficou mais ou menos evidente a partir do esquema concebido por Gilbert a partir das próprias indicações de Joyce e que passou a figurar como uma espécie de

---

[156] *The Diary of Virginia Woolf*, ed. por Anne Olivier Bell, Harcourt Brace Jovanovich, San Diego, 1978, vol. 2, pp. 188-89.

guia de leitura indispensável para a compreensão da obra.[157] O que agrada hoje aos leitores pós-modernos é o facto de Joyce ter pretendido criar um estilo único para cada episódio de tal forma que é a própria linguagem que se assume como *sujeito* da história. É conhecida a carta que Joyce escreveu a Harriet Shaw Weaver a defender esta ideia original:

> I understand that you may begin to regard the various styles of the episodes with dismay and prefer the initial style much as the wanderer did who longed for the rock of Ithaca. But in the compass of one day to compress all these wanderings and clothe them in the form of this day is for me only possible by such variation which, I beg you to believe, is not capricious.[158]

Joyce havia enviado primeiro a Carlo Linati e depois, numa versão modificada, a Stuart Gilbert e Valéry Larbaud, o famoso esquema (acima transcrita a versão de Gilbert) da estrutura formal e de conteúdo de *Ulysses*, fazendo questão de atribuir um nome a cada uma das *técnicas* utilizadas nos vários episódios. A esta fusão entre forma e conteúdo chamou Walton Litz a "forma expressiva" de Joyce, apreciação que se tornou uma referência habitual sobre *Ulysses*. A tese de Litz, apresentada em *The Art of James Joyce* (1964), é a de que existe uma correspondência directa entre a substância do texto e o seu estilo, em que a forma "expressa" ou imita as qualidades do sujeito que representa. Mas há um fenómeno que parece escapar a esta leitura, para além do simples facto de sabermos que a forma e o conteúdo de um texto literário serem inseparáveis[159]: se não pensar-

[157] Os diferentes esquemas produzidos a partir deste primeiro, de Linatti, podem ser visualizados em vários sítios da Internet, como em: <http://linati-schema-for-ulysses.wikiverse.org>. Linatti foi amigo de Joyce; o primeiro esquema de interpretação foi-lhe oferecido em 1920, para que a leitura de *Ulysses* pudesse ser compreendida. Mais tarde, Stuart Gilbert, no seu estudo *Ulysses* (1930), incluiu o esquema original com correcções. Podemos dizer que esta é a versão ne varietur do famoso esquema, pois teve certamente a aprovação do próprio Joyce.

[158] *Letters*, vol. 1, ed. por Stuart Gilbert, Viking, Nova Iorque, 1966, p. 129.

[159] Facto devidamente assinalado por John Crowe Ransom, que na tradição do *New Criticism*, chamou a atenção para a falácia do conceito de "forma expressiva" que tanto pareceu entusiasmar os escritores modernistas em geral que achavam poder fazer com que o conteúdo ditasse as regras do estilo, como se duas instâncias distintas se tratasse: "We must

mos apenas em termos formalistas, a estilização de *Ulysses* funciona como um trabalho de paródia de vários modelos de romance que precederam a obra de Joyce, presos a esquemas rígidos de imitação da realidade, a problemas insuperáveis de verosimilhança, a fidelidades com aquilo que o leitor espera da lógica de uma história que nunca o deverá surpreender. Concordo, pois, com a análise de Kevin J. H. Dettmar:

> My argument, then, is that the vital impulse behind Joyce's stylistic experiments in *Ulysses* is not, as Litz and others would have it, *mimetic*, expressive, but rather carnivalesque – imitating *not* the *Ding an sich*, the 'matter' of the episode, but primarily previous literary attempts at expressive form, and subtly mocking their naiveté.[160]

A possibilidade de ler *Ulysses* como um texto que, segundo Dettmar, introduz o carnivalesco (ou o "pós-moderno") na ficção modernista, não pode, porém, ficar limitada à condição de o texto ficar preso à sua época nem ao facto de a carnavalização poder ser uma categoria capaz de desalojar um texto do seu tempo histórico de produção. Trata-se de uma matéria delicada: a carnavalização, mesmo atendendo à fórmula de Bakhtin, é um traço textual e não uma marca de época, por isso é recomendável não a tomar como sinal pós-moderno que se intromete numa determinada época.[161]

---

take account of a belief that is all but universal among unphilosophical critics, and flourishes at its rankest with the least philosophical. It is this: the phonetic effect in a poem not only is (a) metrical and (b) euphonious, but preferably, and very often actually, is (c) 'expressive'; that is, offers a sort of sound which 'resembles' or partly 'is' or at least 'suggests' the object that it describes. It is necessary to say rather flatly that the belief is almost completely fallacious; both theoretically on the whole, and specifically in detail, for most of the cases that are cited to prove it... I am content-though not all my readers may be – to say that the resemblance usually alleged turns out to be, for hardheaded judges, extremely slight and farfetched." (in *Beating the Bushes: Selected Essays*, 1941-1970, New Directions, Nova Iorque, 1972, pp. 38-39).

[160] Op. cit., p. 150.

[161] Deve notar-se que o livro de Dettmar, que traz o título de uma leitura "nonmodernist" de *Ulysses*, não apresenta uma única tese a desvalorizar aquilo que faz a modernidade do texto. Não chega a ser uma leitura pós-modernista de um texto modernista, quando ficamos com apenas o argumento carnavalesco mal explicado, que trata o livro de Joyce como se fosse um problema exclusivo de estilística.

Teremos que ir buscar à poesia de Almada e aos seus textos de intervenção algo que se aproxime do trabalho inovador da linguagem que Joyce nos oferece em *Ulysses*. *Nome de Guerra* não contém nenhuma revolução linguística, nem o seu discurso pode concorrer com o trabalho inovador da poesia futurista portuguesa. Dois poemas de vanguarda de Almada Negreiros – "Mima-Fatáxa – Sinfonia Cosmopolita e Apologia do Triângulo Feminino" e "A Cena do Ódio"[162] – traduzem com mais propriedade o tipo de trabalho linguístico que ocupou a criação literária dos artistas modernistas portugueses. Os dois poemas realizam uma subversão daqueles que eram no princípio do século XX os valores morais, naturais e sociais, sobretudo pelo recurso a imagens de pedofilia, bestialidade, prostituição, adultério, sodomia e pela instituição de condições perversas de realização sexual, como fetichismo, travestismo, voyeurismo e sadomasoquismo. A revolução estilística e linguística de Almada foi feita por esta via. Os poemas vanguardistas de Almada recorrem às perversões sexuais para se servirem delas como denúncia e insulto dos distúrbios não do seu próprio comportamento, mas do comportamento dos indivíduos que compõem a sociedade perversa. Este *desvio* de significado das perversões – do sujeito de enunciação para o objecto enunciado – introduz a originalidade da abordagem da sexualidade no contexto da história literária contemporânea portuguesa. O que o jovem Almada há-de aprender mais tarde (tinha 22 anos quando escreveu "A Cena do Ódio") é que mesmo que fosse possível suprimir as outras consciências perversas, elas continuariam a existir na consciência do odiento, que não pode fazer com que "burgueses apinocados" e "fornicadoras do Mistério" nunca existam e continuem a existir. Almada nunca deixará de sentir que a dimensão do seu ódio possa ser dada como permanente possibilidade do seu ser. Teríamos encontrado uma nova vanguarda portuguesa quando a apoteose da Luxúria deixasse a linguagem da perversidade e a redescobrisse como linguagem da diversidade, mesmo que também esta seja dada como oposto

[162] Escrito em 1915, aos 22 anos, publicado em parte na revista *Contemporânea*, nº7, e pela primeira vez publicado integralmente na antologia organizada por Jorge de Sena: *Líricas Portuguesas*, III Série (1958). Sobre os dois poemas, ver o meu ensaio: "A Luxúria como obra de arte vanguardista em dois poemas de Almada Negreiros", *O Escritor*, nº 9, pp.151-162.

da *sophrosyne* dos gregos, portanto, como imoderação (*akolasia*); ora, é precisamente essa diversidade que vemos conquistada já em *Ulysses*.

O trabalho estilístico de Joyce é metodicamente realizado. Se David Mourão-Ferreira, Vitorino Nemésio e José-Augusto França insistiram em *Nome de Guerra* como "uma obra-prima de 'desenho'"[163], certamente maior talento vemos em *Ulysses*, no que respeita à arte de desenhar com palavras a realidade circundante, de tal forma que *vemos claramente visto* o que o romancista nos vai contado. Joyce não despreza o poder da palavra para mostrar as fraquezas da evolução do mais universal dos idiomas: a história da língua inglesa está representada na cena da maternidade – um estudante fala absurdamente num inglês medieval, outro responde em estilo ordinário, enquanto um outro fala em estilo barroquista, que depois descai para a linguagem bíblica, para o calão, para a linguagem crua do quotidiano, etc. De permeio, o estilo de vários escritores de língua inglesa, já devidamente canonizados, de Mandeville a Dickens, é recuperado para situações cómico-satíricas. Deve ser observado que Joyce carnavalizou o estilo de *Ulysses*, isto é, recorreu à estratégia de colocar o texto a parodiar-se a si próprio, algo que já vimos em *Tristram Shandy* e *Viagens na Minha Terra*. Neste caso, qualquer estilização de linguagem e/ou de personagens não pode significar que se procure um modelo de referência de absoluta veracidade. Num romance carnavalizado, e veja-se com atenção o episódio "Aeolus",[164] o estilo pode tornar-se inclusive a própria motivação da narração. Mas também, uma vez mais, este contorcer-se do texto de ficção para dentro de si mesmo denuncia uma lição maior, que David Lodge soube extrair para os seus próprios romances. Em "Joyce's Choices", confessa-se impressionado com três características fundamentais da língua e do estilo de Joyce: o poder mimético da linguagem, sobretudo

---

[163] David Mourão-Ferreira, "Almada ficcionista", in *Almada — Compilação das comunicações apresentadas no Colóquio sobre Almada Negreiros*, Outubro 1984, Fundação Calouste Gulbenkian, Lisboa, 1985, p.100.

[164] V. em particular, entre os muitos comentários deste episódio, o estudo de Wolfgang Iser: "Indeterminacy and the Reader's Response in Prose Fiction", in *Aspects of Narrative: Select Papers from the English Institute*, ed. por J. Hillis Miller, Columbia University Press, Columbia, 1971.

nos primeiros capítulos dominados pelo *stream-of-consciousness*, o uso criativo da matéria homérica e a mutação do estilo ao longo das várias narrativas, sobretudo nos últimos capítulos, para que a linguagem do romance reflectisse ao mesmo tempo o mundo e um certo discurso sobre o mundo.[165] O método da carnavalização discursiva serve para fundar uma nova forma de representação do mundo, algo que não se julgava possível nem através da experimentação literária nem através de visões do caos e das aparências mais mundanas. A polifonia associada ao recurso à estilização parodística ou mesmo ao humor frio sobre os males do mundo em que se vive é uma combinação forte que muitos escritores depois de Joyce vão explorar em outras direcções e de forma menos ofegante. O próprio Lodge, no mesmo estudo onde confessa a sua ansiedade de influência pela obra de Joyce, acredita que o ponto de partida foi o romance *Ulysses*:

> What I learned from *Ulysses*, though it took some time for the lesson fully to sink in, or to manifest itself in my own writing, was that a novel can do more than thing at once – indeed, that it *must* do so. It should tell us more than one story, in more than one style.[166]

O que mais surpreende nesta opção pela polifonia narrativa e pela *omnium gatherum* de estilos é que a tanta multiplicidade corresponde muitas vezes o discurso mental de um só indivíduo.

5. O monólogo interior

É o trabalho com o fluxo contínuo da consciência, produzindo insólitos monólogos interiores, que leva o discurso modernista um passo mais à frente do que aquele descrito por José Régio. A técnica modernista do *stream-of-consciousness*, originalmente proposta peo filósofo americano William James (1842-1910), irmão do romancista Henry, em *Principles of Psychology* (1890), torna-se recorrente a partir de 1918. Tal técnica obriga o leitor a complexas deduções, a

---

[165] Cf. "Joyce's Choices", in *The Practice of Writing*, Penguin, 1997, pp. 128-129.
[166] Ibid. p. 129.

partir das descrições que nos são feitas da vida íntima das personagens, quer no que respeita às suas emoções mais reservadas quer no que seja o seu *pensamento*. Distinga-se o monólogo interior da técnica do *stream-of-consciousness* por esta subtileza: o fluxo da consciência é a mera transposição das ideias desconexas do pensamento em palavras; o monólogo interior envolve um sujeito que controla o discurso, mesmo que este seja desprovido de lógica e a sua sintaxe seja desconexa, porque é assim que as ideias correm no sujeito que pensa. Dorothy Richardson é a primeira a usar a técnica, mas serão Joyce e Woolf os que a consagrarão.[167] Joyce prefere o monólogo interior directo ("which reflected the chaotic sequences of the thought") e Woolf, o monólogo interior indirecto ("he thought, he decides").[168] David Lodge resume assim a técnica de Joyce: "Throughout *Ulysses* Joyce represents the stream of consciousness by leaving out verbs, pronouns, articles, and by leaving sentences unfinished."[169] *Nome de Guerra* também ensaia a construção de realidades interiores de um restrito número de personagens, mas sem recorrer a técnicas especialmente inovadoras de construção verbal. Neste romance, pouco interessam as visões do mundo exterior se estas não tiverem alguma ligação ao mundo interior das personagens. É o que vem de dentro que toma o lugar da frente na narrativa. Mais tarde, os romancistas neo-realistas inverterão este movimento, privilegiando as forças sociais e as visões críticas do mundo exterior, por agora, estes romancistas modernistas interessam-se mais por aquilo que flui nas consciências das suas personagens. Este processo acaba por diluir a distância entre o comprometimento da própria ideologia do autor com as suas personagens. A focalização narrativa assim dirigida exclusivamente para as descrições introspectivas está também ao serviço de uma crítica subtil às visões optimistas de muitos romances burgueses do final do século XIX. O resultado destas nar-

---

[167] Na biografia de Joyce, Richard Ellmann refere que o interesse pela técnica do monólogo interior surgiu quando Joyce estava em Paris, em 1903: "On the way, he picked up at a railway kiosk a book by Édouard Dujardin, whom he knew to be a friend of George Moore. It was *Les Lauriers Sont Coupés*, and in later life, no matter how dilligently the critics worked to demonstrate that he had borrowed the interior monologue from Freud, Joyce always made it a point of honour that he had it from Dujardin." (in *James Joyce*, Oxford University Press, Nova Iorque, 1959).

rativas saturadas de subjectividade alucinante é a tendência para um relativismo moral que também é uma marca distintiva do romance modernista e que é algo diferente da "intelectualidade na Arte" que Régio defende como traço saliente do modernismo. Este tipo de relativismo concretiza-se não só pelo recurso à técnica do *stream-of--consciousness* mas também pela combinação com outros mecanismos: incoerência discursiva, desconstrução da linearidade da intriga, ironização dos comportamentos das personagens, auto-ironização no comportamento das personagens, justaposição de pensamentos, *mise en abyme*, etc. Estas técnicas desconstrucionistas, à falta de melhor adjectivo, não implicam necessariamente que o *stream-of-consciousness* só se concretize pelo recurso à não-linearidade do discurso e das resistências às normas gramaticais. Aceitamos que por detrás deste tipo de discurso esteja um espírito de organização que controla a lógica de todos os fragmentos e a rede de relações semânticas de todos os enunciados. André Topia chamou a atenção para a possível falácia da técnica do *stream-of-consciousness* se tomada como forma de destruir a arquitectura do discurso narrativo. Topia esforça-se por demonstrar que "We are dealing with a text that is highly organized, firmly coded and programmed down to its most minute units, but whose organizational law has been carefully camouflaged by systematic fragmentation and even pulverization."[170]

---

[168] Para avaliar as diferenças e as semelhanças entre as narrativas de Joyce e Woolf ver Jonathan Clough, "Stream-of-Consciousness Narrative as Found in Joyce's *Ulysses* and Woolf's *To the Lighthouse*", *English*, 32, 1990. De entre a vasta bibliografia para estudar a técnica do *stream-of-consciousness* em Joyce, destacamos Robert Humphrey, *Stream of Consciousness in the Modern Novel* (1954), Melvin Friedman, *Stream of Consciousness: A Study of Literary Method* (1955) e Erwin Steinberg, *The Stream of Consciousness and Beyond in «Ulysses»* (1972). No capítulo V de *To the Lighthouse*, podemos recolher este exemplo paradigmático do uso do *stream-of-consciousness:* "It had seemed so safe, thinking of her. Ghost, air, nothingness, a thing you could play with easily and safely at any time of day or night, she had been that, and then suddenly she put her hand out and wrung the heart thus. Suddenly, the empty drawing-room steps, the frill of the chair inside, the puppy tumbling on the terrace, the whole wave and whisper of the garden became like curve and arabesques flourishing round a centre of complete emptiness".

[169] *Consciousness and the Novel: Connected Essays*, Harvard University Press, Cambridge, Ma., 2002, p.54.

[170] Op. cit., pp. 106-107.

Joyce estudou melhor o problema da consciência sonhadora em *Finnegans Wake* (1939), mas não resolveu ainda aí o problema da recolocação do indivíduo no progresso social, porque não estava interessado em salvar o mundo, julgo que nem com alegorias modernistas capazes de moralizar os costumes como defendeu Stephen Sicari em *Joyce's Modernist Allegory: Ulysses and the History of the Novel.* A corrente contínua do pensamento das personagens do romance modernista, a que temos acesso como leitores privilegiados, é uma forma de nos aproximarmos do real, não o real estilizado e burguês que o século XIX havia deixado em herança, mas o real que está dentro de nós, mesmo que tão desordenado e miserável como as ruas de Dublin no princípio do século XX. E não há nenhuma lição a tirar daí porque a literatura, no melhor espírito modernista, não é uma arte didáctica. Um estudante norte-americano colocou num grupo de discussão na Internet da sua universidade a seguinte dúvida:

> *On the back cover of James Joyce's* A Portrait of the Artist as a Young Man, *there is a quotation: "'He is a postmodernist beside Yeats's modernism". That sentence has always confused me; isn't it really very difficult to make categorizations when it comes to certain authors? Would we call Joyce modernist, high modernist, or postmodernist?*

Não sei se algum professor de literatura lhe poderia responder com segurança. Um modernista ficaria certamente ofendido, não tanto com a paranóia da arrumação estética das convenções que a história literária nos vai oferecendo, mas sim pela simples ideia de que a literatura tem que estar ao serviço da pedagogia das ideias.

Uma crítica comum às narrativas modernistas deriva da adopção deste conjunto de técnicas: o mundo social é abandonado para privilegiar os discursos subjectivos inconsequentes para o progresso da humanidade. Esta crítica é de natureza política e está de algum modo relacionada com a ideologia fascista que muitos escritores modernistas abraçaram ou da qual se aproximaram: é conhecida a conivência de Almada Negreiros com a ditadura salazarista, tal como são conhecidas as relações perigosas com a ideologia fascista de Eliot, Yeats, Hamsun e Pound, por exemplo. Sendo o modernismo uma estética de eleição – a verdade é que o grande público do princípio do século desconhece estes escritores de vanguarda e nem sequer tem qualquer hábito de leitura; em Portugal, sabe-se que, no princípio do século XX, apenas 4% da população é letrada –, sendo uma literatura de carácter esotérico, inacessível ao comum dos homens, ou mesmo ao comum dos escritores face às inovações e aos desafios de todas as convenções de escrita, não estranhamos que *Nome de Guerra* (1938), e obras como *The Waste Land* (1922), de Eliot, *Cantos* (1925), de Pound, *Finnegan's Wake* (1939) e *Ulysses* (1922), de Joyce e *The Waves* (1931), de Woolf, tivessem sido, na sua época, consideradas obras obscuras. Para Eliot, este obscurantismo era uma obrigação da arte, se se queria que esta fosse capaz de destroçar a ideia da literatura como de meio de educação das massas populares. A literatura modernista devia ser o resultado de uma criação pessoalíssima e não comprometida com nenhum pragmatismo.

IV.

PARA ALÉM DO PRINCÍPIO DO REALISMO NO ROMANCE DISTÓPICO: *GRAVITY'S RAINBOW* (1973), DE THOMAS PYNCHON, E *O MEU ANJO CATARINA* (1998), DE ALEXANDRE PINHEIRO TORRES

A (des)construção do mundo nas distopias ficcionadas. Conspiração, paranóia e perdição no mundo distópico. A paranóia dos anjos. A erotomania ou a paranóia do sexo. As formas de poder no mundo distópico.

1. A des(construção) do mundo nas distopias ficcionadas

Uma distopia ficcionada tem todos os ingredientes para se tornar obra de culto. A ficção norte-americana, dos anos 50 e 60, genericamente reconhecida no género do humor negro, revelou alguns textos cujo denominador comum é a projecção de anti-heróis, situações picarescas e visões apocalípticas: Joseph Heller (*Catch-22*), John Barth (*The Sot-Weed Factor*), Bruce Jay Friedman (*Stern*) e Kurt Vonnegut, Jr. *(Cat's Cradle, Mother Night*). Em 1963, surge o primeiro romance de Thomas Pynchon, *V.*, e três anos depois *The Crying of Lot 49*, duas obras de imediato recebidas como paradigmas do género que *Catch 22* ajudara a canonizar. *Gravity's Rainbow* assegura a Pynchon um lugar de referência obrigatória no romance fantástico americano do século XX, pela densidade do discurso, pela complexidade da escrita, pela diversidade da linguagem, pela imaginação arrojada. O romance de Alexandre Pinheiro Torres *O Meu Anjo Catarina* pode ser considerado, de certa forma, uma recuperação actual desta tradição de humor negro e apocalíptico que tem como principal figura Thomas Pynchon.

A literatura das utopias (*New Atlantis*, de Francis Bacon, *Civitas Solis*, de Tommaso Campanella, *Utopia*, de Thomas More, *News from Nowhere*, de William Morris, *A Modern Utopia*, de H. G. Wells, etc) concentra-se na busca de uma sociedade ideal. Quando o homem esgota a crença no futuro que apenas se conhece por uma visão idealista, duvida da possibilidade e das condições em que as utopias podem realizar-se. Neste caso, porque se exerce uma crítica social sobre os limites das utopias, falamos de literatura distópica, que surge não só como um aviso contra as alienações das utopias mas também acrescenta uma crítica, muitas vezes simbólica e alegórica, aos sistemas políticos e sociais que revelem alguma forma de opressão do indivíduo. Parece-me irrepreensível a opinião de M. Keith Booker sobre o traço distintivo das distopias: "I consider the principal literary strategy of dystopian literature to be defamiliarization : by focusing their critiques of society on imaginatively distant settings, dystopian fictions provide fresh perspectives on problematic social and political practices that might otherwise be taken for granted or considered natural and inevitable."[171] A distinção entre um cenário utópico e um cenário distópico não depende de nenhuma regra fixa, capaz de se aplicar a qualquer situação. Assim, se é pacífico afirmar que a Ilha dos Amores de Camões é um cenário utópico, por ser uma encenação optimista do futuro, e a Jangada de Pedra de José Saramago, uma alegoria distópica, por ser uma visão pessimista sobre a forma como um certo destino se impôs a uma nação, não nos parece que estas diferenças elementares possam funcionar universalmente.

As raízes mais próximas do cepticismo das distopias literárias do século XX podem ser encontradas na filosofia marxista e no papel que desempenhou na revisão da filosofia optimista de Hegel: se para este filósofo o progresso histórico era guiado por uma força teleológica superior que motivava a mudança das coisas sempre para melhor, para Marx tal teleologia do progresso histórico não nos apontava o caminho da utopia da felicidade mas o caminho da distopia e da catástrofe. As distopias do século XX ilustram esta tese marxista, quer na ficção literária – *We* (1924), de Yeygeny Zamyatin, *Brave*

---

[171] *Dystopian Literature: A Theory and Research Guide*, Greenwood Press, Westport, Conn., e Londres, 1994, pp. 3-4.

New World (1932), de Aldous Huxley e *1984* (1949), de George Orwell, são referências fundamentais – quer na ficção cinematográfica – *Metropolis*, de Fritz Lang, *Sleeper*, de Woody Allen, *Brazil*, de Terry Gilliam, *Blade Runner*, de Ridley Scott ou *THX 1138*, de George Lucas, entre outros.

Os dois romances de que nos vamos ocupar agora ilustram o tipo de distopia que, para além de desmentirem a felicidade utópica, constitui uma crítica ao triunfalismo da ciência que nos foi ensinada pelo Iluminismo. Em *Dialektik der Aufklärung* (1947; *Dialectic of Enlightenment*), Adorno e Horkheimer fazem uma conhecida crítica à ciência iluminista que ganha um novo fôlego se aplicada às distopias criadas no século XX. Os dois pensadores não criticam a ciência em si mesma mas a aplicação mecânica que dela fez o Iluminismo, que procurava apenas informação sem a compreensão daquilo que se investigava. Este pragmatismo é contrário a um iluminismo genuíno e o caminho para deter o crescente poder tecnológico acabou por não ser conquistado. *Gravity's Rainbow* deixa antever uma exaustiva crítica às formas de alienação tecnológica; *O Meu Anjo Catarina* refina esta crítica numa metáfora poderosa em torno das armadilhas de uma ciência – a Geografia – que, de um ponto de vista utópico, seria a garantia de salvação do mundo.

São protagonistas da "folie à cinq extraordinaire", segundo o subtítulo do romance de Pinheiro Torres, Audaciano Chevarri – "descendente de montenegrinos (ou de macedónios?)" –, anti-herói por excelência, cujas ocupações vão desde adeleiro a ladrão de rios; um Deão de nome Benedito Varca, que disputa com Audaciano o protagonismo da primeira parte do romance; Tito, filho de Audaciano, primeiro sacristão de hissope, depois um visionário ladrão de rios à procura do seu Anjo Catarina, que como convém à natureza dos anjos toma várias formas e em nenhuma se perde completamente; um cão perdido que Tito adopta por julgar que se trata do *seu* anjo na Terra; e um cúmplice de nome simbólico (mas irónico) Marco Polo, que acompanhará Audaciano até ao fim da aventura extra-ordinária. Na primeira parte do romance, Audaciano instala-se em Gur e dedica-se à profissão de adeleiro com todas as manhas que aprendeu ao longo da vida. Perante a autoridade perdida do Deão, impõe o filho como sacristão e serve-se dele para roubar um dia o tesouro escondido do representante de Deus naquela terra desmandada, num mundo que já concluiremos não ser muito diferente da cosmogonia grega antiga, ao *tempo* dos mitos homéricos, órficos e olímpicos. (Não será por acaso que este Marco Polo quer acabar a aventura numa das muitas ilhas gregas que certamente terão sobrevivido ao dilúvio.) Cria-se então uma entidade com poderes cosmogónicos que atravessa o romance, a Geografia, um nome recuperado por Pinheiro Torres para substituir a *physis* grega e a Astrologia antigas, ciência sobre a qual Audaciano Chevarri vai discorrendo pseudo-filosoficamente ao longo da *folie*, ajudando assim a construir os pilares da distopia. Consumado o roubo da Basílica e quando já o Deão tinha sido proclamado santo por vontade popular dos pobres de pedir e de sofrer, a quem acudiu, Audaciano foge com o filho, a quem o Anjo Catarina aparecera pela primeira vez, assegurando-lhe que lhe roubara a virgindade. Inicia-se a longa segunda parte do romance, toda ela dominada pela força pluviosa da Geografia. Pai e Filho lutam por sobreviver no mundo aquático apocalíptico. Resguardam-se numa casa abandonada de um rico pintor, onde se passa grande parte da história. Tito reencontra-se com o seu Anjo, agora sob a forma de uma mulher que começa por ser velha e se transforma aos seus olhos até atingir a idade que convém ao desejo adolescente do jovem ladrão de rios. Já com Marco Polo em cena e após algumas peripécias, Tito e companhia chegam à conclusão frustrante de que o velho barco dos Chevarris havia sido roubado pelo "Anjo" de Tito e pela mãe angélica que o acompanhava. Resta o barco potente de Marco Polo, onde embarcam os três ladrões de rio: Audaciano em busca do ouro que lhe roubaram depois de ele o ter roubado a outrem; Marco Polo em busca de uma qualquer ilha grega, que tanto pode ser do próximo século como do tempo de Ulisses, a que pouco fica a dever; Tito sempre em busca do seu Anjo, pouco lhe importando em que forma, desde que tenha o cheiro da mulher. O romance deixa-nos acostados na Ilha das Aves, porque é aí que comparece o Anjo que Tito tanto procurava, abandonando ao destino aqueles que não se contentavam com tão humana decisão.

A complexidade do texto de Pynchon, por seu lado, é comparável à de *Ulysses*, de Joyce – aliás, é vulgar ouvirmos entre os críticos pós-modernistas que o romance de Pynchon é o *Ulysses* pós-moderno; e o trabalho linguístico de ambos é comparável ao trabalho linguístico de Alexandre Pinheiro Torres para respeitar sempre o cenário de guerra dos seus romances, descendo até às gírias mais particulares. Apenas no que respeita à extensão dos modos de expressão literária, podemos estabelecer diferenças. Pynchon leva vantagem sobre Pinheiro Torres na quantidade de intertextos e interlinguagens, entrelaçando-os numa grande narrativa de feições pouco comuns na *literatura depois do modernismo*. Richard Locke listou os elementos que fazem a complexidade de *Gravity's Rainbow*:

> Pynchon is obviously capable of the most intricate literary structures – plots and counterplots and symbols that twist and tangle in time and space. His expert knowledge encompasses: spiritualism, statistics, Pavlovian psychology, London in 1944, Berlin, Zürich and Potsdam in 1945, chemical engineering, the Baltic black market, plastics, rocket propulsion and ballistics, economic and military complexes, international industrial cartels (GE, ICI, Shell, Agfa, I.G.Farben), Tarot cards and the Kabbala, witchcraft, espionage, Rossini operas, pop songs and show tunes of the thirties and forties, limericks, cocaine and hashish fantasies, and the history of American clothing styles and slang. This range of knowledge enables him to integrate such instances of racial oppression as are symbolized by "Red" Malcolm X, Charlie Parker's bebop version of "Cherokee," the Khirgiz steppes, The Lone Ranger and Tonto and the Wild West, excrement and shoepolish, the fear of black dirt and buggery, the concentration camps of German South-West Africa, the extermination of the European Jews, all with the development of V-2 rockets.[172]

De notar que este galeria de conhecimentos científicos aplicados ao romance fantástico vai exactamente ao encontro das pretensões dos teóricos anti-pós-modernismo para fixar uma literatura *avant-pop*, onde Pynchon é idolatrado.[173] Mas é mais evidente que *Gravity's Rainbow* entra na tradição das grandes narrativas enciclopédicas, tal como *Ulysses*, que têm uma obsessão pelo pormenor, pela saturação da informação e pelo enleamento do fio narrativo. Khachig Toloyan, por exemplo, explicou claramente esta classificação em "War as

---

[172] *The New York Times Review of Books*, <http://www.nytimes.com/books/97/05 / 18/reviews/pynchon-rainbow.html> (verificado em Novembro de 2006).

[173] Cf. <http://euro.net/markspace/bkInMemoriamToPostmodern.html>. Para entrar especificamente nas páginas dedicadas em exclusivo a Thomas Pynchon, ver: <http:// www.euro.net/mark-space/ThomasPynchon.html>.

Background in *Gravity's Rainbow*",[174] não aceitando inscrever a obra de Pynchon na tradição dos grandes romances históricos ou dos romances de guerra. Mas o responsável pela classificação de *Gravity's Rainbow* como uma narrativa enciclopédica foi um dos seus primeiros e mais penetrantes leitores, Edward Mendelson, que definiu assim o género:

> Critical industries tend to organize themselves around a special variety of book (or author) which is encountered only rarely in literary history. A useful term for such a book is *encyclopedic narrative*; and one can speak also of an *encyclopedic author*. (...) All encyclopedic narratives (...) are metonymic compedia of the *data*, both scientific and aesthetic, valued by their culture. They attempt to incorporate representative elements of all the varieties of knowledge their societies put to use. (...) All encyclopedic narratives contain, *inter alia*, theoretical accounts of statecraft, histories of language, and images of their own enormous scale in the form of giants or gigantism. They are generally set a decade or two before publication, so that they can include prophecies of events that actually occurred in history. All are polyglot books, and all are so determined to achieve encyclopedic range that they exclude from their plots the single centripetal emotional focus that develops when a narrative records a completed relation of sexual love. (...) At least six such books are familiar to literary history: Dante's *Commedia*, Rabelais' five books of *Gargantua and Patangruel*, Cervantes' *Don Quixote*, Goethe's *Faust*, Melville's *Moby-Dick*, and (a special case) Joyce's *Ulysses*. (...) (If I knew enough about Portugal, I would propose Camões' *Os Lusíadas* as another encyclopedic narrative (...). *Gravity's Rainbow* offers itself as the latest

[174] In *Approches to Gravity's Rainbow*, ed. por Charles Vlerc, Ohio State University, Columbus, 1983. David Cowart, por seu lado, comentou assim a comparação entre Joyce e Pynchon que nos parece justa: "Pynchon lies in the apostolic succession from James Joyce, who felt compelled to master in lucid prose not only the process by which thermal energy from the sun, stored for millennia as fossilized vegetable matter, eventually came to heat Leopold Bloom's shaving water, but also the process by which the water itself got from Dublin's reservoir to Bloom's tap. Joyce once described his mania for detail by saying that he had the mind of an assistant greengrocer. With a similarly all-embracing mind, Pynchon joins the staff of Joyce's implied world-grocery, with an even more formidable determination not to leave the higher or more remote shelves uninventoried." (*Thomas Pynchon: The Art of Allusion*, Southern Illinois University Press, Londres e Amesterdão, 1980, p. 1).

> member of the genre. The book proposes itself as the encyclopedia of a new international culture of electronic communication and multi-national cartels.[175]

A narrativa enciclopédica não é uma fonte de aprendizagem directa, como pode parecer à primeira vista ao leitor. Não se pode cair na tentação de ler *Gravity's Rainbow*, por exemplo, como um manual de termodinâmica, ou então estudar termodinâmica para ler o romance em consonância. O enciclopedismo de uma narrativa não é uma forma directa de aprendizagem escolar que possa ignorar o seu carácter literário – preferimos ler a matéria enciclopédica como parte do mundo analógico do romance.

Acrescem na tentadora comparação de *Gravity's Rainbow* e *Ulysses* algumas diferenças importantes: o primeiro raramente se vira para si próprio como um texto à procura de identidade(s), o que é característico de *Ulysses*; o texto de Joyce é um romance pré-ocupado com a sua própria estrutura, pouco interesse revelando sobre o que se passa no mundo exterior ao romance, tão complexa é a descrição do seu mundo único, cuja ficcionalidade não serve para o leitor que vem de fora construir um padrão analógico em relação à sua própria subjectividade, isto é, como Mendelson muito bem resume: "an understanding of the world outside *Ulysses* is of little use in understanding the world within it."[176] Parece-me acontecer exactamente o contrário em *Gravity's Rainbow*, um romance cujo mundo exterior é tão necessário como os mundos representados no seu interior, pois o sistema fortemente simbólico em que se apoiam as distopias depende em muito da capacidade que temos de confrontar a nossa realidade com os cenários que nos são apresentados no mundo ficcional.

Estamos, pois, a entrar num mundo ficcional bem diferente dos visitados no romance modernista: aqui, tudo depende da cosmovisão de uma personagem criada para servir de escudo à própria consciência do autor, em muitos casos, embora o grau de credibilidade dessa cosmovisão não se compare à total correspondência entre a consciên-

---

[175] "Introduction", *Pynchon: A Collection of Critical Essays*, Prentice-Hall, Inc., Englewood Cliffs, Nova Iorque, 1978, pp. 9-10.

[176] Op. Cit., p. 11.

cia das personagens e a do narrador e/ou autor implícito dos primeiros romances. Quando em *Gravity's Rainbow* lemos:

> Those like Slothrop, with the greatest interest in discovering the truth, were thrown back on dreams, psychic flashes, omens, cryptographies, drug-epistemologies, all dancing on a ground of terror, contradiction, absurdity.[177]

cria-se um elemento de descrença na cosmovisão narrada que atinge o autor, o narrador e o leitor. Como comenta Brian Mchale, "*Gravity's Rainbow* give us access only to provisional 'realities' which are always liable to be contradicted and canceled out."[178] O mundo que vai ser desconstruído (transformado num mundo rasurado ontologicamente: ~~mundo~~) neste romance é o cenário típico de uma distopia ou impossibilidade de concretização de um lugar ideal. A paranóia que toma as personagens deste romance e os seus constantes estados alucinatórios contribuem para a (in)definição de um ~~mundo~~ em que não queremos viver, que é a primeira definição de uma distopia. Por isto, o ponto de partida dos romances em estudo pode ser a mesma questão ontológica que uma outra anti-heroína de Pynchon, Oedipa Maas, em *The Crying of Lot 49*, lançou sem possibilidade de resposta concretizada: "*Shall I project a world?*". Em *O Meu Anjo Catarina*, tal projecção realiza-se uma única vez, como triunfo final da aventura phantástica[179]: "Marília e Tito olharam-se e conheceram uma coisa que o mundo, tal como estava, havia esquecido: o êxtase." (p.222); mas esta conquista é apenas uma nova ilusão, que acaba por se impor à moral da história: "O êxtase? Saberia ainda alguém tocar os seus badalos? Uma arte perdida." (p.222). O mundo que fica é o mesmo que se percorreu: sem êxtase, sem paixão, sem deslumbramento, sem arte – tudo condições necessárias de um mundo utópico

---

[177] *Gravity's Rainbow*, Vintage, Londres, 1995, p. 582. Todas as citações futuras se reportam a esta edição.

[178] "Modernist reading, postmodernist text: *Gravity's Rainbow*", in *Constructing Postmodernism*, Routledge, Londres, 1992, p.66.

[179] Para uma explicação da ortografia de *phantasia* e seus derivados, ver o meu artigo "A *scientia sexualis* de Cesário Verde", *Revista da Faculdade de Ciências Sociais e Humanas*, 8, 1995, pp.77-101.

impossível de prevalecer. *Gravity's Rainbow* usa a cor local de Inglaterra, França e Alemanha ocupada por altura do crepúsculo nazi (1944-45). Todos os mundos projectados têm apenas o valor de uma ilusão – Pynchon costuma acertar a verosimilhança da intriga pelo paralelo da ambiguidade: "Of course it happened. Of course it didn't happen" (p.667) – e tudo evolui numa tensão constante e num clima de permanente conspiração, sem sabermos ao certo quem conspira contra quem. Não faltam recuos no tempo histórico para nos falar da I Grande Guerra, dos anos 20 e 30 em Inglaterra e nos Estados Unidos, dos campos de concentração no Sudoeste africano em 1904-07. De permeio, existe toda uma literatura erótica que a seu tempo compararemos ao caso de *O Meu Anjo Catarina.* Uma visão distópica exige um ponto de partida dramático, o qual se conquista através de uma visão fatídica do mundo. O romance de Pynchon constrói a sua distopia recorrendo à dramatização da paranóia, que usa como forma de diagnóstico do mundo ao mesmo tempo que não deixa antever qualquer solução para esse estado psicológico, sobretudo no complexo mundo da Alemanha nazi.[180] O resultado é o triunfo narrativo de personagens como Tyrone Slothrop, "psychopathically deviant, obsessive, a latent paranoic" (p.90). Somos levados *para além do Zero*, para um ~~mundo~~ que não quer ser real nem ideal. Mas poderemos salvar-nos neste ~~mundo~~ impossível? Rainer Maria Rilke, o poeta favorito de Capitão Blicero, é uma das maiores referências literárias de *Gravity's Rainbow.* Richard Locke sugeriu com acerto que o romance de Pynchon podia ser lido como uma variação sério-cómica das *Elegias de Duíno,* de Rilke, e os respectivos ecos românticos alemães na cultura nazi.[181] Os anjos de Rilke servem para nos recordar os nossos mais íntimos receios:

[180] De forma sintomática, alguns pensadores pós-modernistas falam da esquizofrenia como um estado que influencia directamente a desordem do discurso e provoca fracturas narrativas que são bem um sintoma da literatura pós-modernista. Assim, Gilles Deleuze e Félix Guattari falam de "esquizoanálise", em *O Anti-Édipo* (1977) e, em *Postmodernism, or, The Cultural Logic of Late Capitalism* (1991), Fredric Jameson fala da esquizofrenia como uma analogia do colapso das estruturas socio-económicas tradicionais

[181] Cf. *The New York Times Review of Books*, ibid.

Quem, se eu gritasse, me ouviria dentre as ordens
dos anjos? e mesmo que um me apertasse
de repente contra o coração: eu morreria da sua
existência mais forte. Pois o belo não é senão
o começo do terrível, que nós mal podemos ainda suportar,
e admiramo-lo tanto porque, impassível, desdenha
destruir-nos. Todo o anjo é terrível.[182]

Pynchon lembrar-nos-á que o anjo é uma entidade destruidora ("Destroying Angel", p. 93). O início de *Gravity's Rainbow* é também comparável a esta visão do inquientantemente estranho que nos incomoda: "A screaming comes across the sky. It has happened before, but there is nothing to compare it to now. It is too late. The Evacuation still proceeds, but it's all theatre." Richard Locke sintetizou as possíveis interpretações desta abertura: "This sound is the scream of a V-2 rocket hitting London in 1944; it is also the screams of its victims and of those who have launched it. It is a scream of sado-masochistic orgasm, a coming together in death, and this too is an echo and development of the exalted and deathly imagery of Rilke's poem."[183] Contudo, este cenário é o de um "teatro" ("it's all theatre", diz-se na abertura de *Gravity's Rainbow*, como se diz em *Sou Toda Sua, Meu Guapo Cavaleiro*, outro romance de Pinheiro Torres: "em Irago tudo é fingido, é tudo teatro"[184]), porque uma distopia desenha-se com simulações e representações não do belo, não do belo sempre belo, mas desse belo que "não é senão / o começo do terrível", nas palavras de Rilke. Os romances de Pinheiro Torres estão repletos da mesma anti-estética. São quase todos romances de família. Todas as tramas romanescas envolvem a história de pelo menos uma família. A missão de Pinheiro Torres é a de demonstrar ficcionalmente que nas famílias tradicionais que retrata e situa historicamente tudo não passa de "fachada": "Na Casa dos Caínhos é tudo fachada. Como em todas as outras. E têm de mantê-la. Mantê-la à custa de jogos de malabares, equilíbrios no arame. Tudo artistas de

---

[182] "Primeira elegia", trad. de Paulo Quintela, in *Poemas, As Elegias de Duíno e Sonetos a Orfeu*, O Oiro do Dia, Porto, 1983.

[183] Op. cit., id.

[184] Caminho, Lisboa, 1994, p. 260.

circo. Palhaçadas.", diz ainda em *Sou Toda Sua*.[185] Este excerto resume a carnavalização da vida familiar que o Autor traz para o palco do teatro onde se joga à verdade e à mentira. É este o principal jogo nos romances de Pinheiro Torres e é este que traz como consequência o destino último do universo romanesco de *Gravity's Rainbow* e *O Meu Anjo Catarina*: mostrar que o mundo teatral dos homens é terrível e que não há grandes possibilidades de salvação pós-apocalíptica. Salvaguardemos o facto de ambos os romances não serem obras de desespero existencialista, mas antes obras de alerta sobre as possibilidades de cairmos no caos que fica para além da harmonia do mundo.

2. Conspiração, paranóia e perdição no mundo distópico

Os romances em equação abordam o tema da paranóia que tem sido destacado como um tema recorrente na literatura pós-moderna. O que caracteriza essa paranóia é um conjunto de comportamentos que de alguma forma vemos ilustrados em *Gravity's Rainbow* e *O Meu Anjo Catarina*: a desconfiança por tudo o que é permanente; a sensação de clausura em relação a uma única identidade ou a um único lugar; a convicção de que a sociedade é um monstro que conspira ao mais alto nível contra o indivíduo. A leitura das duas distopias em estudo deixa-nos a sensação de ambas reclamarem uma conspiração de toda a sociedade contra o indivíduo. De forma alegórica em *O Meu Anjo Catarina* e de forma propositada e desvelada em *Gravity's Rainbow* o tema da grande conspiração contra o indivíduo orquestrada por forças obscuras combina-se com a sugestão de que os grandes acontecimentos da história não passam de idênticos actos de conspiração, pelo que o único resultado esperável é o triunfo do mundo distópico. A esta última ideia tem sido dado o nome de paranóia histórica. O tempo da história de *Gravity's Rainbow* – os últimos meses da II Guerra Mundial e os meses seguintes ao seu final, com constantes recuos no tempo, passando em revista os anos 30 e os primeiros anos de 40 – é um momento repleto de situações de para-

[185] Pp. 183-184.

nóia: a campanha nazi contra os judeus, a Guerra Fria, as máquinas de propaganda política, a espionagem global, etc. A paranóia é o estado de espírito mais comum no protagonista de *Gravity's Rainbow,* algo que não é novo na ficção de Pynchon, pois Oedipa Maas de *The Crying of Lot 49* e Stencil e Profane de *V.* são também paradigmas da personagem paranóica. Pynchon acredita que a paranóia é uma doença secular que nos foi legada pela consciência puritanista. De realçar que o puritanismo é, neste caso, a variante americana do calvinismo, ambos reclamando a omnipotência de Deus, ambos sujeitos aqui a uma severa crítica. É assim que podemos perceber como as paranóias de Slothrop, que se diz ter "a Puritan reflex of seeking other orders behind the visible, also known as paranoia", (p.188), são na verdade formas de revelação do absurdo, que Pynchon vai pintando com as cores da divindade. Repare-se que a verdade só é acessível através da paranóia, como a verdade de Deus só é acessível através da revelação e da fé:

> Paranoia (...) is nothing less than the onset, the leading edge, of the discovery that *everything is connected,* everything in the Creation, a secondary illumination — not yet blindingly One, but at least connected, and perhaps a route In for those like Tchitcherine who are held at the edge. (p. 703)

Esta última imagem – "held at the edge" – é uma boa síntese do estado em que encontramos as personagens do mundo paranóico de *Gravity's Rainbow*, cujo estado de *alienatio mentis* mais apurado é a ideia de um Grande Conspirador, um "Pai" que urge ser edipianamente morto antes que ele acabe com o seu próprio filho (por sinédoque, *todo o indivíduo*):

> Unexpectedly, this country is pleasant, yes, once inside it, quite pleasant after all. Even though there is a vilain here, serious as death. It is this typical American teenager's own *Father*, trying episode after episode to kill his son. And the kid knows it. Imagine that. So far he's managed to escape his father's daily little death-plots - but nobody has said he has to *keep* escaping. (p. 674)

Tyrone Slothrop peregrina pelo mundo sempre desconfiado de ser uma vítima de algum tipo de conspiração, seja ela visível ou não – neste caso, pode assumir simplesmente a identidade de um "Them". Ele próprio tem consciência desta paranóia e acredita que desde a infância tem sido manipulado por forças exteriores, primeiro pelo cientista Laszlo Jamf, depois pelo pavlovniano Pointsman, e ainda, no cenário catastrófico alemão do final da II Guerra Mundial, por uma horda de operacionais africanos e soviéticos, agentes de toda a ordem e chantagistas de toda a espécie. Uma vez que Slothrop se sente vítima de todo o tipo de conspiração, não nos admiramos que acabe por projectar também conspirações imaginárias, cujo expoente é a conspiração do Grande Pai. As restantes personagens de *Gravity's Rainbow* seguem o mesmo padrão de comportamento: Prentice parece comprazer-se em gozar as phantasias alheias e acha-se um ser manipulado pela Firma; o especialista britânico em estatística Roger Mexico considera-se uma vítima de uma suposta "Controlling Agency"; Pointsman, cujo grande objectivo na vida é acabar com o reinado científico de Pavlov, acaba por se julgar vítima de um contragolpe; Gwenhidwy pensa que Londres é "the City Paranoia", etc. Raras são as personagens deste romance que não experimentam estados de paranóia, o que justifica plenamente as palavras de Scott Sanders:

> Part of the difficulty in reading *Gravity's Rainbow* derives from the fact that we are presented not with a plot of interwoven fates, but with overlapping case histories of private manias, each character locked within his or her own conspiratorial fantasy. Clinical paranoia is zealously self--referential: the paranoid asserts that (1) there is an order to events, a unifying purpose, however sinister, behind the seeming chaos; and (2) this purpose is focused upon the self, the star and victim. Thus the paranoid individual becomes a hero once again, he stands at the center of a plot; but it is an incurably private one, into which others can enter only as threat.[186]

A paranóia estende-se ao leitor, provocativamente, porque é sugerido que todos nós possuimos um rádio implantado na cabeça que é comandado à distância fazendo de nós simples autómatos.

---

[186] "Pynchon's Paranoid History", in *Mindful Pleasures: Essays on Thomas Pynchon*, ed. por George Levine e David Leverenz, Little Brown and Company, Boston e Toronto, 1976, p. 145.

Não sendo um texto apocalíptico ortodoxo, *O Meu Anjo Catarina* propõe-nos paranóias diferentes, menos obsessivas, pois funcionam mais ao nível da alegoria. O que prevalece é uma ideologia céptica que nega a probabilidade de nos salvarmos *no presente* através do conhecimento (como se prescreve sempre nos textos gnósticos). A crise escatológica (não esqueçamos as palavras de Alberta para Tito, para uma paranóia de Tito sobre a morte: "Não percebo que adiantarás matando-nos quando já estamos mortas.", p.153) que vemos no romance mostra-nos um mundo onde prevalecem a lei do pícaro ("A lei existe para proteger quem engana, não quem é enganado.", p.50) e a lei do ignorante educado na mentira, personificada em Tito, que nos dá este exemplo atroz: "Menti. Porque o meu pai sempre me ensinou que mentir era bom. Quem não mente não tem quem lhe bata à porta. Ninguém está interessado em ouvir verdades. O homem que só disser verdades é um homem só." (p.202). Esta tese pós-modernista de Pinheiro Torres já vem dos romances anteriores, sobretudo de *Sou Toda Sua, Meu Guapo Cavaleiro* (1994): "Não há em Irago ninguém que não tenha perdido o juízo. E toda a gente mente." (p.157), observa a sobrinha de Nhôra, pondo o dedo na ferida que nunca sarará em todo o romance: "Sempre fez parte de nós, gente das casas falecidamente nobres, fingir que somos quem já não somos, e, sobretudo, contar como tendo feito aquilo que nunca fizemos. Aliás, doença bem portuguesa. A nossa verdade é só as aparências e a nossa lei..." (p. 160). A estes dois mundos correspondem os submundos do ouvir (ou saber) e do ver: todos ouvem (ou sabem) e ninguém vê nada. "Tudo o que se sabe em Irago é a sabedoria do bate-bocas." (p. 234), garante a sábia Gracinda. E assim se vive em Irago. Nada melhor do que compor esta história de simulacros com uma metáfora que servirá para denunciar a teatralidade de Irago ("em Irago tudo é fingido, é tudo teatro", p. 260). Esta estratégia do simulacro repete-se agora em *O Meu Anjo Catarina*, até ao ponto de cruz que é a denúncia daqueles que julgam que o futuro redentor passa pela conquista da verdade vinda de Deus. Marco Polo apercebe-se disso quando encontra Tito na casa do pintor Majide e começa a pensar se aquele era o rapaz que conhecera:

As inundações haviam-no endurecido. Ou seria assim? A forma como vira dar de beber ao Unhas, e os cuidados que tivera com o pai que sempre o tratara como lixo não exigiriam que o visse a nova luz? A luz ofuscante da Mentira? Ou, durante a estadia na Basílica de Gur, não tornara Deus seu cúmplice, que é sempre o que mais fazemos para que Deus legalize as nossas iniquidades? Ah, os Cristãos! Uma subtribo do Continente Universal dos Hipócritas." (pp. 174-175)

A história de *O Meu Anjo Catarina* passa-se, significativamente, no século XXI (Audaciano está "a ler um livro do século passado sobre a extremamente vista Primeira Guerra Mundial", p. 52, rara prova concreta que nos dá o romance sobre o tempo da história), mas só tem interesse saber isso porque o século XX é dado como o século do Caos ("O século passado criou o Caos. Encontramo-nos enterrados na sua lama.", palavra de Deão, p. 69). Não há ficção verdadeiramente científica, não há antecipação de um futuro que temos no presente – *O Meu Anjo Catarina* é uma visão pós-apocalíptica sobre o que sucedeu ao Caos do século XX. Neste futuro próximo que é o tempo da história do romance, não há mais esperança de encontrar qualquer tipo de ordem universal, como se o Apocalipse fosse eterno, com o mundo completamente dominado pelo poder da Geografia, uma nova *physis,* não criadora como a original, mas destruidora e sem possibilidade de qualquer regeneração. Temos, pois, uma dupla visão escatológica no romance: por um lado, o Caos do século XX dado como um fim do Mundo profeticamente cumprido, o momento histórico que o Autor melhor aproveita para afirmar o seu pessimismo social; por outro lado, um futuro próximo que sucede ao Caos e que vem sob a forma de Apocalipse do século XXI, concretizado nas chuvas diluvianas que se abatem sobre a Grande Confederação da Carcassónia e que produzem aquilo a que o Autor chama no episódio 18 "Anos de deriva". A metereologia é, de facto, a nova ordem que regula a acção principal do romance; e o símbolo maior é a morte, que em *O Meu Anjo Catarina* é sempre uma ameaça *viva.* Em *Gravity's Rainbow*, a morte está sempre presente de forma igualmente sugestiva, a começar no título do romance, o arco de um *rocket* a rasgar o céu, a permanente ameaça da destruição total que paira sobre as nossas cabeças. Ao mesmo tempo, o arco-íris representa algo que serve a hermenêutica dos dois romances: é uma visitação do mundo phantástico do sobrenatural transformado em visão consciente.

3. A paranóia dos anjos

Um Anjo nunca morre. Isto aprendemos em *O Meu Anjo Catarina*, porque é próprio da natureza phantástica dos anjos o pertencerem ao devir. Um Anjo volta sempre, por isso Tito vai passando de uma *jaculação mística,* na expressão de Lacan, a outra.[187] A morte é um dos grandes temas do romance, não como facto consumado mas como motivo alegórico e pretexto para considerações que têm tanto de metafísico como de esconjuro pessoal. O facto mais relevante é o de a morte ser sempre enunciada mas nunca concretizada. A procrastinação da morte é um dado importante: "A morte é por aí o que agora se cultiva." – comenta o Anjo Martina/Catarina – "A nossa própria morte está sempre retardada no corpo. Isto é, atrasa-se quase sempre. E a vida, Deus meu, é uma criança bem difícil de suportar." (p. 151). A delonga da morte é mais importante do que a morte de facto, porque é mais difícil suportar a ideia de termos a morte à nossa frente, perto ou longe, do que a ideia da morte concretizada num indivíduo em particular. Por isso ninguém morre, neste romance. (Mesmo a morte do Deão pode ser uma mera especulação popular.) O episódio onde Pinheiro Torres trabalha com mestria a *différance* da morte (sempre diferente, sempre diferida) é o do encontro de Tito com as duas "velhas", que lhe imploram constantemente: "Não nos faças sofrer mais tempo. Mata-nos de uma vez." (p. 151). Mas a morte é sempre um pretexto para se afirmar um poder que não se possui verdadeiramente. Tito não pode matar, porque a morte não é o fim que se ajusta àquelas personagens do futuro, porque a morte *já foi.* A par disto, há ainda as ameaças sempre infundadas de parricídio que Tito atira para o ar, caso o pai lhe mate o Unhas.

O Meu Anjo Catarina não é um romance de ficção científica e, quanto à tipologia *novel of the next future* (para distinguir de *novel of*

---

[187] O comentário de Keith May é interessante a este respeito e ajusta-se ao caso do(s) Anjo(s) Catarina:"However, alerts Keith M. May, we should not think of Angels as protean, for that suggests a changing of shape at will, capriciously. An Angel, on the other hand, inevitably (and joyously) changes to accommodate whatever portion of the world he is currently absorbing. He masters the earth not by caprice or wizardry but by taking it as he finds it.", *Nietzsche and Modern Literature – Themes in Yeats, Rilke, Mann and Lawrence*, Macmillan Press, Hong Kong, 1988, p. 67).

the far future), iremos ver que tipo de futuro próximo profetiza Pinheiro Torres. O romance retoma uma situação já explorada em *A Nau de Quixibá*: o conflito permanente entre pai e filho, do qual resultam algumas das páginas mais íntimas de todos os textos de Pinheiro Torres. Retoma ainda o tema da nau à deriva, mas se a nau de Quixibá era um mito politicamente conotado, os dois barcos de *O Meu Anjo Catarina* são meios de sobrevivência num mundo apocalíptico, onde não há política. Digamos que a política ficou no século XX, onde se passaram todos os anteriores romances de Pinheiro Torres. O de hoje passa-se num reino sem mitos, a Confederação Geral da Carcassónia, em meados do século XXI, sem data precisa, porque o tempo deixou de fazer sentido, ou como diz o jovem Tito: "Eu e o meu pai nunca sabemos que horas são. Não serve para nada." (p. 180). A viagem de barco pelo rio (ou pelos rios todos misturados, após inundações consecutivas e sem fim) não é uma viagem iniciática, porque neste mundo apocalíptico não há mais tempo para qualquer tipo de aprendizagem a não ser a da sobrevivência. (Por isso falha a tentativa isolada de Tito compreender a pintura clássica e abstraccionista.) Audaciano e Tito viajam numa barca que se assemelha à de Caronte. E a viagem decorrerá sobre o signo da água, que vem dos céus e não traz nenhuma ameaça de julgamento final, a não ser a constante auto-reflexão das personagens principais.

No conjunto de romances de Alexandre Pinheiro Torres que conhecemos pelo nome de "Pentateuco Salazarista", há já algumas farpas espetadas no dorso antigo do catolicismo e das crenças vãs. Em *O Meu Anjo Catarina*, Pinheiro Torres ajusta de vez as contas com a divindade. O romance não só nos fala das aparições místicas de anjos mas também nos remete constantemente para uma severa crítica da autoridade de Deus, da dúvida sobre a sua própria existência e impotência sobre um mundo desfeito pela Geografia/Natureza. A Geografia não é só o resultado da imaginação metafórica de Audaciano, para quem o novo poder é o grande responsável pelo modo de vida que foi *obrigado* a escolher ("Fora a Geografia que lhe impusera aquela vida.", p. 91); a Geografia traz o gérmen secular da corrupção e não podia ser tão poderosa como fora a Astrologia ("A Geografia não era grande. Nunca seria o que fora a Astrologia, dona dos destinos dos homens.", p. 91). É sempre por acção de um certo modo retórico de expressão (a "paralogia metafórica" recorrentemente diagnosticada) que Audaciano nos fala da Geografia, o que merece a reprovação primeiro do Deão, que lhe chama a "Geografia avinagrada, mensageira da destruição, uma Geografia que, a seu ver, substituiu a Metereologia, a Astrologia e a Mecânica Celeste", p. 42), e depois de Tito, que "não acreditava na Geografia. Acreditava no seu anjo." (p. 88). Marco Polo toma o partido das ideias de Audaciano: "Tudo Geografia é a teoria do teu pai. E eu até acredito nele muito mais que nos mestres da Universidade Magna de Pertinax. Muito antes de o homem existir, existia a Geografia. Está na Bíblia." (p. 182). A Geografia é, portanto, uma Primeira Causa que explica todos os suplícios que os protagonistas têm que suportar. Como aconteceu nas civilizações mais antigas, tudo começa por uma tentativa de explicação da natureza em forma de mito. Assim é com a Geografia de Audaciano. Todas as manifestações da natureza que suscitavam curiosidade ou temor ou esperança eram interpretadas como manifestações de uma *alma das coisas* ou de um *daimon* (presença ou entidade sobrenatural) que habitava nas coisas. O *daimon* de Audaciano é a Geografia, o de Tito, o seu Anjo, cuja natureza já iremos precisar. O homem primitivo deu às montanhas, aos rios, às rochas, às árvores, às pedras, etc. uma alma e uma vontade. Este princípio vital era imaginado como análogo ao que o homem experimentava em si mesmo, capaz de sentir e de agir intencionalmente. É um *animismo polidemonístico* que afecta toda a natureza: o homem sente-se por toda a parte rodeado de forças sobrenaturais misteriosas, que podem ir de um simples sopro a um som misterioso. *O Meu Anjo Catarina* está povoado deste tipo de forças que tanto são responsáveis pelo desenrolar dos acontecimentos da narrativa como são fundamentais para a explicação do caso do Anjo de Tito. Ora o romance de Pinheiro Torres o que faz é reduzir o polidemonismo a um monodemonismo, consoante o ponto de vista das personagens: para Audaciano, a Geografia rodeia a sua vida e determina-a; para Tito, é a força demonística do Anjo que lhe dá a única razão para continuar a viver.

O Meu Anjo Catarina não é um tratado sobre angeologia ou angelofanias, mas uma paródia a todos os tratados sobre angeologia, porque coloca, em primeiro lugar, como autoridade sobre o assunto, um anti-herói: um adeleiro mentiroso e ladrão de rios, que, na opinião crítica do psiquiatra Christopher Bettinson, não passa de pura "parologia metafórica": "Veja o Chevarri. – diz para o Deão – Julga-se capaz de escrever uma Angeologia. Um metafórico típico. Uma Angeologia da Metáfora. Um tique. Tudo dito por metáforas, nada directo, caminhos ínvios do dizer, para evitar a brutalidade da referência directa." (p. 35). Tal "doença" leva o nome douto de "*mania concionabunda*", típica daqueles que procuram as mais variadas plataformas para se pronunciarem sobre tudo." (p. 36). Audaciano faz justiça a este diagnóstico, pois para tudo quer ter uma opinião falsamente fundamentada e sobre todos os assuntos assume uma postura de autoridade literária, cuja charlatanice Pinheiro Torres vai deixando gradualmente crescer nas entrelinhas do romance. Estamos perante o Fernão Mentes Pinto do século XXI – foi "cirurgião de hospital, tripulante de submarino, palhaço de circo, bibliotecário de convento, cantor de ópera" (p. 48) –, mas na versão mais corrupta de *Fernão, Mentes? Minto* que não hesita em dizer que "A lei existe para proteger quem engana, não quem é enganado." (p. 50). Este é um pai falhado até no próprio nome que carrega ("Seria, como sempre, o velho Audaciano sem audácia nenhuma.", p. 128).

Chega então o Anjo de Tito como resultado de uma educação paternal falhada. O pai foi-lhe alimentando as ilusões com outras ilusões. O Anjo de Tito não tem nada a ver com os anjos bíblicos, a não ser que deles seja uma deformação parodística. O Anjo Catarina é um *Self-Angelos*, isto é, não um anjo místico como o Anjo de Balaam ou o *Angel de la Guarda* de Murillo, que mora na catedral de Sevilha, mas uma entidade que configura a natureza de um *phantasma*, de acordo com o sentido definido por Jung quando discorre sobre a natureza das phantasias. É por aqui que o romance de Pinheiro Torres entra no domínio do phantástico, sem nunca perder de vista o real que temos a nossos pés. De longa tradição na poesia do século XX, a começar em Rilke, o *Self-Angelos* é o mensageiro do *intimior intimo meo* que Santo Agostinho julgava ser a definição de Deus e que Tito julga ser a expressão mais carnal do seu desejo de posse de uma mulher. A esta tradição pertencem também todas as representações do *Self-Angelos* em *Gravity's Rainbow*. A rigor, como sugere oportunamente Brian McHale, trata-se não tanto de falar de anjos mas sobretudo da *ficção-anjo* que toma diferentes acepções.[188] Esta

[188] Cf. "Women and men and angels: McElroy's fiction", op. cit., p. 202.

função-anjo corresponderia ao que chamo *Self-Angelos*. Se nas últimas décadas a função-anjo no romance ocidental se ficcionalizou cientificamente, sendo substituída por extraterrestres com poderes sobrenaturais, os dois romances em estudo ainda se resguardam na função-anjo que vem sobretudo da poesia de Rilke. Não é menos verdade que a função-anjo das representações angélicas em Pinheiro Torres e Pynchon não coloca totalmente de parte a possibilidade de significar exactamente o mesmo que o *Self-Angelos* de Rilke: a aspiração para a condição supra-humana, que em *O Meu Anjo Catarina* se diz no fim de todas as contas: *êxtase* (p. 222).

O Anjo de Tito, chame-se Catarina, Unhas, Martina ou Marília, é sempre o mesmo resultado de uma phantasia criativa e está para o romance de Pinheiro Torres como *O Anjo* de madeira esculpida está para a obra de João Cutileiro. O Anjo Catarina é apenas real enquanto imagem ficcionada. Não é uma distorção da realidade vista segundo a perspectiva de Tito, mas uma criatura autêntica que comanda o seu próprio destino. Mas o narrador de *O Meu Anjo Catarina* não deixa de aproveitar para levantar algumas questões metafísicas sobre a verdadeira natureza do anjos e respectivo sexo. O *Self-Angelos* de Tito é sempre um fantasma iluminado, sendo portanto de tipo diferente daquele fantasma nocivo que tanto marcou os poetas que se confessaram discípulos de Rilke. O Anjo Catarina é a válvula de segurança de Tito, para usarmos da mesma parologia metafórica de que sofre Audaciano. Não estamos a falar de *pseudologia phantastica*, ou seja, não estamos perante uma paranóia ou alucinação doentia, porque um fantasma iluminado nunca é apreendido pelo visionário como uma ilusão. É assim para o Anjo mágico de Blake, é assim para o Anjo inspirador de Rilke, é assim para o Anjo da Beleza de Mallarmé, por exemplo. Quem vê anjos vê o próprio coração e reconhece a própria alma em qualquer espelho. Tito acredita tanto em anjos como qualquer poeta que precisa de extasiar um sentimento de auto-estima.

O *Self-Angelos* de *O Meu Anjo Catarina* é também um pretexto para Pinheiro Torres disparar sobre o Deus bíblico que o enviou, na leitura ortodoxa, revelando um anti-teísmo que até aqui não tínhamos ainda encontrado de forma tão desapiedada. Dos muitos passos, destaco um momento de introspecção de Tito (em discurso indirecto livre): "O certo é que nunca acreditara em nada, mas sempre precisara de um anjo que acreditasse nele. Desde sempre. Ouvira um dia, no tempo em que o Deão Varca ainda se confessava servo de Deus, perguntar de um púlpito, a um público cada vez mais fugido, E que faríamos nós se não houvesse Deus? Mais tarde, depois do primeiro dilúvio, sim porque aquilo fora um dilúvio, parte da ala direita da catedral desfez-se e o discurso já era outro, A única desculpa de Deus é ele não existir, ou então, Um homem que acredite em Deus encontra-se sempre em minoria, porque Deus só foi e Verbo, nunca foi Substantivo." (p. 164).

Esta tese anti-teológica e própria das distopias cujo ponto de partida é a paranóia da conspiração. Quando esta paranóia toma conta da vida quotidiana e espiritual do indivíduo, a revolta contra a mais poderosa força do universo, supostamente Deus, transforma-se numa obsessão temática. Deus passa então a ser a força maligna por detrás da grande conspiração original. O cenário distópico que nasce a partir daqui pode ser ilustrado por inúmeras situações em *O Meu Anjo Catarina* e sobretudo, de forma ainda mais obsessiva, em *Gravity's Rainbow*. Esta acção conspirativa de ordem superior ajuda a definir o estilo paranóico, exactamente nos mesmos termos em que Richard Hofstadter comentou a propósito da ficção norte-americana:

> The distinguishing thing about the paranoid style is not that its exponents see conspiracies or plots here and there in history, but that they regard a 'vast' or 'gigantic' conspiracy as *the motive force* in historical events. History *is* a conspiracy, set in motion by demonic forces of almost transcendent power. (...) The paranoid spokesman sees the fate of this conspiracy in apocalyptic terms – he traffics in the birth and death of whole worlds, whole political orders, whole systems of human values.[189]

A ética da paranóia da conspiração de *Gravity's Rainbow* complica-se (e completa-se) quando tomamos consciência de que existe ainda algo muito pior do que o abandono de Deus: pior do que não existir Deus, é não poder não acreditar em Deus, ou então, noutros termos, pior do que ser vítima de uma conspiração é não ser vítima de coisa nenhuma, é ser reduzido a uma existência insignificante sem partici-

---

[189] *The Paranoid Style in American Politics and Other Essays*, Knopf, Nova Iorque, 1965, p. 14.

par em nenhuma intriga mortal e cósmica. Slothrop dá-nos uma descrição desta opção abominável do ponto de vista da personagem paranóica que vive num mundo distópico:

> If there is something comforting – religious, if you want – about paranoia, there is still also anti-paranoia, where nothing is connected to anything, a condition not many of us can bear for long. Well right now Slothrop feels himself sliding onto the anti-paranoid part of his cycle, feels the whole city around him going back roofless, vulnerable, uncentered as he is. (...)
>
> Either They have put him here for some reason, or he's just here. He isn't sure that he wouldn't, actually, rather have that *reason*. (...) (p. 434)

Esta cosmovisão binária é fundamental para a construção da história. O mundo só suporta opostos: viver em paranóia ou em anti-paranóia; as coisas estão ligadas entre si com o fim de conspirar contra o indivíduo ou nada tem ligação com nada; o indivíduo é um ser manipulado ou não é manipulado por nada e então anda à deriva na vida e no mundo, nada fazendo sentido na sua vida.

4. A erotomania ou a paranóia do sexo

A primeira aparição do Anjo Catarina é a mais significativa. Tito, um jovem de vinte anos que nunca conhecera o corpo de uma mulher, era ainda sacristão de hissope do Deão e vivia na basílica. Uma manhã, ao acordar, Tito testemunha um "milagre": "Uma rapariga encontrava-se sentada na cama, pernas cobertas por lençóis e cobertores, mas peitos e braços nus, a verdaderia réplica em carne e osso da imagem de santa Catarina quando jovem, ainda no seu posto de anjo." (p. 57). O encontro místico lembra a experiência do padre Amaro no *Crime* com o mesmo nome:

> Na sua cela havia uma imagem da Virgem coroada de estrelas, pousada sobre a esfera, com o olhar errante pela luz imortal, calcando aos pés a serpente. Amaro voltava-se para ela como para um refúgio, rezava-lhe a salve-rainha: mas, ficando a contemplar a litografia, esquecia a santidade da Virgem, via apenas diante de si uma linda moça loura; amava-a; suspirava,

> despindo-se, olhava-a de revés lubricamente; e mesmo a sua curiosidade ousava erguer as pregas castas da túnica azul da imagem e supor formas, redondezas, uma carne branca...[190]

Num estudo sobre este romance queirosiano, chamei a este tipo de comportamento, invocando Lacan, uma *(e)jaculação mística*,[191] que fica confirmada nas palavras do Anjo Catarina: "Não me olhes agora,

---

[190] *O Crime do Padre Amaro*, Obras Completas de Eça de Queiroz, vol.4, Círculo de Leitores, Lisboa, 1980, p. 29.

[191] Recordo o que escrevi sobre o caso Amaro: "Num plano de leitura meramente simbólica, Eça remete-nos para a interpretação tradicional dos sonhos, em que o homem que sonha ilicitamente com uma virgem denota que falhará numa qualquer missão e que será causa de apreensão por parte de outras pessoas. Não é difícil ler por aqui a sina desta personagem queirosiana, que já está condenada por um sonho impossível. Podemos dizer que a "linda moça loura" que Amaro faz substituir na imagem simbólica da Virgem experimenta o mesmo êxtase que o maior arquitecto-escultor do séc.XVII, o italino Bernini, esculpiu no famoso grupo *O Êxtase de Santa Teresa*, na Igreja em Roma de Santa Maria della Vittoria. Lacan, no seminário sobre a *jouissance* de Deus e da Mulher, diz:

> ... apenas temos que ir ver a estátua de Bernini a Roma para compreender que ela [Santa Teresa d'Ávila] está a vir-se, não há dúvida. E o que é a sua *jouissance*, o que é esse *estar a vir-se*? É claro que o principal testemunho dos místicos é o facto de estarem a sentir essa experiência sem saberem nada acerca dela.

A esta experiência chama Lacan uma "*jaculação* mística", em que o apagamento do *e* está para a ausência do falo. Ampliemos a leitura de Lacan: no sentido em que Santa Teresa de Ávila experimenta um êxtase que é um *sentir-se para além de*, o estado a que chega é o momento da *jouissance*, mas de um estado perverso que confunde de propósito o olhar de Deus com o olhar/sentir do sujeito humano extasiado. Santa Teresa contara que um anjo lhe trespassara o coração com uma seta de ouro flamejante:

> A dor foi tão intensa que gritei; mas ao mesmo tempo, senti uma tão infinita doçura que desejei que a dor jamais acabasse. Não foi uma dor física, mas mental, embora afectasse também, de alguma maneira, o corpo. Foi a mais doce carícia da alma por Deus.

Será difícil encontrar melhor definição de *jouissance* feminina. A distinção entre exterior e interior, que é necessária a toda a relação heterossexual, perde-se neste tipo de *jaculação* mística, ao traduzir-se por um espasmo de prazer que a linguagem da *jouissance* de Santa Teresa verteu em "dor intensa", "infinita doçura", "dor mental" e "doce carícia". Se esta *jaculação* é dada pela ausência do falo não o é menos pelo desejo de ter Deus dentro de si, ou seja, pelo desejo de ver preenchido um vazio superior, que pode perfeitamente denunciar um sentimento de castração que importa erradicar." ("A dialéctica do desejo n'*O Crime do Padre Amaro*", *Anais do III Encontro Internacional de Queirosianos*, Universidade de São Paulo, 1997, pp. 131-150).

tenho vergonha do que fizemos, mas não podias ficar virgem toda a vida." (p. 57). Se déssemos crédito à autoridade do Vaticano, que declarou em Concílio que os anjos são entidades puramente espirituais, concebidas sem mácula, então nem Eça de Queirós nem Alexandre Pinheiro Torres poderiam ensaiar novas configurações para estes seres magníficos. Como a doutrina do Vaticano sobre angeologia está desajustada da imaginação artística desde que se concebeu a Vitória de Samotrácia, resta-nos aceitar que um anjo pode mesmo satisfazer a líbido mais ardente. Também é verdade que um anjo quando aparece aos olhos de um homem toma a forma humana (assim acontece, por exemplo, com Abraão – Gen., 18:1-2 – ou com Jacob – Gen. 32:22-28), mas o Anjo Catarina nunca se *espiritualiza*, nunca provém de Deus, nunca quer deixar de ser humano.

Gravity's Rainbow vai ainda mais longe naquilo a que podemos chamar uma erotomania, que está directamente relacionada com a paranóia no caso deste romance. As realizações sexuais de Slothrop em Londres têm significado nuclear para o desenvolvimento da narrativa, até ao ponto em que somos informados que tudo não passou de pura "phantasia" erótica:

> He's had nothing to say to anyone about her. It's not the gentlemanly reflex that made him edit, switch names, insert fantasies into the yarns he spun for Tantivity back in the ACHTUNG office, so much as the primitive fear of having a soul captured by likeness of image or by a name. . . . He wants to preserve what he can of her from Their several entropies, from Their softsoaping and Their money: maybe he thinks that if he can do it for her he can also do it for himself . . . although that's awful close to nobility for Slothrop and the Penis He Thought Was His Own. (p. 302)

Segundo a ortodoxia, os anjos estão no mundo por vontade de Deus e dele trazem uma missão. Em *O Meu Anjo Catarina*, o Anjo de Tito tem apenas uma missão nesta história: a de satisfazer o desejo mais carnal de um adolescente. Também aqui todas as conquistas sexuais correm o risco de se revelarem puras phantasias. "Catarina" não é nem um Anjo destruidor nem um Anjo da Guarda nem um Anjo mensageiro. A espiritualização do desejo aprende-a Tito nos nus dos quadros que encontra na casa do pintor Majide. A realização do desejo sexual é própria do mundo das utopias. Os dois romances em equação vão noutra direcção: a erotomania phantasiada serve para mostrar que o homem e a mulher não podem almejar a felicidade completa num ~~mundo~~ onde os mais elementares valores sociais se perderam. A este antiplatonismo chama Brian McHale uma "desconcretização retroactiva",[192] o que nos parece ser o ponto de partida de constituição da distopia: a líbido concretizada não faz parte do ponto de chegada de um anti-herói. Em *Gravity's Rainbow*, ironiza-se inclusive com as próprias descrições freudianas de experiências sexuais, que, especula-se, não passaram de "mentiras". De acordo com a opinião de Mr. Pointsman,

> And what if many – even if most – of the Slothropian stars *are* proved, some distant day, to refer to sexual fantasies instead of real events? This would hardly invalidate our approach, any more than it did young Sigmund Freud's, back there in old Vienna, facing a similar violation of probability – all those Papi-has-raped-me stories, which might have been lies evidentially, but were certainly the truth *clinically*. (p. 272)

As mulheres do jovem aventureiro de *O Meu Anjo Catarina* seguem o mesmo destino: "Até que ponto aquelas mulheres se vestiam de mentira?" (p. 151), interroga-se a consciência do protagonista, deixando-se sempre a meditar sobre o lugar da verdade numa história que cada vez mais parece ser deste *mundo*, dum mundo dominado pelo simulacro de concretizações.

A transposição frequente da história narrada para o mundo das phantasias (sexuais e de outras ordens) ajuda a formar uma distopia que tem por último objectivo a desestabilização da ontologia romanesca. Estamos nitidamente num plano de construção do mundo diferente dos descritos nas narrativas modernistas, que raramente entram no domínio do phantástico, do invisível, do extra-sensorial, por conta de uma desresponsabilização da individualidade das personagens. Aqui, pedia-se sobretudo inteligibilidade e um certo nível de compatibilidade entre o nível da consciência das personagens e o mundo exterior, cujo sentido por esse meio se resgataria. Nos romances em estudo, somos permanentemente confundidos sobre a verosimilhança

---

[192] "Mrs. Quoad, Darlene, and Slothrop's other girls are victims of a process of retroactive deconcretrization." (op. cit., p. 70).

dos factos narrados – produz-se aquilo que Brian McHale chama uma "paródia da inteligibilidade".[193] De notar que esta circunstância pode funcionar como factor de diferenciação das narrativas modernista e pós-modernista: a predisposição para o cómico e para o carnavalesco é praticamente inexistente no primeiro caso e é uma condição quase obrigatória no segundo.[194] Os leitores de *O Meu Anjo Catarina* e *Gravity's Rainbow* sentem-se desfamiliarizados com a lógica dos acontecimentos. Esta condição é essencial para o mecanismo da paranóia ficcional, que no texto de Pynchon tem um significado mais particular: tudo flui, mas sem sucessão lógica, produzindo-se a anti-paranóia:

> If there's something comforting – religious, if you want – about paranoia, there is still anti-paranóia, where nothing is connected to anything, a condition not many of us can bear for long. Well right now Slothrop feels the whole city around him going back roofless, vulnerable, uncentered as he is, and only pasteboard images now of the Listening Enemy left between him and the wet sky. (p. 434)

outro modo de realização distópica no ~~mundo~~ de *Gravity's Rainbow* é o que nos leva directamente à paranóia: agentes aliados permitem a Slothrop que os conduza ao Schwarzkommando; compreende então

---

[193] O comentário de McHale é importante e ajusta-se também ao romance de Pinheiro Torres: "We have been invited to undertake the kinds of pattern-making and pattern-interpreting operations which, in the modernist texts with which we have all become familiar, would produce intelligible meaning; here, they produce at best a parody of intelligibility. We have been confronted with representations of mental processes of the kind which, in modernist texts, we could have relied upon in reconstructing external (fictive) reality. In *Gravity's Rainbow*, such representations are always liable to be qualified retroactively as dream, fantasy, or hallucination, while the reconstructions based upon them are always subject to contradiction or cancellation. The ultimate effect is radically to destabilize novelistic ontology." (op. cit., p. 81).

[194] Parece-me que o comentário de um dos primeiros leitores informados de Pynchon, Edward Mendelson, ajuda a compreender esta diferença fundamental: "Both these traditions [romantismo e modernismo] find the greatest seriousness in the act of imagination. They therefore can have little tolerance for comedy, as they can never admit the possibility of a contradiction that is without pain. *Any* contradiction is ultimately tragic in the romantic and modernist world, for the only contradiction that world can recognize is one that divides the world perceived and ordered by the artist's imagination, and so divides and destroys the artist's imagination itself." (op. cit., p. 4).

que está só e, sob o efeito de uma droga especial ("the Pökler singularity"), entra num estado de verdadeira paranóia:

> About the paranoia often noted under the drug, there is nothing remarkable. Like other sorts of paranoia, it is nothing less than the onset, the leading edge, of the discovery that *everything is connected*, everything in the Creation, a secondary illumination – not yet blindingly One, but at least connected, and perhaps a route In for those like Tchitcherine who are held at the edge. . . . (p. 703)

5. As formas de poder no mundo distópico

Novels of the next future? Romances de antecipação científica? Romance da tradição *S & F* ? Regressemos à classificação tipológica do romance. Obras como *We* (1922), de Yeygeny Zamyatin, *Brave New World* (1932), de Aldous Huxley, ou *1984* (1948), de George Orwell, e *Fahrenheit 415* (1953) de Ray Bradbury constituem as obras de referência na ficção científica do século XX que entram na categoria de distopias, porque procuram desmistificar certas tentativas datadas de construção de um mundo ideal. Pelo menos em termos tipológicos, os romances de Pynchon e Pinheiro Torres também são distopias, ou seja, críticas dissimuladas a todas as tentativas de imposição de um poder absoluto, venha ele do céu ou da terra, e a todas as tentativas de pré-determinação de um mundo novo onde apenas a felicidade e a ordem sejam possíveis. Existem fundamentalmente duas espécies de distopias na ficção científica: as que colocam o homem subjugado a uma força política ou sobrenatural e as que ignoram os poderes absolutos individuais, preferindo colocar a autoridade política nas mãos de corporações que são geralmente responsáveis pelo governo de um povo desagregado, que vive à margem de qualquer bem-estar social. *O Meu Anjo Catarina,* por exemplo, enquanto distopia num futuro próximo, pertence à segunda categoria. O Governo da Grande Confederação não tem qualquer influência sobre os habitantes do romance, que vivem a sua aventura dependentes das manhas para conquistar formas privadas de poder. O que distingue o romance do paradigma distópico reconhecido ainda em obras mais recentes como *Neuromancer* (1984), de William Gibson, é o facto de na galeria de personagens de *O Meu Anjo Catarina* não entrarem *cyborgs,* tribos selvagens ou criaturas estranhas, mas apenas figuras humaníssimas ou humanizadas (como o *Self-Angelos*). Pinheiro Torres não precisou de imaginar figuras bizarras para nos mostrar a falência do poder numa sociedade que nem só na ficção está próxima do nosso futuro. Sendo estas personagens absolutamente humanas, no pensamento, no comportamento e nas crenças, a crítica da autoridade fica mais autêntica.

Uma das formas de construção de uma distopia é arquitectar uma crítica da autoridade, porque um mundo onde o poder seja apenas ilusão não pode constituir-se em utopia. Todas as personagens que aparentam possuir alguma autoridade (o Deão, Bettinson, Audaciano e Marco Polo, sobretudo) são postas ao ridículo, porque a *mania concionabunda* de que sofria o Deão, julgando-se filósofo de cátedra para qualquer assunto, também atinge *Audaciano, Enganas? Engano*. O Chevarri "ia ganhando autoridade. Justificada? Não justificada? Que importa? A autoridade embriaga. Por isso é tão amada. Ah! Ser uma autoridade em numismática, ou fonética, ou na dinastia dos selêucidas, ou na demolição de prédios ou em técnicas para acabar com a obesidade! E exercer essa autoridade com garras afiadas? E dominar os outros do alto de qualquer autoridade?" (p. 52). Eis a lição distópica do romance: de nada serve querer acreditar que ao mundo virão anjos em número suficiente para nos salvar de todos os males. O Mal existirá sempre e com ele o homem para o praticar. Até o desejo de Tito acabará por se transformar no Mal: após a descoberta do roubo do barco dos Chevarris, por suposta contraacção das duas "velhas", "No jovem apaixonado o resfolgadouro era o do desejo insatisfeito que para se satisfazer abandona os preconceitos com mais rapidez do que os políticos põem de lado os seus princípios. Desta vez, Tito não ia poupar o seu anjo Catarina. Cheio de renascido ímpeto, reforçado por novas molas de impulsão e repulsão, chegava a ter medo de si próprio. Tanto tempo refreado, o seu desejo tornara-se no Mal" (p. 186).

Os romances (pós)-apocalípticos de Alexandre Pinheiro Torres e Thomas Pynchon não trazem nenhum exército de anjos a proclamar o triunfo de Deus sobre o homem pecador; nem contêm promessas universalistas de salvação como seria de esperar em textos ortodoxamente apocalípticos. O que nos legam é uma lição anti-essencialista muito importante. São romances anti-essencialistas, porque recusam as crenças mais gerais (não há uma natureza essencial no homem, não há um ponto de partida na criação metafísica do mundo – não há nenhum Deus criador, portanto). A única verdade sobre a verdade esotérica de Deus que se acredita chegar-nos no Apocalipse é que não há verdade nenhuma. Pinheiro Torres, por exemplo, quer com esta crítica atingir as tentativas de simplificação da moral que têm como objectivo promover a emancipação intelectual e espiritual do homem. Por isso a educação religiosa e artística de Tito falha, até no ponto em que, de tanto ouvir falar de angeologia, acaba por dormir com os anjos.

V.

AS ESTRATÉGIAS PARODÍSTICAS DO DISCURSO METAFICCIONAL: *SMALL WORLD* (1984), DE DAVID LODGE, E *ERA BOM QUE TROCÁSSEMOS UMAS IDEIAS SOBRE O ASSUNTO* (1995), DE MÁRIO DE CARVALHO

A desconstrução do discurso metaficcional. A paródia como estratégia privilegiada do discurso metaficccional. A paródia e o pastiche como paradigmas pós-modernos. A paródia e os recursos de imitação passiva (plágio, alusão e citação). O universo da paródia nos romances.

1. A desconstrução do discurso metaficcional

Não é ainda possível definir todas as características do romance dito pós-moderno. Embora a bibliografia sobre o assunto seja cada vez mais consistente, ainda não decorreu tempo suficiente para que as decisões canónicas sejam seguras e consensuais. Os textos que podemos inscrever nesta categoria só por aturada reflexão podem ser defendidos como pós-modernos. Mais importante do que a catalogação destes romances talvez seja o estudo das condições em que podemos reconhecer padrões narrativos comuns. Os dois romances que escolhemos para análise dentro do contexto pós-modernista mais recente contêm alguns traços que podem ajudar a encontrar esses padrões narrativos. David Lodge e Mário de Carvalho têm procurado ambos uma forma curiosa de criação literária: aquela que parodia a própria literatura enquanto criação individual e enquanto criação sujeita a regras escolares. A esta forma de criação ficcional virada para o seu próprio objecto criado tem-se chamado também *metaficção*, conceito associado a toda a literatura dita pós-moderna, mas que já vimos ser um paradigma não circunscrito a uma época. O conceito de *ficcionismo* associa-se à própria paródia do género literário feita pelo próprio texto de ficção, mas não consegue libertar-se de uma certa verborreia terminológica que invadiu esta área da estética do romane: *metaficção, fabulação, ficção auto-reflexiva, ficção problemática, anti-romance, narração narcisística*, etc. são expressões que gravitam à volta do mesmo conceito.

No *Tristram Shandy* (1760-67) de Lawrence Sterne, encontrámos já aquilo que hoje reconhecemos como metaficção e que se pode resumir ao texto de ficção que fala de si próprio e que interroga a sua própria ficcionalidade:

> The thing is this.
>
> That of all the several ways of beginning a book which are now in practice throughout the known world, I am confident my own way of doing it is the best – I' m sure it is the most religious – for I begin with writing the first sentence – and trusting to Almighty God for the second.
>
> (Gentleman, 1983, p. 438)

O que Sterne introduz nesta obra é aquele elemento de auto-paródia que já se conhecia na obra-prima de Cervantes. É comum a esta tradição dos romances ficcionistas, continuada por David Lodge e Mário de Carvalho, o recurso à ridicularização dos procedimentos convencionais da escrita romanesca sem que os próprios autores se excluam dessa auto-paródia. Uma estratégia recorrente é, por exemplo, a introdução de um nível de dialogismo entre o autor e as suas personagens que o romance tradicional não prevê. Vemos isso em obras tão díspares como a peça *Seis Personagens em Busca de um Autor* (1921), de Luigi Pirandello, ou o anti-romance de John Updike *Bech at Bay: A Book* (1970), onde o protagonista começa por escrever uma carta ao seu autor: "Dear John, Well, if you must commit the artistic indecency of writing about a writer, better I suppose about me than about you."[195] Esta dimensão de auto-paródia é um suplemento

[195] *Bech: A Book*, Knopf, Nova Iorque, 1970. Dentro desta mesma tradição, tentei fazer algo semelhante no meu romance *O Professor Sentado* (2004), indo um pouco mais longe nas possibilidades de diálogo entre autor e personagens, que não só discutem o seu estatuto narratológico como também entram na vida do próprio livro após-produção.

importante na construção do romance auto-reflexivo e deve ser avaliada em qualquer circunstância.

Já vimos também que, quanto ao método, não há grande diferença entre as metaficções pré-pós-modernistas e aquelas que se têm citado como pós-modernistas: *The French Lieutenant's Woman*, de John Fowles, romance que oferece ao leitor duas possibilidades de final da intriga ao mesmo tempo que o seu autor vai explicando, auto-reflexivamente, todos os seus passos na construção da narrativa: "I do not know. This story I am telling is all imagination. These characters I create never existed outside my own mind."[196]; *Se una notte d'inverno un viaggatore* (1979), de Italo Calvino, romance que começa como paródia das apresentações audiovisuais: "Estás prestes a começar a ler o novo romance *Se numa noite de Inverno um viajante* de Italo Calvino. Descontrai-te. Recolhe-te.";[197] o romance de Mark Henshaw, *Out of the Line of Fire* (1988), cujo primeiro parágrafo é uma paródia à paródia de Calvino:

> You are about to begin reading Italo Calvino's new novel, *If on a winter's night a traveler*. These are the words Italo Calvino selected to open his novel *If on a winter's night a traveler*. Astonishingly he sets them out in the same order. Had Walter Abish chosen the same words he might have begun, after, of course, placing them in alphabetical order: You, Italo Calvino, are a winter's night traveler about to being reading a new novel *If*. But as yet he has not, and until he does we will have to wait.[198]

as ficções parodísticas e criativas de outros géneros literários, como nos romances *The Black Prince* (1973), de Iris Murdoch, inspirado no *Hamlet* de Shakespeare, com a inclusão de diferentes pontos de vista para os mesmos acontecimentos conforme as *dramatis personae* que entram em cena, e *Wise Children* (1991), de Angela Carter, inspirado também na peça de Shakespeare *A Midsummer Night's Dream*, e uma mistura de paródia, alegoria, simbolismo mágico, phantasia, romance gótico e ficção científica; ou *Small World*

---

[196] *The French Lieutenant's Woman*, Vintage, Londres, 1996, p. 97.

[197] *Se numa noite de Inverno um viajante*, Vega, 3ª ed., trad. de Maria de Lurdes Sirgado Ganho e José Manuel de Vasconcelos, Lisboa, 1993, p. 21.

[198] *Out of the Line of Fire*, Penguin, Ringwood Vic. 1988, p. 3.

(1984), de David Lodge, romance escrito por um professor de literatura e crítico literário que se parodia a si próprio e aos seus pares.

Small World (1984) faz parte de uma pequena saga académica iniciada em *Changing Places* (1975) e continuada em *Nice Work* (1989).[199] Existe uma tradição de romance académico inglês que não parece corresponder ao padrão de Lodge. A universidade enquanto tema literário foi utilizada nessa tradição como forma de *Bildungsroman*, deixando que um jovem protagonista vá aprendendo os vícios e as virtudes da vida académica ao mesmo tempo que vai crescendo enquanto homem. Nesta tradição, podíamos colocar *The History of Pendennis* (1848-50), de W. M. Thackeray, *The Adventures of Mr. Verdant Green* (1853-57), de Cuthbert Bede, *Sinister Street* (1913-14), de Compton Mackenzie, *Decline and Fall* (1928), de Evelyn Waugh ou *Dusty Answer* (1927), de Rosamond Lehmann. Estas ficções raramente introduzem elementos de paródia e muito menos de auto--crítica do sistema universitário. Tal só acontecerá a partir de *Lucky Jim* (1954), de Kingsley Amis, que introduz o elemento cómico no romance académico, o que Lodge explorará em todas as suas possibilidades. A evolução do *Bildungsroman* académico para as metaficções pós-modernas sobre a universidade faz-se facilmente, porque a acção agora concentra-se mais na vida do professor do que na vida do estudante. É o professor universitário quem cresce e decresce na história; é ele quem domina todas as acções e quem controla o diálogo entre o leitor, o narrador e o autor. O tipo de professor que convém ao romance académico nunca é o que triunfa no seu meio, nunca é o que tem o respeito de toda a comunidade académica, nunca é aquele indivíduo cuja idoneidade científica está acima de qualquer suspeita, simplesmente porque este nível de excelência não é parodiável. O riso, como base de construção da sátira social e individual, só se consegue alcançar, neste modelo académico, com personagens que tenham as suas fraquezas bem visíveis. O professor do romance académico pós-moderno é um homem pícaro, um finório intelectual, um ardiloso competidor, um amante infiel e sempre insatisfeito com a sua própria sexualidade, um portador de todas as doenças do espírito.

[199] *Small World* foi adaptado para televisão em 1988, numa série de seis episódios; *Nice Work* também foi adaptado em 1989.

Tal personagem tipo não age a não ser ao fim de algum tempo de muita reflexão ou incapacidade para actuar. A vida de cada personagem só pode ser descrita em episódios ou divide-se sempre em episódios, rocambulescos, de preferência. Philip Swallow e Morris Zapp são duas personagens que ilustram várias destas características.

A par desta tradição, também é possível inscrever a trilogia académica de Lodge em um género mais particular: *o romance-britânico-acerca-da-América*, se aceitarmos a sugestão de Robert S. Burton, que inclui obras como *One Fat Englishman* (1963), de Kingsley Amis, *The Clockwork Testament; or Enderby's End* (1974), de Anthony Burgess, *Stepping Westward* (1965), de Malcolm Bradbury, *The Hallelujah Bum* (1963), de Andrew Sinclair, *California Time* (1975), de Frederic Raphael e *Changing Places* (1975), de David Lodge. O que une estas narrativas e as permite agrupar num subgénero próprio é a permanência de heróis britânicos que confessam de uma forma ou de outra um certo fascínio pelos Estados Unidos, visto como um *locus amoenus* que convida à viagem e ao lazer.[200] Mas a tese Burton não pode reduzir o romance académico britânico a uma visão optimista da América, como se aí fosse o lugar ideal de todas as peregrinações. Os romances de Lodge contêm esse ingrediente, porém de uma forma muito crítica e jamais se assumem com esse objectivo. As personagens de Lodge são cidadãos do mundo muito mais do que viajantes apaixonados pela América. O ponto de partida da trilogia académica de Lodge – Philip Swallow, professor de poesia inglesa, católico, permanentemente angustiado, vive na cinzenta universidade inglesa de Rummidge, com mulher e filhos; Morris Zapp é um brilhante professor de teoria do romance na universidade de Euforia, na Califórnia, onde vive numa bela casa em frente do mar. Um protocolo entre as duas universidades, em 1969,

---

[200] "What binds them together as a distinct genre is not only the common presence of a British protagonist who forcefully responds to the challenge of America, but also the common experience shared by each author of travelling to and around America and of basing his fiction on this experience (...) America, as a place to travel around and explore, has had a particular importance for the minds and imaginations of British literati – novelists and literary travellers alike – over the last forty years, promising an attractive alternative to their native scene." (in «Transatlantic Literary Travels: Seven Contemporary British Novels about America», tese de doutoramento, Indiana University, 1984, pp. 1-3).

faz com que Zapp e Swallow troquem de posto, de cidade, de vida, e até de mulheres. – não é nunca a acção principal, e serve antes para parodiar ambos os universos académicos.[201]

Em *Small World*, a saga universitária continua. As ficções académicas de Lodge são arrancadas à realíssima vida universitária de professores de Inglês e de literatura de expressão inglesa. Continuam os anti-heróis: o professor Philip Swallow, de uma universidade da província chamada Rummidge (uma paródia da própria Universidade de Birmingham, casa do professor-escritor David Lodge), que se entretém a trocar de emprego e de mulher com o outro protagonista Morris Zapp, especialista em Jane Austen, sobre quem escreveu cinco livros. O passatempo destes e de todos os outros académicos de *Small World* é a discussão do sentido e da validade do pós-estruturalismo, o que procuram fazer em diversos congressos internacionais. O mundo faz-se pequeno para estes professores que têm sempre o passaporte à mão e um *curriculum vitae* actualizado para exibir em cada fronteira conquistada. Cada cidade do *campus* global tem o direito a ficar conhecida pelo nome do escritor ou do tema do congresso que recebe: Zurique é Joyce, Amesterdão é Semiótica, Viena é narrativa, Jerusalém é o Futuro da Crítica Literária, etc. Morris Zapp resume assim, com fina ironia, a realidade do mundo universitário em 1979:

> "(...) There are three things which have revolutionized academic life in the last twenty years, though very few people have woken up to the fact: jet travel, direct-dialing telephones and the Xerox machine. Scholars don't have to work in the same institution to interact, nowadays: they call each other up, or they meet at international conferences. And they don't have to grub about in library stacks for data: any book or article that sounds

---

[201] Concordo com o comentário de Bárbara Arizti Martín a este respeito: "It is true that *Changing Places* is a British-novel-about-America. It is also true that it celebrates some aspects of the American way of life, especially its freedom. But one cannot forget the symmetry of its structure. The novel presents all this, and also quite the reverse. The goodness and wickedness that Swallow experiences in America are mirrored by those encountered by Zapp in Britain. The novel's tendency towards reconciliation and sytnthesis does not admit such a clear-cut, unambiguous distinction as the one Burton suggests." (in «Metafiction in *Changing Places*», tese de doutoramento, Universidade de Zaragoza, 1994, p. 65).

interesting they have Xeroxed and read it at home. Or on the plane going to the next conference. I work mostly at home or on planes these days. I seldom go into the university except to teach my courses."

"That's a very interesting theory," said Persse. "And rather reassuring, because my own university has very few buildings and hardly any books."

"Right. As long as you have access to a telephone, a Xerox machine, and a conference grant fund, you're OK, you're plugged into the only university that really matters – the global campus. A young man in a hurry can see the world by conference-hopping."[202]

Se *Changing Places* se concentra num único *campus* (Rummidge/ / Birmingham), *Small World* decorre numa espécie de *campus* global, o que significa na prática que qualquer professor que seja capaz de escrever um *paper* sobre um autor clássico tem por prémio certo um bilhete para correr mundo, do tipo: "I' am Jane Austen – fly me!".[203] Esta possibilidade, note-se, não serve só o mundo académico em 1979, pois ainda hoje tem total actualidade. Mesmo que um tal académico seja falho de inspiração, isso não deve constituir obstáculo, como acontece com Philip Swallow, especialista no obscuro William Hazlitt, o que não impede que seja também um dos candidatos ao mais apetecido cargo do mundo académico, que todos perseguem durante o romance: a cadeira de Crítica Literária da UNESCO, com um salário anual de $100,000 por ano, livre de impostos e de trabalhos. David Lodge introduz ainda uma espécie de novela romântica no pequeno grande mundo académico. São protagonistas o jovem cavaleiro andante irlandês Persse McGarrigle e a jovem donzela que persegue pelo mundo Angelica Pabst, uma estudante americana, cuja tese de doutoramento é precisamente sobre o "romance".

– Um parêntesis deve ser aqui incluído para descrever uma estratégia pós-moderna de paródia dos nomes próprios, algo que vem certamente na tradição das comédias antigas: é frequente o uso de nomes próprios para realçar o grotesco das personagens e assim

---

[202] *Small World*, Penguin Books, Londres, 1985, pp. 43-44. Doravante, citamos apenas as páginas desta edição.

[203] Trata-se de um pastiche de um autor *compadre* que é invocado subtilmente: a expressão existe no romance de Malcolm Bradbury, *Rates of Exchange* (1983): "I'm John Winthrop – fly me".

contribuir para a sua desumanização.[204] Trata-se de um processo de questionamento da identidade que é um dos sintomas das pressões sociais hoje vividas. Esta estratégia está bem ilustrada no nome do irlandês Persse McGarrigle:

> "Persse McGarrigle-from Limerick," he eagerly replied.
> "Perce? Is that short for Percival?"
> "It could be," said Persse, "if you like."
> The girl laughed, revealing teeth that were perfectly even and perfectly white.
> "What do you mean, if I like?"
> "It's a variant of 'Pearce'." He spelled it out for her.
> "Oh, like in *Finnegans Wake*! The Ballad of Persse O'Reilley."
> "Exactly so. Persse, Pearce, Pierce – I wouldn't be surprised if they were not all related to Percival. Percival, *per se,* as Joyce might have said," he added, and was rewarded with another dazzling smile.
> "What about McGarrigle?"
> "It's an old Irish name that means 'Son of Super-valour'."
> "That must take a lot of living up ID." (p. 9)

Percival, Persse, Pearce ou Pierce são variantes ao serviço de uma estratégia da paródia pós-moderna: o recurso ao *doppelganger*, o duplo ou sósia que possui um nome semelhante, o duplo que é uma projecção interior não fantasmagórica, não associada à morte, mas apenas uma projecção ou réplica de nós mesmos, inquietantemente estranha, de que temos consciência e com a qual convivemos extraordinariamente. O Anjo Catarina no romance de Alexandre Pinheiro Torres já estudado é um bom exemplo, tal como o recente *Homem Duplicado* (2002) de José Saramago.

---

[204] A estratégia já foi devidamente identificada e caracterizada por Brian Stonehill: "The use of grotesque or comical names by which the self-conscious novel dehumanizes its characters. (...) The frequent use of doppelgangers is yet another aspect of characterization by means of which the self-conscious novel draws attention to its own fictionality. In much the same manner that the *mise-en-abyme* shrinks the whole novel structure into an episode within the novel, the doppelganger procedure permits the novelist to parody, or to render conspicuously symmetrical, the actions of the characters within the book (…) Characters in self-conscious fictions tend also to be aware of their fictional status as characters, and are given to speaking back to their authors, often in a critical tone" (in *The Self-Conscious Novel: Artifice in Fiction from Joyce to Pynchon,* University of Pennsylvania Press, Philadelphia, 1988, p. 28).

Um romance deste género é uma tentação para qualquer professor de literatura. É verdade que "*Small World* has established itself as the only work of recent fiction, with the possible exceptions of *Lolita* and *Pale Fire*, that has been scrutinized by virtually every professor of literature from Bangor to Berkeley."[205] Interessa-nos particularmente a forma como David Lodge vai especulando narrativamente sobre a própria natureza do romance. De notar que o subtítulo de *Small World* é *An Academic Romance*. Lodge deixou, aliás, bem claro em que tradição pretende inscrever o seu livro:

> *Small World* is subtitled "an academic romance", a designation that plays on the recognized genre-term "academic novel" and also indicates what kind of romance is invoked – not the Mills and Boon kind, but the kind studied and loved by academics: Heliodorus: the stories of King Arthur, the *Faerie Queene*, *Orlando Furioso*, the late plays of Shakespeare, and so on. As one of the characters says, "Real romance is a pre-novelistic kind of narrative. It's full of adventure and coincidence and surprises and marvels, and has lots of characters who are lost or enchanted or wandering about lookuïg for each other, or for the Grail, or something like that" (p. 258). *Small World* in this way claims the licence to be highly fictive (...) But *Small World*, of course, is a novel, a comic novel. The passage between Morris Zapp and Fulvia Morgana is designed to contribute both to the romance theme and the comic effect.[206]

E as brochuras publicitárias e as citações promocionais que têm acompanhado as várias edições do livro também ajudam a compreender a sua ligação ao mundo da sátira académica com classificações como: "a feast of fun", "a comedy", "a magnificent comic novel", "the funniest novel of the year", "an exuberant, marvelously funny novel". Os ingredientes do romance académico de Lodge exigem, pois, uma mistura de comédia, sexo, religião, crendice, infidelidade, imoralidade, simulacros e literatice. Se aceitarmos que existe uma constante luta entre o bem e o mal, que existe ainda uma constante fuga para lugares estranhos ao lugar que habitamos, a proposta de Lodge para a definição do romance académico pode aceitar-se: "Essentialy the campus

---

[205] "Campus Confidential", recensão a *Nice Work*, de Eden Ross Lipson, *The New York Times Review of Books*, 23-7-1989.

[206] "Fact and Fiction in the Novel", op. cit., p. 24.

novel is a modern, displaced form of pastoral (...) That is why it belongs to the literature of escape, and we are never tire of it."[207] Só faz sentido esta comparação se pensarmos ainda na situação geográfica do *campus* universitário, geralmente afastado dos grandes centros urbanos, mas tal circunstância não é suficientemente forte para valer a comparação. Na minha opinião, trata-se mais de uma anti-pastoral, já que a pastoral, enquanto género literário e religioso, servia para reforçar a fé pelos bons exemplos morais. Nos mundos de Lodge, o que acontece é precisamente o contrário: a anulação de qualquer moral, pelo triunfo do cepticismo ético. O que vemos sempre é a decomposição gradual do *locus amoenus,* padrão paisagístico da pastoral clássica, em *locus horrendus*, visão mais próxima dos domínios infernais e cruéis em que acabam por se transformar todas as sociedades pós-modernas. Por outro lado, se a metáfora pastoril estabelece a dicotonomia cidade/campo, onde há-de prevalecer o lado utópico ou ideal do campo para traduzir a degradação da cidade, não vemos como é que esta circunstância se pode verificar, mesmo actualizando-a, nos romances de Lodge, onde se verifica antes a dicotomia cidade/mundo, com este último a constituir a única realidade apaziguadora das ambições humanas, onde não há mais lugar para melancolias amorosas.

2. A paródia como estratégia privilegiada do discurso metaficcional

David Lodge põe em situação ficcional o mais real e antigo facto da literatura na sua relação com os seus leitores e estudiosos. A misteriosa jovem congressista Angelica, admiradora *depuis la lettre* de Jakobson, apresenta-se como uma leitora erudita:

> I've read hundreds of romances. Classical romances and medieval romances, renaissance romances and modern romances. Heliodorus and Apuleius, Chrétien de Troyes and Malory, Ariosto and Spenser, Keats and Barbara Cartland. I don't need any more data. What I need is a theory to explain it all."

[207] *Write On: Occasional Essays (1965-85)*, Secker & Warburg, Londres, 1986, p. 171.

> "Theory?" Philip Swallow's ears quivered under their silvery thatch, a few places further up the table. "That word brings out the Goering in me. When I hear it I reach for my revolver." (p. 24)

O problema não é a teoria em si mesma, mas o uso didáctico da teorização literária. Por outro lado, há teorias que são tão impenetráveis que só uma elite académica as pode compreender, por isso têm também um valor pragmático negativo, porque são inexequíveis. E quando se faz o balanço da verdadeira *raison d'être* de um congresso conclui-se com o máximo de ironia:

> Each subject, and each conference devoted to it, is a world unto itself, but they cluster together in galaxies, so that an adept traveller in intellectual space (like, say, Morris Zapp) can hop from one to another, and appear in Amsterdam as a semiologist, in Zürich as a joycean, and in Vienna as a narratologist. Being a native speaker of English helps, of course, because English has become the international language of literary theory, and theory is what unites all these and many other conferences. This summer the topic on everyone's lips at every conference Morris attends is the UNESCO Chair of Literary Criticism, and who will get it. What kind of theory will be favoured – formalist, structuralist, Marxist or deconstructionist? (p. 234)

De permeio, parodia-se o estruturalismo, a desconstrução, a interpretação, a crítica marxista, a recepção do leitor, a crítica literária, a desfamiliarização, o plágio das comunicações académicas, etc. Este romance é um bom exemplo do tipo de metaficção pós-moderna que se ri das suas próprias convenções literárias. Não há aqui lugar à distinção entre elementos miméticos e elementos diegéticos, que tendem a confundir-se e, preferencialmente, a confundir o leitor, que é obrigado a participar no jogo auto-reflexivo. *Small World* é um exercício ficcional que recorre a uma reflexividade do tipo que tem servido de paradigma ao pós-modernismo.[208] Em *Modern/Postmodern*, Silvio

---

[208] É interessante a confissão de Lodge que se assume como "escritor metaficcional", consciente de que os seus romances são exercícios de reflexão sobre a própria natureza do romance, o que é explicável em grande parte pela experiência que o escritor tem como professor de Teoria da Literatura: "I'm a metaficcional novelist, I suppose, because I was a teacher of fiction and therefore a very self-conscious novelist. I think this is generally true to

Gaggi, por exemplo, defende convictamente que este tipo especial de reflexividade pós-moderna se dirige ao próprio indivíduo e traduz um cepticismo epistemológico que encontramos em todas as artes.[209] Embora investigue as diferenças entre o modernismo e o pós-modernismo, não consegue convencer-nos de que este é, afinal, apenas uma estética mais auto-referencial do que o foi o modernismo.[210] É arriscado insistir que o tipo de realismo que o romance moderno e o romance pós-moderno trazem para a ficção se opõe a qualquer tentativa de representação mimética da realidade, como se esta fosse uma entidade completamente expurgável da literatura. As metaficções e os exercícios de *ficcionismo* não se fazem para eliminar o contacto com a realidade objectiva do mundo exterior, apenas controem realidades mais complexas que não são redutíveis a visões singulares, individualizadas e únicas desse mundo. Por ouro lado, todas as formas de auto-reflexividade são necessariamente formas de representação e não negam qualquer tentativa de pôr em cena ou ilustrar o real, porque o mais íntimo de nós faz também parte do real. É, aliás, o próprio Lodge quem no-lo diz claramente:

> For me a novel usually starts when I realize that some segment or plane of my own experience has a thematic interest and unity which might be expressed through a fictional story. Then I look for some structural idea which will release and contain that potential meaning. In the case of *Small World* I knew broadly what the novel was going to be about – the vanity of human wishes as exhibited in the jet-propelled peregrinations of scholars around the global campus, from China to Peru; and I decided, at an early stage that the characters would include the exchanging professors of my earlier novel, *Changing Places,* Philip Swallow and Morris Zapp, whose fortunes I had left conveniently indeterminate at the end of that novel, as well as a young hero and heroine who would be novices in the glamorous

the present literary period. We're all very conscious of what we're doing. So if you want to write a realist novel, you have to signal the audience that you're operating a convention. But, basically, it's because I was involved in teaching and analysing fiction formally for so long. That's why my work is riddled with this sort of allusion and joke." (*Consciousness and the Novel*, p. 296).

[209] Cf. *Modern/Postmodern: A Study in Twentieth-Century Arts and Ideas*, University of Pennsylvania Press, Philadelphia, 1989.

[210] Para uma crítica fundamentada do livro de Gaggi, ver "What Was Postmodernism?", de William Spanos, *Contemporary Literature*, vol. XXXI, nº 1, 1990.

> world of academic travel, and a host of other characters of divers nationalities.
>
> I wanted the novel to deal in a carnival spirit with the various competing theories of literary criticism which were animating and dividing the profession of letters and with the complex relations between academic scholarship, creative writing, publishing and the media which are such a striking feature of contemporary culture. [211]

O texto de ficção literária pode alguma vez deixar de servir como espelho do mundo? Como fazer da descrição do mundo real académico que é retratado neste romance uma representação não mimética? Para Lodge, tal tarefa é inconsequente, pois tem-se esforçado por defender que não consegue distanciar-se o suficiente da realidade que o cerca para produzir ficção. A distinção proposta por Linda Hutcheon para substituir a complexa relação entre o realismo e a arte também não satisfaz completamente. Hutcheon sugere a designação "arte como mimesis" para evitar as designações meramente referenciais de "realismo" ou "realista", quando aplicadas ao romance, que assim traduziria uma imitação de realidades não circunscritas ao mundo exterior dado pela cosmovisão do artista.[212] Tal princípio de diferença leva-nos de volta ao debate clássico entre Platão e Aristóteles e dificilmente nos ajudará a resolver o problema de saber que diferença existe entre o romance realista do século XIX e o romance realista pós-moderno. Em ambos os casos, Platão tem razão quando defende que a arte parece representar/imitar apenas o mundo das aparências e das opiniões, afastando-se da realidade das coisas sensí-

---

[211] "*Small World*: An Introduction", in *Write On,* p. 72.

[212] A partir daqui, distingue ainda uma "mimesis de produto" (praticada pelo romance realista do século XIX) e uma "mimesis do processo" (praticada pelas metaficções pós-modernas). Ver *Narcissistic Narrative: The Metafictional Paradox*, Routledge, Londres e Nova Iorque, 1991, p.39. Tal distinção não ajuda a esclarecer a diferença estética entre as duas abordagens ficcionais da realidade e torna-se pouco ou nada operacional. Parece-me mais convincente o comentário de Peter Stoicheff para explicar o lugar exacto das formas de auto-representação da realidade nas metaficções: "Self-reflexivity in metafiction is the product of its desire to expose the covert structures that allow fiction to masquerade as reality; it is always involved in the simultaneous processes of manufacturing illusion and revealing its artifice. It does become an eternal system of creating and deconstructing" ("The Chaos of Metafiction", in *Chaos and Order*, ed. por Katherine Haydes, The University of Chicago Press, Chicago e Londres, 1991, pp. 89-90).

veis. Tal é identificável tanto nos romances de Eça de Queirós e Machado de Assis, na descrição do mundo das aparências da sociedade burguesa, como nos romances de David Lodge ou Malcolm Bradbury, na descrição de vidas académicas inócuas e rocambolescas, que nada têm a ver com qualquer ideal de vida académica. O conceito de real defendido por Aristóteles ajusta-se ao tipo de abordagem ficcionista que vemos na literatura ocidental predominar a partir da II Guerra Mundial. O mundo existe em diversas formas que estão visíveis e aptas a despertar a nossa compreensão dos objectos, através de diferentes discursos, porque diferentes formas de expressão do mundo exigem diferentes linguagens para as interpretar. Nenhuma interpretação do mundo é suficientemente universal para se bastar a si própria, por isso necessitamos de nos aproximar das coisas visíveis de todos os ângulos possíveis. Esta postura multiangular é, em síntese, aquilo que, em minha opinião, redescobriu o *ficcionismo* pós-moderno.

Lodge tem insistido na ideia de que os seus romances não são *romans à clef* (romances que seguem a realidade de perto através de uma "chave" que permite o reconhecimento da verosimilhança), por isso se esforça nas introduções a separar os dois lados do mundo, o real e o ficcional. *Small World* abre com a seguinte nota de Autor: "Like *Changing Places*, to which it is a kind of sequel, *Small World* resembles what is sometimes called the real world, without corresponding exactly to it, and is peopled by figments of the imagination (...)". Mas os dois lados do mundo não se podem excluir a si mesmos. Algum vez isso foi possível? Em que momento conseguimos suspender a imaginação criadora? O conceito de metaficção, se ligado apenas à ideia de ficção orientada para a sua própria fundamentação,[213] pode ser redutor e levar-nos a um labirinto de ideias. "The Novelist at the Crossroads" é um ensaio que Lodge escreveu em 1969, onde anuncia de forma metafórica a diferença fundamental entre o tipo de realismo que quer impor a sua obra (futura). Um romancista não tem

[213] Uma das definições mais citadas de metaficção, proposta por Patricia Waugh, pode ter este efeito redutor, se aplicada sem outra explicação suplementar: "Metafiction is a term given to fictional writing which self-consciously and systematically draws attention to its status as an artefact in order to pose questions about the relationship between fiction and reality." (in *Metafiction: The Theory and Practice of Self-Conscious Fiction,* Routledge, Londres e Nova Iorque, 1990, p. 2).

que seguir o caminho da ficção pura para escrever um romance. A metáfora que serve de título ao ensaio traduz os diferentes caminhos para onde pode dirigir-se a obra romanesca: "The road on which he [the contemporary novelist] stands (I am thinking primarily of the English novelist) is the realistic novel, the compromise between fictional and empirical modes".[214]

Há uma diferença subtil, nos termos da sua expressão literária, entre o realismo do romance do século XIX e o realismo do romance pós-moderno. Os primeiros julgaram ter criado uma fórmula para transpor para a ficção e para a arte em geral uma cópia do mundo real, mas não nos deixemos iludir com o tipo de realismo de que estamos a falar. Tem muito pouco a ver com realidade, tem tudo a ver com um certo tipo de criação estética de uma apreensão objectiva do mundo. Nenhum discurso literário alguma vez, no limite da sua definição, poderá traduzir fielmente a realidade, embora esse deva ser o ponto de partida do romancista. É esta a postura filosófica dos romancistas do século XIX, que, reclamando uma aproximação da literatura à vida quotidiana, construíram ao mesmo tempo um conjunto de regras empíricas para determinar como é que essa transposição devia ser feita. Trata-se de um problema de conformidade com um padrão de reconhecimento do mundo real e não de uma transpo-

---

[214] *The Novelist at the Crossroads, and Other Essays on Fiction and Criticism*, Ark Paperbacks, Londres e Nova Iorque, 1986 (1971), p. 18. Lodge observa ainda que romances realistas continuam a escrever-se em Inglaterra, porém as pressões teóricas sobre o género eram (e são) tão grandes que muitos autores optam por seguir caminhos díspares que vão desde o romance não ficcional àquilo que Robert Scholes chamou "fabulação". Os quatro caminhos possíveis na encruzinhada do romance contenporâneo são, em síntese: o romance, o romance não ficcional, a fabulação e o romance auto-reflexivo ("the novel-about-itself"), o qual remete para o tipo de expressão romanesca que tenho vindo a chamar *ficcionismo*. Este último tipo coloca também o leitor numa encruzilhada de interpretações, sem que ele saiba claramente qual a ligação do romance à vida real. A este tipo de romance Lodge chama "romance problemático", conceito que não difere em nada do conceito de *metaficção*. O importante é reclamar que neste tipo de ficção o romancista não precisa de optar por ser fiel ao real ou à imaginação ficcional. Vinte e três anos mais tarde, Lodge revê as ideias desse ensaio original numa nova reflexão, "The Novelist Today: Still at the Crossroads?" (in *New Writing*, ed. por Malcolm Bradbury e Judy Crooke, Minerva, Londres, 1992). A esta distância, Lodge abandona a ideia original e propõe agora o conceito de "crossover fiction", isto é, um género que aloja diferentes estilos, métodos e formas de expressão num mesmo texto.

sição fotográfica do próprio real, o que é (meta)fisicamente impossível de conseguir.

A questão pode ser ultrapassada se fixarmos a atenção na ideia de carnavalização, aplicada num sentido preciso: a partir do momento em que se retira do real a matéria da obra de ficção e se consegue estilizar essa matéria, é possível fundar uma ficção romanesca que não tem obrigatoriamente que ser anti-realista por definição. Mikhaïl Bakhtin identificou uma "literatura carnavalizada" que inclui todos os géneros do sério-cómico e que se distingue por três peculiaridades:

> A primeira peculiaridade de todos os géneros do sério-cómico é o novo tratamento que eles dão à realidade. A *actualidade* viva, inclusive o dia-a-dia, é o objecto ou, o que é ainda mais importante, o ponto de partida da interpretação, apreciação e formalização da realidade. (...) A segunda peculiaridade é inseparável da primeira: os géneros do sério-cómico não se baseiam na *lenda* nem se consagram através dela. Baseiam-se *conscientemente* na *experiência* (...) e na *fantasia livre*. (...) A terceira peculiaridade é a pluralidade de estilos e a variedade de vozes de todos esses géneros. [215]

É precisamente o trabalho de carnavalização do texto que distingue toda a ficção de Lodge, e que vemos também na prosa de Mário de Carvalho: ambos nos ensinam que a representação da vida real está fundada mais no fingimento do que em qualquer espécie de verdade; ambos recriam experiências do quotidiano, mascaradas ficcionamente (com "fantasia livre"); ambos misturam estilos e constróem o texto de ficção à base da polifonia. O tipo de representação pós-moderna (porque não dependente da rejeição simples da mimese como princípio geral da arte) que estes autores ilustram mostra que a realidade

[215] *Problemas da Poética de Dostoievsky*, 2ª ed. revista, trad. do russo de Paulo Bezerra, Forense Universitária, Rio de Janeiro, 1997, pp. 107-108 — introduzi algumas correcções gramaticais e ortográficas. A partir desta matriz clássica chega Bakhtin ao romance moderno (até Dostoievsky), mas facilmente reconhemos que essa matriz chega aos nossos dias e é identificável em muitos romances pós-modernos. Também em *A Obra de François Rabelais e a Cultura Popular Europeia*, Bakhtin descreve o *carnaval* como um conjunto de festividades, de ritos e de formas populares medievais e renascentistas que opõem a cultura popular ao mundo burguês. É importante referir que o carnaval é eminientemente festivo, colectivo e popular, uma celebração de alegria e de triunfo glorificante de uma civilização ou comunidade, o que pode desarmar algumas leituras que aplicam gratuitamente o conceito a qualquer romance pós-moderno.

pode constituir um meio de aprendizagem mais por aquilo que se esconde do que por aquilo que vê, mais pela dúvida do que por aquilo que o bom senso julga ser a verdade das coisas. É assim que Lodge constrói a sua narrativa, por exemplo, ridicularizando a teórica do marxismo pós-estruturalista Fulvia Morgana, que se apresenta como autora de um "essay on the stream-of-consciousness novel as an instrument of bourgeois hegemony (oppressing the working classes with books they couldn't understand)" (p. 238), ou um romancista como Ronald Frobisher que carrega sempre, simbolicamente, um caderno de apontamentos, mas que não é capaz de escrever ficção, ficando-se por guiões para programas de televisão, porque consistem apenas de diálogos. Para levar esta comédia de situação até ao limite, Lodge descreve-a também apenas recorrendo ao diálogo.

Têm sido muitas as propostas de leitura dos romances académicos de Lodge recorrendo ao paradigma da carnavalização e da teoria de Mikhail Bakhtin. Para além da questão da representação parodística do real, não há mais razões para aplicar o conceito a esses romances. Por ser um conceito de fácil operacionalização, tendemos a ver a carnavalização em todas as situações de cómico ou de paródia. Contudo, a teoria original de Mikhail Bakhtin é muito precisa na necessidade da presença de um elemento de celebração colectiva de um acontecimento, em termos moderados, sem chegarmos alguma vez ao tipo de licenciosidade, devassidão ou imoralidades de toda a espécie, por exemplo, que encontramos na trilogia académica de Lodge. Um frase como "Nobody pays to get laid at a conference" (p. 237), proferida por Morris Zapp, e que é quase uma síntese temática do romance, não pode ser confundida com o tipo de carnavalização bakhtiniana, porque enquanto esta é aberta, pública e universal, todas as celebrações sensuais do mundo académico descrito por Lodge são privadas, repletas de máscaras e de mentiras, e onde nada é dado como certo até ao próximo engano.[216] É mais seguro comparar os

[216] Eva Lambertsson Björk defende radicalmente *Small World* como um romance de adultério e não como uma forma de expressão carnivalesca do real: "I will argue against any carnivalesque interpretation of the realistic dimension of these novels (...) the novels are essentially pessimistic, not to say dismal and gloomy. But at the same time I intend to show that the form of these novels is actually not pure romance, but the classic novel of adultery from the high bourgeois era." (in *Campus Clowns and the Canon: David's Lodge Campus*

romances em equação à tradição da sátira menipeia,[217] pelo recurso a figuras tipificadas de um mundo urbano cada vez mais global, materialista e onde reinam as aparências e os valores individuais. A principal característica que Mikhail Bakhtin encontra na menipeia clássica corresponde em tudo a uma espécie de síntese teórica do programa definido pelos romances pós-modernos para os seus anti-heróis:

Fiction, University of Umeå, Estocolmo, 1993, p.95). Contudo, a comunidade interpretativa de Lodge tem concordado em situá-lo na tradição da literatura carnivalesca, a par de outros seus contemporâneos como Malcolm Bradbury. Segue, por exemplo, esta leitura Robert. A. Morace, referindo-se aos dois escritores ingleses: "Their novels typify the English comic novel, not as Widdowson [P. Widdowson, "The anti-history men: Malcolm Bradbury and David Lodge", *Critical Quarterly*, 26/4, 1984, pp. 5-32] but as Bakhtin has defined it, and so have more to do with carnival than with conservatism. Standing with the comic novel tradition (*The Dialogic Novels of Malcolm Bradbury and David Lodge*, Southern Illinois University Press, Carbondale e Edwardsville, 1989, p. 25).

[217] O conceito, que remonta a Luciano e a Plutarco e tem uma das suas mais finas representações na festa de Trimalchio no *Satyricon* de Petrónio (século I d. C.), conheceu uma grande popularidade no classicismo renascentista e pós-renascentista (Erasmo, *Encomium Moriae* ou *Elogio da Loucura*; Rabelais, *Pantagruel* e *Gargantua*, Cervantes, *D. Quixote*). Originalmente, foi proposto pelo romano Varro (116-27 a.C.), que chamou ao tipo de sátira que escreveu *saturae menippea*, por influência do seu mestre Menipo, um cínico grego, cuja obra se perdeu. Northrop Frye definiu com clareza o significado da sátira varrónica, que em parte se pode aplicar à comparação que tentámos entre o romance parodístico: "The Menippean satire deals less with people as such than with mental attitudes. Pedants, bigots, cranks, parvenus, virtuosi, enthusiasts, rapacious and incompetent professional men of all kinds, are handled in terms of their occupational approach to life as distinct from their social behavior. The Menippean satire thus resembles the confession in its ability to handle abstract ideas and theories, and differs from the novel in its characterization, which is stylized rather than naturalistic, and presents people as mouthpieces of the ideas they represent. Here again no sharp boundary lines can or should be drawn, but if we compare a character in Jane Austen with a similar character in Peacock we can immediately feel the difference between the two forms. Squire Western belongs to the novel, but Thwackum and Square have Menippean blood in them. A constant theme in the tradition is the ridicule of the *philosophus gloriosus,* already discussed. The novelist sees evil and folly as social diseases, but the Menippean satirist sees them as diseases of the intellect, as a kind of maddened pedantry which the *philosophus gloriosus* at once symbolizes and defines." (*Anatomy of Criticism: Four Essays,* Penguin, 1990, 1ª ed., 1957, p. 309). É mais justa a comparação entre o protagonista do romance académico pós-moderno e a figura clássica do *philosophus gloriosus*, cuja formação intelectual (equi)vale a uma aventura extraordinária, do que entre o despreocupado folião do carnaval medieval, que não tem responsabilidade directa na existência do mundo-às-avessas porque é uma vítima e não um provocador, e um professor universitário que é pelo menos co-responsável pelo desalinho do mundo.

> A particularidade mais importante do género da *menipeia* consiste em que a fantasia mais audaciosa e descomedida e a aventura são interiormente motivadas, justificadas e focalizadas aqui pelo fim puramente filosófico-ideológico, qual seja, o de criar *situações extraordinárias* para provocar e experimentar uma ideia filosófica: uma palavra, uma *verdade* materializada na imagem do sábio que procura essa verdade. Cabe salientar que, aqui, a fantasia não serve à *materialização* positiva da verdade mas à busca, à provocação e principalmente à *experimentação* dessa verdade. Com este fim, os heróis da *menipeia* sobem aos céus, descem ao inferno, erram por desconhecidos países fantásticos, são colocados em situações extraordinárias reais (...).[218]

O herói assim definido é facilmente reconhecido como um pícaro perdido num mundo global (como Persse McGarrigle, em *Small World*) ou um pícaro urbano perdido nas teias da sociedade (como Joel Strosse). A busca de uma certa verdade é uma aventura que se sabe à partida não poder ter êxito. Resta a ironia de quem procura um caminho que já se sabe que vai sempre dar à mesma meta: a identidade *experimentada* de todas as formas possíveis.

Desde o Iluminismo que a ideia de certeza está sempre presente, mesmo que se apresente como aspiração (a convicção de se possuir uma qualquer espécie de verdade). As filosofias de Nietzsche, Heidegger e Derrida constituem o primeiro sinal de revolta contra a lógica secular da ideia de certeza. Nietzsche introduz o primeiro paradoxo da reflexividade: "Não há conhecimento."; outros têm sido explorados pelos artistas pós-modernos: um pintor dirá: "Não há originalidade.", um cineasta dirá: "Não há representação da realidade."; e um romancista dirá: "Não há história para contar.". A conclusão a extrair de todos estes paradoxos é a mesma: não há conhecimento, originalidade, representação e história porque não temos nenhuma certeza extra-linguística ou extra-textual sobre o que sejam estas categorias. A reflexividade negativa que esta tradição privilegia é o primeiro passo para uma nova ordem – a reflexividade que dominou o pensamento ocidental até aqui funda-se essencialmente na observação empírica, na experiência fenomenológica ou na crença teológica, o que não chega para criar as condições para que o homem se sirva da

[218] *Problemas da Poética de Dostoievsky*, p. 114.

racionalidade para interrogar a própria natureza indeterminada da racionalidade. Quando o homem descobre que pode ironizar sobre a sua própria condição humana, então podemos falar de uma nova ordem. Assim é quando a certeza cede lugar ao simulacro da certeza e quando todo este processo se revela *textualmente*. A esta nova ordem também se tem chamado *pós-modernismo*. O que o caracteriza de forma angustiante é, contudo, a falta de um grande código que seja o resultado de um complexo trabalho individual de reflexão, como o foram para os seus tempos históricos a *Crítica da Razão Pura* de Kant, a *Fenomenologia do Espírito* de Hegel ou *Ser e Tempo* de Heidegger. A era do simulacro da certeza caracteriza-se pela ausência de um grande código reflexivo deste tipo. O que é curioso é que esta missão tem sido entregue às metaficções, que se têm servido sobretudo de técnicas retóricas para a cumprir. As metaficções de Lodge e Mário de Carvalho estão ao serviço deste programa do simulacro, onde tudo é teatro e onde toda a realidade é reinventada em tom parodístico.

A paródia é a forma privilegiada do exercício poético-ficcional da auto-reflexividade. Os romances de Italo Calvino, John Fowles, David Lodge, José Saramago, Mário de Carvalho ou Alexandre Pinheiro Torres podem tanto servir de exemplo como as *Rãs,* de Aristófanes, a "Gesta de Mal-Dizer", do trovador Afonso Lopes Baião, *Gargantua et Pantagruel* (1532-64), de Rabelais, *Condensed Novels* (1867), de Bret Harte, *A Velhice da Madre Eterna* (1885), de Xavier de Carvalho, *Eusébio Macário* (1879), de Camilo Castelo Branco e ainda nos periódicos *Punch*, *The New Yorker*, etc., etc. Não sendo um recurso exclusivo de uma época, está suficientemente documentada no espaço que se convencionou chamar literatura pós-moderna para nos permitir distinguir a paródia também como paradigma desta *época*. A condição de auto-reflexividade é apenas uma forma de realização da paródia e não a sua definição final, como propõe, por exemplo, Margaret Rose em *Parody//Metafiction* (1979).

É frequente a confusão, quase natural, entre o conceito de paródia e outros que vivem nas suas proximidades, sobretudo a sátira, o pastiche, a paráfrase, a alusão, a citação e o plágio. Se conseguirmos estabelecer uma diferenciação lógica entre estes conceitos, já teremos dado um passo importante para a definição da paródia como paradigma de uma certa forma de fazer arte, que identificamos no romance pós-moderno e em outras artes. Arrisquemos as seguintes proposições iniciais,[219] sem a pretensão de as transformarmos em fórmulas científicas:

1. A paródia é a deformação de um texto preexistente.
2. A sátira é a censura de um texto preexistente.
3. O pastiche é a imitação criativa de um texto preexistente.
4. O plágio é a imitação ilegítima de um texto preexistente.
5. A paráfrase é o desenvolvimento de um texto preexistente.
6. A alusão é a referência indirecta a um texto preexistente.
7. A citação é a transcrição de um texto preexistente.

a. A paródia deforma, censura, imita (criativamente), desenvolve, referencia e não transcreve um texto preexistente.
b. A sátira censura e referencia, mas não imita, não deforma e não desenvolve um texto preexistente.
c. O pastiche imita criativamente, referencia e transcreve, mas não deforma, não censura e não desenvolve um texto preexistente.
d. O plágio imita ilegitimamente e transcreve, mas não deforma, não censura, não desenvolve e não referencia um texto preexistente.
e. A paráfrase desenvolve, referencia, mas não deforma, não censura, não imita e não transcreve (antes *rescreve*) um texto preexistente.
f. A alusão referencia, mas não deforma, não censura, não imita, não desenvolve e não transcreve um texto preexistente.
g. A citação transcreve, imita e referencia, mas não deforma, não censura e não desenvolve um texto preexistente.

Podíamos tentar completar estas proposições com outros factores de diferenciação menos acentuados, por exemplo, os critérios de ridicularização, ironia, ideologia e auto-reflexividade, que podem agrupar os conceitos de base da seguinte forma e reduzir a ambiguidade entre eles:

i. A paródia e a sátira são ridicularizações de textos preexistentes.
ii. O pastiche, o plágio, a alusão, a paráfrase e a citação não pressupõem a ridicularização de textos preexistentes.

---

[219] Estas propostas foram inicialmente apresentadas no meu livro: *O Que É Afinal o Pós-Modernismo?*, Edições Século XXI, Lisboa, 1998.

iii. A paródia e a sátira usam a ironia como estratégia retórica.
iv. O pastiche, o plágio, a alusão, a paráfrase e a citação não usam a ironia como estratégia retórica.

v. O pastiche, o plágio, a alusão, a paráfrase e a citação conservam a ideologia do texto-objecto.
vi. A paródia e a sátira não conservam a ideologia do texto-objecto.

vii. A paródia e a sátira suportam o exercício de auto-reflexividade.
viii. O pastiche, o plágio, a alusão, a paráfrase e a citação não suportam o exercício de auto-reflexividade.

Conquanto o pastiche, o plágio, a paráfrase, a alusão e a citação não participem de nenhum processo crítico de transformação dos objectos sobre que actuam, constituindo, por isso, recursos fotográficos que dispensam qualquer intervenção protestante (ou de *apropriação de*, se quisermos utilizar a terminologia formalista) para com os seus modelos, deixá-los-ei de lado nesta investigação sobre as possibilidades do paradigma parodístico. A paródia e a sátira implicam sempre uma atitude de protesto para com os objectos parodísticos e satíricos e será desta atitude que nascerá a condição pós-moderna que arrisco para uma renovada aplicação da paródia.

3. A paródia e o pastiche como paradigmas pós-modernos

A paródia distingue-se do pastiche de um modelo preexistente por pressupor a ridicularização ou anedotização desse modelo, ao passo que o pastiche apenas se conforma com o decalque, sem qualquer intenção de interferir moral ou socialmente com o objecto decalcado. Toda a paródia exige a ridicularização como condição *sine qua non* para existir? Linda Hutcheon, logo na introdução à sua *A Theory of Parody*[220], esforçou-se por dizer que a paródia nem sequer pressupõe o ridículo e a zombaria. Se retirarmos esta possibilidade de

[220] *A Theory of Parody: The Teachings of Twentieth-Century Art Forms*, Methuen, Londres e Nova Iorque, 1985.

cómico à paródia, o conceito ficaria reduzido a quê? A mera repetição com distanciação, como quer Hutcheon? Se a paródia é uma deformação criativa de um texto tido historicamente por modelar, como eu a entendo, então necessita, invariavelmente da possibilidade de colocar em situação de cómico o texto que parodia. Esta função cumpre-se sempre que a paródia leva ao exagero um facto ou atributo que eram tidos, no texto-objecto, por exemplares e adequados às circunstâncias. É claro que a paródia da *Odisseia* no *Ulysses* de James Joyce não tem como objectivo a ridicularização do texto de Homero, por isso talvez fosse mais correcto falar aqui de pastiche criativo do que de paródia. Remetendo para a concepção dialógica da paródia em Bakhtin, Linda Hutcheon concorda também com Genette na definição da paródia como uma simples relação formal ou estrutural entre dois textos, sem a menção do cómico. Mas como é que se estabelece essa relação dialógica? Qualquer efeito de cómico se consegue por um desvio à norma linguística ou a um padrão universal de comportamento. A paródia concretiza-se da mesma forma para estabelecer a referenciação entre texto parodiante e texto parodiado.

O pastiche não é corrosivo para o texto que imita, ao passo que a paródia não pode dispensar esse efeito, se quiser funcionar como tal. Seja o texto de Alexandre O'Neill "Sá de Miranda Carneiro":

> comigo me desavim
> eu não sou eu nem sou o outro
> sou posto em todo o perigo
> sou qualquer coisa de intermédio
> não posso viver comigo
> pilar da ponte de tédio
> não posso viver sem mim
> que vai de mim para o Outro[221]

Este pastiche duplo é pura repetição sem diferenciação ou distância em relação ao objecto imitado. Trata-se de duplicação que busca uma nova forma (o que é diferente do pressuposto deformativo da paródia) apenas como estilização de textos precedentes, que

[221] *Poesias Completas*, IN-CM, Lisboa, 1990, p. 373.

mantêm a sua significação intacta. Também não serve aqui a distinção entre paródia como apropriação e pastiche como imitação, porque O'Neill se apropria do convencionalismo dos textos originais ao mesmo tempo que os imita, ou vice-versa. Por esta razão, o pastiche se aproxima mais de um *puro divertimento* do que a paródia, que está sujeita à lei da ironia corrosiva. O puro divertimento do pastiche pode partilhar com a ironia corrosiva da paródia o facto de ser um novo maneirismo. Muitos poetas recorrem à fórmula "À maneira de..." para contra-estilizar: por exemplo, Manuel Bandeira ("Torso arcaico de Apolo", à maneira de Rilke), David Mourão-Ferreira (*Os Lúcidos Lugares*, poemas à maneira de romances), Natália Correia (*Cantigas de Amigo*, "para reflorir a sagrada matriz do nosso lirismo", como diz o Poeta na abertura) ou Sophia de Mello Breyner Andresen ("Cesário Verde"). Este novo maneirismo é pastiche sem ironia nem deformação conceptual, o que não impede que um mesmo texto possa ser ao mesmo tempo um pastiche e uma paródia, se contiver esses dois ingredientes, como no poema "Homenagem a Tomás António de Gonzaga" de Jorge de Sena):

> Gonzaga, podias não ter dito mais nada,
> não ter escrito senão insuportáveis versos
> de um árcade pedante, numa língua bífida
> para o coloquial e o latim às avessas.
>
> Mas uma vez disseste:
> "eu tenho um coração maior que o mundo".
> Pouco importa em que circunstâncias o disseste:
>
> Um coração maior que o mundo -
> uma das mais raras coisas
> que um poeta disse.
>
> Talvez que a tenhas copiado
> de algum velho clássico. Mas como
> a tu disseste, Gonzaga! Por certo
>
> que o teu coração era maior que o mundo:
> nem pátrias nem Marílias te bastavam.

(Ainda que em Moçambique, como Rimbaud na Etiópia,
engordasses depois vendendo escravos).[222]

A paródia é um jogo de traição premeditada do sentido. Não há paródia sem subversão do sentido. Quando, num pastiche como o de Jorge de Sena, essa subversão é conquistada à custa da ironia corrosiva (no poema, a falácia do valor moral do dito: "eu tenho um coração maior que o mundo"), o discurso de imitação é também um discurso de paródia. A definição de paródia que Genette nos dá como a transformação mínima de um outro texto[223] é mais justa para o pastiche do que para a paródia. O pastiche retém a maior parte possível da massa do texto que imita; a paródia começa quando se ultrapassa esse *mínimo* de transformação (por exemplo, conseguida no poema de Jorge de Sena com a ironia do dístico final). Impõem-se também condições diferentes de referenciação à paródia e ao pastiche: este vive na dependência e obediência ao modelo imitado, ao passo que a paródia é tanto mais efectiva quanto maior for a distanciação em relação ao género do modelo parodiado. (Não é possível fazer o pastiche de um romance naturalista num romance realista, por exemplo; pode-se escrever um romance realista parodiando, para contra-estilizar, um romance naturalista.)

O que a paródia partilha com o *pastiche* é a mesma tolerância para com o conceito de intertextualidade. Esta é identificável na paródia e no *pastiche*, porque se trata, a níveis diferentes, de sobreposição de textos em relação a outros. Linda Hutcheon não aceita qualquer sinonímia entre paródia e intertextualidade,[224] porque as associações que se produzem no intertexto não são controladas (pelo leitor ou pelo ouvinte ou pelo espectador), o que é exclusivo da paródia. Diria antes que são as associações textuais, arbitrárias ou construídas, que constituem o fenómeno da intertextualidade. Quando tais associações são feitas com o objectivo de produzir o cómico ou um efeito de ridicularização ou quando pretendem sobre-(im)por-se a um texto precedente, chegamos ao limiar da paródia. A intertextualidade pode ser vista, deste modo, como a condição de partida da

[222] *Poesia III*, Edições 70, Lisboa, 1989, p. 95.
[223] *Palimpsestes*, Seuil, Paris, 1982, p. 33.
[224] *A Theory of Parody*, p. 23.

formação da paródia e não um seu sinónimo, ou seja, por outras palavras, a intertextualidade é uma condição necessária da paródia mas não a sua definição estrutural.

É possível o *pastiche* poder ser interpretado como paradigma pós-moderno, quando verificamos que o que sobreveio à modernidade foi a paródia crítica e profundamente irónica? Penso haver uma forma de *pastiche* que serve o lado apolíneo do pós-modernismo, se quisermos aceitar que a paródia corrosiva constitua o seu lado dionisíaco. Convoco para a argumentação o bailarino-coreógrafo norte-americano Billy T. Jones e a Arnie Zane Dance Company, autores do espectáculo pós-moderno do *pastiche* como "Still/Here", "Ballad" sobre poemas de Dylan Thomas, "Some Songs" sobre canções de Jacques Brel, "Ursonate" sobre um poema dadaísta de Kurt Schwitters. "Still/ /Here" é uma obra especular de muitos traumas e crises da sociedade pós-moderna: trata-se de um espectáculo sobre o sofrimento humano, inspirado no exemplo do malogrado amante de Billy T. Jones e na própria experiência seropositiva do dançarino. Esta obra originou uma polémica internacional sobre a essência da arte aí representada, ao ponto de provocar no seu criador um desabafo solipsista significativo, em conferência de imprensa em Avignon: "É difícil continuar a fazer arte." O que mais impressiona na obra deste coreógrafo é a convocação da literatura ao palco da dança, segundo as leis do *pastiche* criativo. A intertextualidade com obras que vão do dadaísmo ao modernismo tardio reforça a possibilidade da impossibilidade de construir fronteiras entre estéticas isoladas pela história. Textualidade e dança podem ser convocadas no mesmo palco, segundo a mesma regra pós-moderna do *pastiche* sem ironia o que vem a dar na mais pura expressão artística, isto é, arte sem denúncia e fortemente marcada pela emoção e pela decomposição controlada do corpo.

4. A paródia e os recursos de imitação passiva (plágio, alusão e citação)

A diferença entre a paródia e os recursos de imitação passiva como o plágio, a citação e a alusão é mais evidente ainda do que a distinção entre paródia e *pastiche*. O plágio, assumido (por exemplo, o

"Soneto plagiado de Augusto Frederico Schmidt", de Manuel Bandeira) ou não assumido (por exemplo, a prática fraudulenta comum entre os dramaturgos isabelinos de usurpar a autoria uns dos outros nas peças alheias que assinavam indevidamente), tem sempre a função de duplicar ou reproduzir um texto precedente sem o transformar nem retocar o seu sentido. O que distingue o plágio assumido do não assumido não é a atitude deliberada de duplicação mas a apropriação ilegítima de um texto alheio. O plágio levanta, portanto, apenas questões de ansiedade de influência e questões jurídicas, sendo irrelevante falar aqui de criação artística. Portanto, não faz sentido, como propôs Harry Major Paull em *Literary Ethics* (1928), por exemplo, estabelecer uma relação de sinonímia entre o plágio e a paródia.

Os casos da alusão e da citação seguem o mesmo padrão acriativo do plágio. Luís António Verney deu-nos já um curioso diagnóstico dos abusos destas formas de imitação discursiva: "Outro defeito ainda acho, em que comummente caem, e vem a ser encher o discurso de alegações importunas, de passos latinos, de versinhos, e outras coisas que encontram. Podem as alusões, alegações etc. ter lugar, quando há necessidade de ouvir as palavras na mesma língua original, ou para mostrar a sinceridade de quem as cita, ou a elegância de quem as escreveu, o que raras vezes sucede."[225] Este propósito de validação estética e científica da alusão e da citação não pode ser partilhado pela paródia, que, pelo contrário, não valida mas invalida o sentido original parodiado. A alusão e a citação baseiam-se numa relação de correspondência verbal entre dois textos, ao passo que a paródia difere sempre do texto que parodia. Citamos para comprovar um ponto forte, parodiamos para mostrar uma fraqueza. Margaret Rose, em *Parody//Metafiction*, define paródia como "uma citação crítica" de linguagem literária pré-formada com efeito de cómico. Linda Hutcheon mostrou já que esta enunciação não se ajusta à definição moderna de paródia,[226] pela razão maior de esta exigir sempre distanciação em relação ao texto-objecto, o que não acontece no caso da citação, que deve ficar sempre presa ao texto citado. O que

[225] *Verdadeiro Método de Estudar*, vol.II: *Estudos Literários*, Sá da Costa, Lisboa, 1950, pp. 106-107.

[226] *A Theory of Parody*, p. 41.

pode acontecer é uma citação ser produzida com o fim de parodiar um dado objecto ou indivíduo, o que acontece frequentemente no cartoon.

5. O universo da paródia nos romances

A paródia não é certamente uma categoria moderna em exclusivo, pois é localizável em muitos textos da literatura grega pré-clássica e clássica ou na literatura trovadoresca. O que a modernidade artística fez foi um uso sistemático da paródia como recurso de dissemelhança estilística, isto é, procurou satirizar estilos convencionais sobrepondo-lhes outros estilos tidos por *modernos*. A simples intenção de dissemelhança de um dado estilo em relação a um outro que previamente tinha sido reconhecido como convencional ou fora-do-tempo--presente era considerada como uma postura modernista.

O que distinguirá a paródia como estilização modernista da paródia dos discursos pós-modernos é o facto de nestes se entender toda a relação de dissemelhança de um estilo em relação a um outro preexistente como uma contra-estilização e não como simples sobreposição de modos discursivos que convergem em tema mas divergem em sentido. Não é suficiente estilizar um discurso preexistente para denunciar o seu convencionalismo, porque é possível levar essa estilização a um ponto de ebulição tal que o estatuto epistemológico do discurso parodiado seja totalmente negado. A contra-estilização não só perverte o sentido original mas também destrói qualquer possibilidade de ele poder voltar a ter valor epistemológico.

Quando a paródia consegue expropriar o objecto do seu sentido original e cria as condições para que o próprio sentido parodístico seja auto-destruidor, obteremos um efeito metalinguístico diferente da simples sobreposição de estilos. Neste caso, podemos identificar a paródia como paradigma pós-moderno. A Mona Lisa com bigodes de Salvador Dali não é uma simples estilização da Mona Lisa de Leonardo da Vinci, mas uma tentativa de destruição total do sentido do retrato original e aquilo que fica – uma mulher de bigodes – é igualmente um sem-sentido que se destrói a si próprio. Na teoria de Linda Hutcheon, que nos dá a paródia como "repetição com distância crítica", a Mona Lisa de Dali seria apenas uma imitação do modelo da

Renascença, procurando-se apenas um registo artístico *diferente* em relação ao seu modelo. Parece-me necessário algo mais: depois da paródia de Dali, nada mais deve restar do modelo parodiado. Esta estratégia de contra-estilização destrutiva é essencial para compreendermos a evolução da paródia de um registo histórico moderno para um registo pós-moderno. Não se trata de paródia pela paródia, como em *A Velhice da Madre Eterna* (1885), de Xavier de Carvalho sobre *A Velhice do Padre Eterno* (1885) de Guerra Junqueiro. Aqui, por exemplo, não há qualquer tentativa de criar um novo estilo à custa da ridicularização de um estilo preexistente. A paródia pós-moderna não se contenta com a denúncia: pretende também julgar e condenar à morte, tudo no mesmo instante, aquilo que parodia.

Toda a repetição ou retoma de um texto a ser objecto de paródia tem que pressupor uma *diferenciação*. O texto A que parodia o texto B tem que resultar diferente pelo sentido, pela ideologia (como sistema de ideias do texto) e/ou pela forma. Não se trata de uma *duplicatio* de estilos ou de textos, mas de um efeito metalinguístico que se obtém sempre por meio de uma diferença subentendida. Se aquilo que separa os dois textos (A-parodiante e B-parodiado) não ficar subentendido, o leitor não reconhecerá o efeito pretendido, assumindo tratar-se de mera paráfrase. Portanto, a paródia não pode ser reafirmadora do sentido mas desafiadora de tudo o que num texto preexistente suportar ser desconstruído.

A paródia nunca se pode constituir como suplemento do objecto sobre que incide. Se o objectivo do texto-paródia é o de se dar pela diferença em relação ao texto-parodiado, então nunca poderá conter nenhum elemento de continuidade daquilo que representa o objecto parodiado. É sobretudo com descontinuidades que se constrói o discurso parodístico. O romance de Mário de Carvalho *Era Bom Que Trocássemos Umas Ideias sobre o Assunto* escolhe uma estratégia narrativa que recorre a estes tipo de descontinuidades. Variada é a galeria de figuras e temas que são objecto de paródia, com esta singularidade: tudo está ligado de uma forma ou de outra à literatura e às suas formas de produção e criação. Eis a paródia do autor *compadre* (João de Melo):

> Mas isto de gostos e de cores, parece que não é para discutir. Já foi, mas agora não é outra vez. Se o meu amigo João de Melo, num dos seus livros, me assevera, com uma convicção firmemente reiterada, que "o mar é branco", seria de um mau gosto prosaico e burgesso ir dizer-lhe, contrariando-o, embora com afabilidade: «olha que não, João, o mar não é branco, isso são as espumas; o mar é.[227]

A paródia do autor não deixa de parte o próprio criador da paródia e do romance. O mesmo também é identificável no romance de David Lodge, quando alude ao seu colega da Universidade de Birmingham, Malcolm Bradbury, também crítico literário e também romancista de créditos firmados:

> a shortish dark-haired man standing nearby with a bottle of champagne in his hand, talking to a tallish dark-haired man smoking a pipe. "If I can have Eastern Europe," the tallish man was saying in an English accent, "you can have the rest of the world." "All right," said the shortish man, "but I daresay people will still get us mixed up."
>
> "Are they publishers too?" Persse whispered.
>
> "No, novelists," said Felix Skinner. (p. 331-332)

Os dois homens são David Lodge e Malcolm Bradbury, o autor de *Rates of Exchange* (1983) que disputa a fama com *Small World.* Sabendo que os dois autores são fisicamente parecidos, que têm protagonizado debates públicos sobre a génese do romance enquanto género literário, e que a matéria dos dois romances é semelhante, é fácil então perceber a ironia da comparação, se o leitor estiver devidamente identificado com a literatura inglesa contemporânea. Há aqui uma variante muito característica da ficção inglesa pós-moderna, em especial a de raiz académica, que não vemos tão claramente na ficção portuguesa: o discurso da paródia exige um leitor informado, caso contrário o riso ficará apenas nas entrelinhas. Quem não conhecer aprioristicamente Malcolm Bradbury e o mundo académico britânico dificilmente compreenderá estas intertextualidades eruditas.

---

[227] *Era Bom Que Trocássemos Umas Ideias sobre o Assunto,* 2ª ed., Caminho, Lisboa, 1995, p. 17.

O mapa das descontinuidades parodística de *Era Bom...* também inclui a sátira académica, em particular as teses académicas feitas no estrangeiro por indivíduos que foram rejeitados pelo sistema português, aparentemente por este não lhes reconhecer idoneidade ou capacidade intelectual para tanto, o que vem a dar teses do tipo "As Disposições das Alminhas nas Encruzilhadas do Alto da Beira" (p. 19). E Mário de Carvalho acrescenta a paródia da forma de construção do enredo de um romance que não se compadece com divagações:

> E porque já vamos na página dezoito, em atraso sobre o momento em que os teóricos da escrita criativa obrigam ao início da acção, vejo-me obrigado a deixar para depois estas desinteressantes e algo eruditas considerações sobre cores e arquitecturas, para passar de chofre ao movimento, ao enredo. Na página três já deveria haver alguém surpreendido, amado, ou morto. Falhei a ocasião de 'fazer progredir' o romance. Daqui por diante, eu mortes e amores não prometo, mas comprometo-me a tentear algumas surpresas. (p. 18)

Outras estratégias parodísticas incluem o recurso a mecanismos temporais de desenvolvimento da narrativa como a analepse ("Abra-se aqui uma analepse, que é a figura de estilo mais antiga da literatura (...). Não me ocorre agora nenhum escritor que abomine as analepses, mas deve haver algum. Esse não será, com mágoa minha, leitor deste livro, o que lhe restringe perigosamente o alcance.", pp. 20-21); o encaixe de sonhos, como é prática habitual em muitos escritores que os utilizam quase como categorias literárias ("Vinha a calhar agora um sonho, com multidões, cânticos e bandeiras e umas irrupções disparatadas, com luares surrealistas sobre descomunais tabuleiros de xadrez de que as pedras fossem rinocerontes bailarinos, para dar verosimilhança ao sonho que, por definição, é inverosímil e portanto só com inverosimilhanças é que se aceita, embora as verosimilhanças que vão de par com as inverosimilhanças estejam carregadas de sentido e de piscadelas de olhos, quando não são as inverosimilhanças que batem certo com os dicionários de símbolos de que, por acaso, não tenho nenhum exemplar à mão.", p. 33); a própria ansiedade de influência que *naturalmente* tem que afectar o romancista ("Eu gostava de ter escrito 'mede a sala a grandes passadas', mas francamente, receio que o leitor já tenha lido isso em qualquer lado. A quem escreve, faz sombra esta barreira constante, eriçada de farpas, daquilo que outros mais expeditos ou temporãos escreveram antes. Custa-me estar vedado o uso de 'Por uma noite escura e tempestuosa...', por exemplo. Alguém se apropriou da frase e dela se fez dono, de maneira que me vejo obrigado a criar os meus próprios lugares-comuns e Deus sabe como eles são inspirações do génio que me falta.", p. 50); as cómodas soluções *deus ex machina* ("Quer-me parecer que o leitor, neste ponto, ávido de conhecimentos sobre o futuro de Joel Strosse manifesta alguma impaciência, que lha vejo na cara. (...) A literatura é coisa muito séria, onde não entra o *zapping*. Eduarda tem um destino a cumprir e eu arranjarei maneira de a integrar na história, nem que tenha de fazer sair um deus duma máquina.", p. 59); e ainda as costumeiras adaptações cinematográficas de romances ("Se fizerem um filme deste romance quero-o, nesta passagem, muito expressionista, de estúdio, cheio de efeitos, com muito papel pintado, e habilitado a palavras sagazes dos *Cahiers du Cinéma*, ou de quem quer que os substitua.", p. 184).

Assumindo que a paródia como categoria literária foi identificada por Bakhtin em épocas tão distantes como a Idade Média e o século XX, aceitemos que o paradigma da paródia carnavalesca não pode servir de imediato como paradigma pós-moderno, quanto mais não seja por esta razão histórica, não tão frágil como possa parecer. Assim, se aceitarmos que o modelo parodístico carnavalesco se orienta sobretudo para o social e admitirmos outro(s) tipo(s) de discurso(s) parodístico(s) que se oriente(m) noutra direcção, podemos inaugurar outros modos de representação (ou contra-representação, se quisermos já avançar com elementos de subversão sempre necessários à fundação de uma estética) que sirvam melhor a condição da paródia como paradigma pós-moderno. Neste caso, deve ser orientada não objectivamente para o social mas ideologicamente para 1) os conceitos (*paródia conceptual*); 2) os intertextos (*paródia intertextual*); 3) e os intratextos (*paródia intratextual*). Em qualquer caso, a paródia há-de servir-se sempre dos mesmos recursos: a máscara, o grotesco, o burlesco, o riso, o equívoco, o ridículo, a paronomásia, a ironia, a paronímia, etc. É o objecto da estratégia parodística que pode ajudar a distingui-la historicamente e não propriamente a sua definição primária.

Na arte modernista, numa atitude anti-horaciana, é consabido que uma obsessão central é a procura de originalidade, conquistável a partir de um grau zero, como bem observa Rosalind Krauss,[228] e não à custa da ruptura com o passado. A arte pós-modernista que está dependente do culto do *pastiche* e da paródia tem que ser original de outra forma, se é que está preocupada com questões de originalidade. Mário de Carvalho parece não ir por aí e chega mesmo a parodiar aqueles que buscam a originalidade, demarcando-se de qualquer influência, e dando por garantido que os seus temas são tratados de forma singular.

Paradoxalmente, assinalaremos o facto de no pós-modernismo abundarem os exemplos de construção de obras de arte feitas à custa (controlada e criativa de alguma forma) de obras anteriores. Recordaremos um dos exemplos mais citados: o norte-americano Robert Rauschenberg, cuja obra integra pinturas com colagens fotográficas de obras de Velásquez e Rubens. Não se trata de procura de um estilo original mas de simples autoria simulada. Não se trata de um *pastiche* ou imitação estilística de Velázquez ou Rubens, mas de apropriação premeditada que põe em causa os próprios limites da necessidade de ser original. Quer dizer, a apropriação de uma obra de arte alheia funciona, para além do plágio artístico assumido, como uma forma de crítica dos valores ditados institucionalmente para a arte. Outra possibilidade, mais próxima da sensibilidade romântica, é aquela em que o artista se apropria de outras obras de arte apenas com o intuito de fazer mais arte pela arte. Seja o exemplo maior na pintura portuguesa dos quadros (ou toda a obra) de Paula Rego que são variações sobre o imaginário Walt Disney. As histórias de Paula Rego servem para pôr a pintura a falar da própria pintura, a interrogar-se a si própria permanentemente, a *desalojar a ordem estabelecida*, como quer a própria Pintora – e nada há de mais próximo do que possa ser entendido como pós-moderno. Acredito ser este exactamente o programa ficcional de David Lodge e de Mário de Carvalho.

---

[228] "The Originality of the Avant-Garde", in *The Originality of the Avant-Garde and Other Modernist Myths,* MIT Press, Cambridge, Mass., 1985.

VI.

MODOS DE CONTAR UMA HISTÓRIA NO ROMANCE DE FORMAÇÃO – *ESCOLA DO PARAÍSO*, DE JOSÉ RODRIGUES MIGUÉIS E *THE PRIME OF MISS JEAN BRODIE* E *THE FINISHING SCHOOL*, DE MURIEL SPARK

A formação do professor e o modelo de anti-herói académico; o jogo dos modos de expressão literária na construção da intriga; teoria da construção das personagens no romance

1. A formação do professor e o modelo de anti-herói académico

O romance académico é, muitas vezes, também um romance de formação de quem educa, um *coming-of-age* do professor. O género tanto pode ser encontrado na literatura, por exemplo com *The Prime of Miss Jean Brodie* (1961), de Muriel Spark, ou em *Escola do Paraíso* (1960), de José Rodrigues Miguéis, como no cinema que não resulta de uma adaptação de uma obra literária, por exemplo, com *Dead Poets Society* (1989), um romance de N. H. Klienbaum, a partir do guião cinematográfico original de Tom Schulman. O ponto de partida é simples: o professor é uma vítima da sociedade escolar, quer de alunos indisciplinados quer de escolas conservadoras que não compreendem o espírito inovador do anti-herói-professor. Neste género, o professor evolui quase sempre da condição de anti-herói para a de herói, conquistando os seus alunos de alguma forma, mas não necessariamente a escola a que pertence. Neste sentido, a primeira questão que se coloca no romance mais conhecido de Muriel Spark, por exemplo, é a de saber se Miss Jean Brodie cresce como professora ou não? Podemos falar do seu exemplo como o de uma pedagogia da iluminação? E se a sua caracterização contiver elementos moralmente criticáveis? Como desenhar uma personagem complexa numa intriga relativamente simples?

The Prime of Miss Jean Brodie representa o apogeu ou a última Primavera de uma professora pouco ortodoxa, que ensina por uma cartilha romântica e maternalista uma classe de meninas de 16 anos, em 1932, numa escola de Edimburgo. O projecto de Miss Brodie é irrepreensível nos seus grandes objectivos: quer emancipar as suas jovens alunas, fazer delas cidadãs exemplares de acordo com padrões de comportamento que é a própria professora que determina e exemplifica, quer libertá-las do destino de mulheres silenciadas pelas sociedades que ainda não acordou do sonho vitoriano. Por isso, Miss Brodie não quer casar, porque também o amor não pode estar sujeito a compromissos escritos. A pedagogia utilizada também é do tipo escolástico: Leonardo da Vinci nunca será o maior pintor italiano, porque Miss Brodie simpatiza mais com Giotto. Esta singular professora insiste ainda em misturar a ideologia fascista com a pedagogia, por isso faz questão de se reclamar admiradora de Mussoline e de Franco. O conceito de professor-oleiro que vai moldando os seus alunos à medida das suas convicções não está errado com o exemplo de Miss Brodie, mas é o facto de querer roubar-lhes o livre pensamento que representa o maior pecado de uma educadora que, afinal, apenas age segundo as emoções e pouco com a razão, uma atitude anti-romântica que contradiz o ideal romântico de beleza e perfeição femininas que se pretende alcançar nas aulas.[229]

O desajustamento do método do professor em relação a uma ideologia conservadora que sobrevive numa escola é um tema que provoca facilmente desequilíbrios sociais e emocionais que a literatura académica britânica e norte-americana têm sabido explorar. *Dead*

---

[229] O tipo de personagem dominadora, capaz de moldar a personalidade dos outros à sua própria e sublimada imagem, é recorrente na obra de Spark: Mrs Hogg, de *The Comforters* (1957), Dougal Douglas, de *The Ballad of Peckham Rye* (1960), Hector Bartlett de *A Far Cry From Kensington* (1988), Tom Richards de *Reality and Dreams* (1996) e Hildegard Wolf de *Aiding and Abetting* (2000), pertencem todos à mesma estante na galeria de personagens de Muriel Spark.

Poets Society, a que podíamos juntar o mais recente filme *Mona Lisa Smile,* e *The Prime of Miss Jean Brodie* partilham, contudo, um ideal de ensino que tem tanto de arrojo de inovação pedagógica como de autoritarismo científico. Dificilmente poderíamos hoje avaliar como exemplares tais professores, se pensarmos que os métodos revolucionários que utilizam servem apenas para ensinar que a única voz de autoridade científica que o estudante deve seguir é a dos professores-oleiros. Miss Brodie e Mr Keating só aceitam o seu próprio julgamento das obras de arte como bom. Olhar para um quadro de Leonardo da Vinci não tem o mesmo valor que olhar para um quadro de Giotto, a que se atribui um grau superior de sublimidade; a boa interpretação da poesia não é a do Dr. J. Evans Pritchard, mas a de Mr Keating. A doutrinação do conhecimento nunca passa, em ambos os casos, pelo auto-conhecimento livre do estudante ou pelo contacto com o maior número possível de leituras.

A hipocrisia é o vício individual que se torna um vício de costumes de uma classe social (os professores) que Muriel Spark pretende descrever como desterritorializada em relação à moral, à sociedade ou à condição de *aurea mediocritas* que tradicionalmente se espera encontrar numa comunidade escolar. O fado de Miss Jean Brodie é inalterável: o seu antepassado do século XVIII, Deacon Brodie, era um respeitado membro da Câmara de Edinburgo durante o dia e um ladrão durante a noite, que acabou sendo vítima do seu próprio disfarce. Miss Brodie falhará porque nenhum professor se realiza sendo aquilo que não é verdadeiramente. Nenhuma moral pode salvar este tipo de professor. Fica provado, no romance de Spark, que a capacidade de um estudante poder perceber a falácia moral do ensino de um tal professor é superior à consciência que esse professor tem da sua hipocrisia. Por exemplo, no segundo capítulo, na cidade de Edimburgo pelos anos de 1930, Miss Brodie sai da sala de aula para a rua para mostrar aos seus estudantes privilegiados como é o verdadeiro mundo das classes média e baixa que trabalham duramente na cidade. Não se trata de uma estratégia de ensino diferenciado ou cultural, como a moderna pedagogia reclamará, mas de uma forma subtil de um adulto mostrar que conduz um grupo de seres humanos excepcionais a quem é dado o prazer de contemplar a miséria social de um ponto de vista confortável de quem sabe que nunca será afectado por essa mesma miséria, de quem não precisará nunca de viver naquelas ruas, a não ser em visita de estudo moralizante. Uma das estudantes de Miss Brodie, Sandy, não hesita em resumir assim a consciência de que está a ser usada para um propósito ideológico desprezível, concluindo que "the Brodie set was Miss Brodie's fascisti, not to the naked eye, marching along, but all knit together for her need" (p. 31). Sandy funciona sempre não como a má consciência de Miss Brodie mas como o seu mais político oponente, no sentido em que existe para que a ideologia do professor possa ser destituída dos seus valores anti-democráticos e anti-pedagógicos. O estudante podia tornar-se, assim, não o discípulo do professor-oleiro mas um simples pote de barro que ficaria moldado à semelhança das ilusões políticas desse pretenso educador livre. Triunfando a consciência de Sandy, triunfará a crítica ao modelo de educador representado por Miss Brodie.

Rowland e Nina, protagonistas do mais recente romance de formação do professor assinado por Muriel Spark, *The Finishing School* (2003), são os docentes dominantes de uma espécie de centro de estudos privado e ambulante, a que chamam "College Sunrise", e que se apresenta como uma "finishing school", isto é, uma escola terminal para estudantes ricos europeus que podem pagar tutorias sem objectivos gerais de ensino. O "College" deve ser interpretado como uma utopia académica: todos os anos muda de localidade e de País, mantendo a mesma aura de instituição de excelência. A história de *The Finishing School* passa-se em Lausanne, na Suíça, onde a escola está agora sediada, e apenas com nove estudantes matriculados vindos de vários países. Apesar da garantia dada pela directora do College, Nina Parker, "When you finish at College Sunrise you should be really and truly finished",[230] em nada esta instituição nómada configura uma organização e um ensino típico de um *college*. Os seus estudantes privilegiados estão mais interessados em amadurecer depressa enquanto homens e mulheres do que em aprender matérias académicas.

O centro de interesse do romance-novela é o duelo criativo entre Rowland, que é o tutor de uma turma de escrita criativa, e um dos seus estudantes, Chris Wiley, que achou que aquela escola era o local

---

[230] *The Finishing School*, Viking, Peguin Group, Londres, 2004, p. 5.

ideal para escrever o seu primeiro *Romance* (a palavra aparece sempre com maiúscula inicial, para reforçar o carácter simbólico da ficção sobre a ficção). O papel desempenhado por Nina de gestão do "College" e de leccionação de matérias relacionadas com etiqueta social passa para segundo plano e nem mesmo o *affair* com o vizinho Israel Brown é suficientemente forte para lhe dar outro tipo de protagonismo. Rowland fica surpreendido com a qualidade dos primeiros capítulos do "Romance" de Wiley. A inveja do professor pelo estudante que está prestes a realizar a proeza de escrever um bom romance, algo que Rowland vinha tentando sem êxito, vai provocar alguns incidentes entre os dois noviços literários, com o professor a tentar aproveitar a sua autoridade para menosprezar publicamente o mérito do seu estudante. Sendo um romance sobre a inveja, ao ponto da personagem que é vítima desse sentimento recusar a sua eliminação ou crítica, o *coming-of-age* do professor constrói-se com actos de corrupção moral e social e com atropelos à ética profissional, factos sem o quais o romance académico ou para-académico parece não saber viver.

Não é por acaso que nos romances de formação a escola e os seus principais responsáveis (administradores e professores) são modelos a rejeitar. Miss Brodie ou Rowland e Nina são comparáveis aos anti-heróis de *A Escola do Paraíso* (1960), de José Rodrigues Miguéis. É quase uma regra geral o não haver lugar para homens ou mulheres exemplares nos romances de formação que integrem professores. O mesmo acontece nos romances académicos da tradição anglo-americana. O professor-oleiro que triunfa no cinema em filmes como *Dead Poets Society*, *Mona Lisa Smile* ou *The Browning Version* parece não ter lugar na ficção literária, apesar do risco desta conclusão. O caso do professor Salzedo de *A Escola do Paraíso* é a regra mais geral: dá "berros e reguadas na mesa" (p. 240) e olha os alunos "com rancor" (p. 242). A Escola deste pedagogo tipificado como um monstro insuportável é conveniente à necessidade de fazer destacar o auto-conhecimento do herói como única saída para o crescimento. Gabriel "foi coxeando, vivendo no seu mundo privado, crescendo para dentro, alheio" (p. 242). Na verdade, *crescer para dentro* como acontece com Gabriel ou *crescer para fora* como é costume nos romances de Muriel Spark tanto faz à modelização que se pretende para este tipo de herói, porque o resultado final é que importa e esse é sempre o mesmo: a desterritorialização, de si mesmo perante a sociedade e de si em relação à integração que essa sociedade esperava do indivíduo.

Em *The Finishing School*, Rowland não cresce como professor. O *coming-of-age* desta personagem quase anti-académica conclui-se como uma regressão intelectual, no sentido em que se espera que um docente aprenda também com os seus estudantes e não que viva obcecado por não crescer tanto quanto um bom estudante normalmente cresce. O contrário transforma-se numa obsessão doentia, como acontece com Rowland em relação ao seu estudante-modelo, que é a única explicação para a angústia existencial de que sofre o professor, como quando confessa que Chris já era mais do que um problema entre professor e aluno: "No longer a boy-student, he was now a meaning, an explanation in himself." (p. 113). A força temática do livro está mesmo concentrada na dificuldade em ser-se um romancista em embrião (*a novelist-in-the-making*, dir-se-á em inglês de forma mais expressiva) e na inveja de que pode sofrer quem nunca consegue passar dessa categoria. O professor que não cresce também não pode compreender que um bom estudante de literatura (incluindo a criação literária) é aquele que é capaz de produzir literatura sem a omnisciência do professor a ditar-lhe aquilo que escreve. O que um professor candidato a escritor também não suportará nunca é a autoconfiança de um seu estudante com idêntica pretensão. Wiley sabe jogar com o desespero e a inveja do professor e, com um cinismo muito adulto, chega a confessar a Nina: "I need his jealousy. His intense jealousy. I can't work without it." (p.101).

The Finishing School segue a mesma filosofia da educação de *The Prime of Miss Jean Brodie*: a autoridade do professor concretiza-se na forma como combina a sedução e a repressão ao serviço do acto de ensinar. O leitor acaba por cair na mais elementar das armadilhas literárias de obras com uma forte incidência na trama narrativa: o *storytelling* de Spark convida ao julgamento moral das personagens. Nenhum leitor resiste a isso. O grupo elitista de estudantes de Miss Brodie é catalogado pelo narrador para que o leitor tome partido por esta ou por aquela personagem, eventualmente acrescentando outros vícios morais. Por exemplo, Mary MacGregor destaca-se por ser "estúpida", Sandy é perspicaz e tem olhos pequenos que indiciam uma malícia especial ("pig-like eyes") e Rose é a dominadora sexual.

Estes traços de personalidade são repetidos como ecos na narrativa, para que o leitor não saia da sua cadeira de juiz relator.

O romancista contemporâneo conhece de cor o jogo psicológico de construção das personagens. Nos romances de Spark, o controlo da história narrada está intimamente relacionado com o controlo da narração da vida das suas personagens. Iludimo-nos se pensarmos que basta ir fixando a nossa atenção na galeria de tipos; iludimo-nos se deduzirmos para uma personagem um modelo de comportamento em função do que está a acontecer, porque o crescimento de uma personagem pode tornar-se a própria essência do romance ou a sua chave. Só o romancista conhece a totalidade da vida das suas personagens, mas esse conhecimento é técnico, pois a ilusão de nos envolver nessa teia precisa que acreditemos no modo como essa vida evolui através da narração. Mesmo quando uma personagem como Sandy parece querer contrariar esta regra, por ter percebido que Miss Brodie age como Muriel Spark (ou vice versa), isto é, por não aceitar que outra personagem possua o poder de determinar o destino de todas as personagens (Sandy decidirá ela própria quem é que irá ser salvo), somos atirados para outro nível de ilusão: o autor parece ter perdido o controlo da vida das suas personagens.[231] Obviamente,

---

[231] A observação de James Wood sobre o modo de construção do mundo ficcional de Muriel Spark parece-me fazer sentido para todos os romancistas contemporâneos que reduzem, positivamente, a obra de arte ficcional a um sumário da vida vivida: "Many of Spark's novels insist on telling us, either at the start of the book or in the course of it, what will become of the characters many years hence. We learn at the beginning of *The Girls of Slender Means* that one of the protagonists, Nicholas Farringdon, will become a missionary and be brutally killed in Haiti, and this foreknowledge shadows our reading of the whole book. Spark has been intensely interested in how our lives are written and how one writes a life. Our lives are 'written' because they are foreordained, and free will, once we can see the whole of a life, from start to finish, is an obvious illusion. Mary Macgregor was always going to die at twenty-three in a fire, and Chris was always going to have exactly the kind of literary career he eventually had. But only God and novelists see the whole of a life in this unnatural way. Should novelists do what only God can rightfully do? (Spark, it will be remembered, is a devout Catholic convert.) For what Spark does is also what Miss Brodie does: she bullyingly controls her characters, breaking in to tell us what will become of them. Sandy dislikes just this aspect of Miss Brodie, fearing that she wants to act like the predestinating God of Calvinism and decide in advance who will be saved and who will be damned." ("The Prime of Ms. Muriel Spark", recensão do livro *The Finishing School*, publicada em: <http://www.powells.com/review/ 2004_10 _12.html>). De alguma forma,

esta é mais uma estratégia do *ficcionismo*. Não é um escrúpulo nem muito menos um idílio do romancista. Expor as variações de poder do narrador dentro da própria narração não é um sinal de impoder, porque nenhum narrador (nem nenhum romancista) está verdadeiramente só. O leitor contemporâneo é um *doppelganger* necessário ao romancista. Não precisamos de nenhuma confissão deste para aceitarmos esta tese como válida. Ninguém conta uma história para sua exclusividade; mesmo que isso seja declarado, há um registo bibliográfico antigo que autoriza a declarar que o leitor é o melhor e o pior amigo do escritor. O que muitos romancistas contemporâneos têm redescoberto é a ficcionalização dessa amizade e/ou ódio pelo leitor. Em relação a esta categoria, vale hoje acrescentar que o leitor é também a voz que se ouve no texto de ficção e que pode ser ou não reconhecida por quem escreveu esse texto. A discussão de Chris com o seu tutor em *The Finishing School*, a propósito da construção das personagens do romance que o estudante adolescente estava a escrever, leva-nos de volta à questão do poder do romancista sobre o destino das suas personagens, na dupla possibilidade de efectivamente uma personagem poder ultrapassar o seu criador, como defende o professor Rowland, e de uma personagem estar sempre sob o controlo do seu criador, mesmo quando tal parece não acontecer, como defende Chris:

> 'Do you find,' said Rowland to Chris, 'that at a certain point your characters are taking over and living a life of their own?'
>
> 'I don't know what you mean,' Chris said.
>
> 'I mean, once you have created the characters, don't you sort of dream of them or really dream of them so that they come to you and say "Hey, I didn't say that.":
>
> 'No,' said Chris.
>
> 'Your characters don't live their own lives?'
>
> 'No, they live the lives I give them.'

---

este tipo de escrita ficcional, sob o patrocínio da mais elementar ética do catolicismo, recupera a crença daqueles romancistas realistas do século XIX que acreditavam que a escrita do romance devia ser uma transposição artística da vida de quem o escreve ou da vida de alguém próximo de quem escreve, de forma a criar uma nova moral capaz de modificar a sociedade.

'They don't take over? With me, the characters take over.'
'I'm in full control', Chris said.[232]

Como se estabelece este jogo dos modos de expressão literária no interior do romance, jogo que tanto surge arbitrado pelo narrador--autor como pelas próprias personagens? As personagens do romance-mistério de Chris estão tão controladas quanto o próprio Chris enquanto personagem do romance de Muriel Spark? Qual o papel do leitor nestes domínios cruzados?

2. O jogo dos modos de expressão literária na construção da intriga

O método retrospectivo usado por Spark para fugir à linearidade crua da história de uma geração académica foge a padrões sobejamente conhecidos na construção do romance. Não se trata de uma arrumação lógica de prolepses e analepses que o leitor-crítico facilmente arrumará de forma esquemática. As prolepeses são constantes e sem surpresas para o leitor, mas a narrativa evolui à custa de pequenas anapelses, que nos proíbem a convicção de estarmos perante um filme convencional com princípio, meio e fim, cujo final só podemos adivinhar e cujo presente é aquele que a história nos dá. *The Prime of Miss Jean Brodie* não permite estabelecer a fronteira entre o real e a ficção. A trama narrativa deste romance não se concentra num único ponto de vista e numa única versão dos acontecimentos. Prefere antes trabalhar diferentes versões da mesma história, recorrendo, por exemplo, a diversas intertextualidades, mas garantindo que o mais importante aspecto do *storytelling* pós-moderno fica perservado: a erradicação da fronteira entre o mundo da imaginação e o mundo da nossa mais real percepção dos acontecimentos.

Em *A Escola do Paraíso*, o trabalho de ligação das experiências de vida que se trazem para a ficção segue a mesma estratégia antilinear que tantos romancistas contemporâneos parecem privilegiar. Não há verdadeiramente um *plot* na história da infância de Gabriel, pelo menos na acepção de argumentos e factos organizados casual-

[232] *The Finishing School*, p. 48.

mente. O próprio autor advertiu o público sobre a possível leitura de *A Escola do Paraíso* como romance de intriga: "Este romance será um desapontamento para quem espere achar nele um enredo, intriga ou entrecho, por oposição às chamadas 'fatias de vida'. Não tem ele outra intriga que a da vida quotidiana e pessoal da época a que se reporta. (...) Será 'romance' apenas o que cresce em torno dum esqueleto de intriga?"[233] Todos os romances experimentais de que temos vindo a falar neste livro respondem negativamente a esta questão central enunciada por Miguéis. Tal como Spark, o romancista português não está preso a poéticas de causalidade para construir a sua história sem intriga ou com intriga fragmentada, como me parece ser mais justo concluir. Uma montagem mais criativa das partes lógicas de uma história influencia, necessariamente, o processo de caracterização das personagens. Os relatos ficcionais da formação de um jovem protagonista são particularmente ajustáveis à tese da aprendizagem do mundo feita a partir do caos social. O protagonista de *A Escola do Paraíso* "Sente-se excluído, privado, atraiçoado"[234] (p. 106), porque a descoberta do mundo para além da escola só é possível através da compreensão do motivo da exclusão social a que o herói é, quase invariavelmente, condenado. Uma das jovens protagonistas de *Miss Jean Brodie*, Sandy, segue o mesmo caminho: é a ausência de auto-descoberta que leva à revolta contra o que já está descoberto. A escola funciona como o espaço de todas as negações e o único lugar em que é possível, ao mesmo tempo e de forma contraditória, a expiação individual, e é nesta leitura que devemos entender a profunda ironia que se esconde por detrás de visões do universo escolar em títulos como *A Escola do Paraíso* e *The Finishing School*, por exemplo. A diferença do universo escolar deste último romance com o de Miguéis e *The Prime of Miss Jean Brodie* reside na relação que os autores conseguem estabelecer entre a natureza da aprendizagem e o processo de crescimento: Chris é um aluno que pensa por si

---

[233] Paratexto autógrafo de *A Escola do Paraíso*, publicado e transcrito por Ana Ribeiro em anexo à sua dissertação de mestrado: *A Escola do Paraíso de José Rodrigues Miguéis: Um Romance de Aprendizagem*, Centro de Estudos Humanísticos, Universidade do Minho, Braga, 1998, p. 118.

[234] *A Escola do Paraíso*, p. 106. Noutro passo, o mesmo estranhamento: "Sentia-se pequeno e excluído, e só vagamente compreendia" (p. 250).

próprio, apesar de precisar da inveja do seu professor para poder pensar criativamente. O seu crescimento faz-se porque aprende a ser homem e não porque se liberta da tutoria de um mestre, condição que nunca chega a constituir-se. Os crescimentos de Gabriel e das pupilas de Miss Brodie só irão ocorrer verdadeiramente depois dos respectivos livros, isto é, quando a narração se fechar sobre si, mas não a sua própria história individual. Enquanto existem como aprendizes, não controlam o seu próprio destino e é essa a sua condição de aprendizagem. O professor como figura tutelar que os há-de conduzir à liberdade da auto-consciência seria um herói demasiado perfeito para ser convocado para estas narrativas de formação experimental, isto é, todos os acontecimentos do romance se precipitam por causa das hesitações, conquistas ou divagações dessas personagens carentes de educação. É neste sentido que podemos compreender o mecanismo complexo de uma narrativa concentrada no processo de crescimento dos seus anti-heróis, que nunca é feito de forma linear ou imediatamente compreensível. Se um herói é passivo nas suas acções, contemplativo nas suas palavras ou desconcertante nas suas relações interpessoais, a narrativa acompanha-o na passividade, na contemplação e no desconcerto. Se nos é dito que Gabriel "Entregue a si mesmo, perdido em reflexão, contempla-se." (p. 162), então devemos concluir que o processo narrativo não se pode dissociar das variações do comportamento e do perfil das personagens. Mesmo num exemplo mais radical de romance sem personagens, em que tudo seja pura narração e descrição de ambientes povoados por agentes anónimos que em nada interferem no curso dos acontecimentos, haverá sempre um nível de causalidade entre quem narra e descreve e aquilo que é escrito. Nesse nível de excepção, haverá sempre uma forma de justificar a natureza romanesca da obra produzida a partir da conexão entre todas as partes, seja por medidas lineares seja por medidas sinuosas. Naturalmente, este processo de ligação entre as diferentes partes significativas de um romance é mais nítido nos textos com personagens e, sobretudo, com personagens fortes ou suficientemente fortes para influenciar qualquer acontecimento. É o caso dos romances que estamos a ler.

Miss Brodie acredita que o importante é fazer brilhar as suas pupilas, porque ela própria se encontra no auge da sua carreira académica e esse primor tem que se reflectir na educação dos estudantes. Estes são uma espécie de prova viva do brilho do professor. Contudo, Miss Brodie esquece-se de que a conquista principal a que um professor deve aspirar não é a de fazer brilhar os seus estudantes, mas antes iluminá-los, um princípio antigo da pedagogia prática de S. Tomás de Aquino, por exemplo, que reclamava, justamente que mais vale iluminar do que apenas brilhar (*Maius est illuminare quam solum lucere.*). Naturalmente, a pedagogia fascista de Miss Brodie não podia ir por este caminho, que não admite a democratização do conhecimento e das condições em que é possível aceder ao ensino de excelência. O fascismo é, na sua origem, uma ideologia que privilegia o elitismo, a discriminação, a ausência de liberdade de pensamento, o espírito de subserviência e o imobilismo social. Só nestas condições, julga Miss Brodie poder triunfar a sua pedagogia de excelência, dirigida para os mais capazes do ponto de vista intelectual. Não existe aqui nenhuma vontade própria de mudar o mundo, porque nenhum dos estudantes de Miss Brodie tem o mundo a seus pés – Miss Brodie é a arquitecta exclusiva das representações do mundo que é dado a observar àquela élite. Quando são chamadas a decidir o que pretendem estudar na Senior School, para prosseguimento de estudos, as jovens dirão, mecanicamente, que pretendem os estudos clássicos, porque esse era exactamente o desejo de Miss Brodie, oleira das suas vidas.

Do ponto de vista do trabalho sobre a ficção, *The Finishing Scholl* interessa-nos ainda pela forma como nos mostra por dentro o ensino da escrita criativa. A abertura do romance-novela remete-nos para o trabalho metaficcional com um objectivo pedagógico: "You begin by setting your scene. You have to set your scene either in reality or in imagination. For instance, from here you can see across the lake. But on a day like this you can't see across the lake, it's too misty." (p. 1). A introdução à escrita ficcional nesta aula de Rowland é elementar, mas contém já um dos mais difíceis princípios de criação literária para qualquer romancista: como representar o mundo: através de uma visão mimética da realidade ou através da imaginação? De notar que esta abordagem de Spark ao mundo da escrita romanesca, em particular ao aparecimento de jovens escritores que têm mais charme físico do que intelectual ou artístico, é uma paródia ao mundo actual do espectáculo global a que assistimos, com o triunfo da *chick lit* e da *lad lit*.

Para além do facto de estarmos perante uma história ficcional particular que comenta os processos de escrita da história ficcional universal, isto é, comenta os processos habituais de composição formal de um romance tal como o leitor circunstancial do romance o exigiria, é importante notar que nunca Spark perde o controlo da sua história (*plot*).[235] Há aqui uma arte singular de manipulação artística de uma história que parece já estar arrumada no tempo, com todos os destinos devidamente desenhados e concluídos, mas que consegue deixar ao leitor criativo espaço suficiente para rever não só esses destinos como também o desenho das personagens, sem que a história de base (a acção principal) se perca. O romance tradicional que dispensa os recursos metaficcionais constrói-se, regra geral, com uma sequência de acontecimentos que se precipitam até um final surpreendente, um *dénouement* preparado meticulosamente pelo autor, como acontece em grandes narrativas como *Clarissa* ou *Tom Jones*. O romance experimental (por oposição ao tipo de romance que parte de convenções de escrita pré-estabelecidas) de carácter ficcionista opta muitas vezes por ir revelando o destino das personagens e o resultado a que vão chegar as diferentes peripécias, ficando, neste caso, a imaginação do romancista a depender daquilo que fica por dizer sobre essas personagens, no meio de descontinuidades narrativas, antecipações, referências cruzadas, remissões intertextuais,

---

[235] É interessante o comentário do romancista e crítico Thomas Mallon na leitura que faz do romance-novela de Spark: "This author is also as authoritarian as ever. Certainly none of her characters cross the road without her permission. Indeed, her I'm-in-charge setups ('We find, now, Nina . . .') and sudden refusals ('he met with many problems too complicated to narrate here') tend to reduce the reader to a cowed novice sitting before the mother superior. Spark will sometimes leap years ahead ('Eventually Nina, herself, was to become an art historian') and sometimes decide that what looked like the beginning of a subplot will remain no more than a moment's authorial fancy.' ("So Young, So Devilish", *The New York Times*, 19-9-2004). Estes exemplos recolhidos por Mallon provam que existe uma estratégia de domínio autorial sobre a narração, provam que Spark aparenta trazer o leitor sob uma espécie de hipnose sobre os sentidos do texto, mas trata-se, a meu ver, da abertura ficcionista da literatura que o romance permite. Não é fácil aceitar que um autor nos diga que há "problemas" com certas personagens que são tão "complicados" que não irão ser narrados. O leitor desavisado interpretará essa afirmação como um sinal de fraqueza criativa, mas o leitor mais informado perceberá que não há maior dose de *ficcionismo* do que aquela que nos é dada no momento em que um romancista nos confessa o fim da ficção, o fim de uma possibilidade de ficção ou o fim da sua própria capacidade para ficcionar.

encaixes de subtextos, etc. Deve-se notar que toda a revelação é ficcionada, isto é, resulta mais como insinuação do que pode acontecer do que como acção concluída. O romancista contemporâneo parece preferir a insinuação à revelação explícita ou à diferição dos acontecimentos até um *dénouement* pelo qual o leitor há-de suspirar. O jogo metaficcional cumpre-se melhor – e esta circunstância não é uma regra universal – se se basear na diferição controlada dos factos da narração através de uma revelação que, aos olhos do leitor, se assemelha a uma solução da história. *The Prime of Miss Jean Brodie* é um bom exemplo desta técnica, a que David Lodge chama "flash-forward",[236] mas que envolve um trabalho sobre as descontinuidades narrativas que não pode ser assinalado como uma técnica simples de antevisão do futuro. Somos confrontados com a história da vida de Miss Brodie e das suas alunas enquanto adolescentes, somos levados por vezes até ao seu futuro, já como mulheres adultas, antes que essa história se conclua, mas o que prevalece em todos os casos é uma omnisciência do narrador que afecta não só o conhecimento das personagens como o próprio acto narrativo. O jovem aspirante a escritor Chris Wiley, em *The Finishing School*, sabe isso mesmo e confronta o seu mestre com a falência ou a desactualização do método prescrito por Aristóteles para a construção de uma história:

> A novel has a beginning a middle and an end. So said Aristotle and so he had advised his creative writing class. A beginning, a middle and an end. Chris had said, 'Do you need to begin at the beginning and end at the end? Can't a writer begin in the middle?'
>
> 'That has been tried quite often,' Rowland replied, 'but it tends towards confusion.'
>
> Chris didn't seem to care about this aspect. He seemed to have a built-in sense of narrative architecture and balance.[237]

---

[236] "Muriel Spark uses a technique that can only be described as the 'flash-forward': we are not, as readers, situated in the adult lives of the Brodie set, looking back with mixed emotions on their schooldays; rather we are situated with them *in* their schooldays, but able to look forward occasionally, as they cannot, at what is to happen to them later." (in "The Uses and Abuses of Omniscience: Method and Meaning in Muriel Spark's *The Prime of Miss Jean BrodieThe Novelist at the Crossroads and Other Essays on Fiction and Criticism*, Routledge and Kegan Paui, Londres, 1971, p. 126).

[237] *The Finishing School*, p. 55.

A omnisciência do narrador num romance de fronteira entre as convenções conhecidas e a experimentação pura, como arriscaria classificar os três romances em equação, é um factor decisivo na construção das personagens. Será sempre limitada a cumplicidade do leitor que aceita essa omnisciência ou fingir saber tudo sobre o destino das personagens e sobre o fecho das acções. Spark conhece a consciência que Chris tem de si mesmo como escritor ("He seemed to have a built-in sense of narrative architecture and balance."); o protagonista de *A Escola do Paraíso* também não tem segredos para Miguéis:

> [Gabriel] Brinca sozinho, lê livros, vagueia, faz bonecos... "Que terá este pequeno?" medita dona Adélia, inquieta. Mas não tem nada, senhora! Sonha, aprende como pode, cresce. Entregue a si mesmo, como toda a gente. O tempo dele é longo, o nosso é curto... (p. 362)

Mas que significado atribuir ao tempo de um leitor que nunca parece deixar de ser controlado por aquilo que lê e por quem escreve aquilo que lê?

3. Teoria da construção das personagens no romance

O processo de construção das personagens de um romance experimental exige uma liberdade de ficcionalização que o romance tradicional ou mesmo o romance de intriga fortemente controlada como acontece nas obras de Muriel Spark não permite totalmente, sob pena de descredibilizar essa construção. Se é verdade que Spark introduz uma questão muito interessante em *The Finishing School* – quem controla verdadeiramente as personagens de um romance: o seu criador, o seu destinatário e/ou o seu leitor? *Look at the Harlequins!* (1974), a última paródia de Vladimir Nabokov sobre a criação romanesca, vai muito mais longe na ficcionalização do processo criativo das personagens. O livro tem um protagonista e um deuteragonista que se confundem propositadamente. A figura do *doppelganger* surge não só para Nabokov ser capaz de contar a sua história pessoal, mas para mostrar, uma vez mais, que a literatura romanesca é um palco de aparências tão complexas quanto as que vemos no teatro clássico de máscaras. Nabokov, que gosta de assumir a metaficcionalidade dos seus romances – não lhe chama obviamente isso, mas é o que traduz a sua permanente remissão para as fontes da escrita da história romanesca – embriaga-nos no jogo da autenticidade da escrita romanesca.[238] Em *Look at the Harlequins!*, esse jogo é interpretado pelos emigrados russos que escrevem na sua língua materna e, mais tarde, em Inglês. Mudam-se para os Estados Unidos, onde recebem a cátedra de Literatura, iniciando uma carreira literária. Um chama-se Vadlimir Vladimorich, o outro sabemos que se chama Vladimir Vladimirovich [Nabokov], um jogo linguístico que nos prova que a linguagem nunca é casual e que todas as possibilidades combinatórias de signos são significativas. Compete ao romancista socrático dissimular o melhor possível essas significações, como o faz Nabokov neste romance:

> Yes, I definitely felt my family name began with an *N* and bore an odious resemblance to the surname or pseudonym of a presumably notorious (Notorov? No) Bulgarian, or Babylonian, or, maybe, Betelgeusian writer with whom scatterbrained *emigres* from some other galaxy constantly confused me; but whether it was something on the lines of Nebesnyy or Nabedrin or Nablidze (Nablidze? Funny) I simply could not tell. I preferred not to overtax my will-power (go away, Naborcroft) and so gave up trying – or perhaps it began with a *B* and the *n* just clung to it like some desperate parasite? (Bonidze? Blonsky? – No, that belonged to the BINT business.) Did I have some princely Caucasian blood? Why had allusions to a Mr. Nabarro, a British politician, cropped up among the clippings I received from England concerning the London edition of *A Kingdom by the Sea* (lovely lilting title)? Why did Ivor call me "MacNab"?
>
> Without a name I remained unreal in regained consciousness. Poor Vivian, poor Vadim Vadimovich, was but a figment of somebody's – not

[238] Nabokov sempre cultivou esse jogo de aparências com a sua própria experiência de vida, que muitos tentam circunscrever a uma só literatura ou a uma só civilização. Mas a própria aprendizagem literária, cultural e linguística de Nabokov é o resultado de uma polifonia disciplinada que os seus romances sabem explorar. Numa entrevista à *Playboy*, em 1964, confessa-se um homem de várias civilizações: "I am an American writer, born in Russia and educated in England where I studied French literature, before spending fifteen years in Germany". A soma destas experiências é igual à soma de níveis linguísticos e literários que encontramos na sua obra.

> even my own – imagination. One dire detail: in rapid Russian speech longish name-and-patronymic combinations undergo familiar slurrings: thus "Pavel Pavlo-vich," Paul, son of Paul, when casually interpellated is made to sound like "Pahlpahlych" and the hardly utterable, tapeworm-long "Vladimir Vladimirovich" becomes colloquially similar to "Vadim Vadimych."[239]

A paronímia é explorada ao longo do romance não só ao nível linguístico mas também ao nível da autoridade da criação literária. Ao leitor compete não perder-se na teia, se quiser ajudar a construir esta autobiografia fantasmagórica. É curioso como Nabokov denuncia que precisa do leitor para construir o seu romance, mas, ao mesmo tempo, tem que preparar armadilhas narrativas para que essa relação funcione. Por exemplo, a dada altura Vadim confessa-se ignorante em matéria de borboletas, porém, páginas depois, a mesma personagem é capaz de descrever cientificamente certos espécimes europeus, revelando-se um verdadeiro lepdopterologista que Nabokov também foi em vida. Mas o que nos interessa é ver como Vadim explica a origem das suas personagens: a ninfeta de um dado romance inspira-se em certa pessoa e a mulher que surge em cena num outro romance foi imaginada a partir de outro romance. O leitor esperaria aqui uma solução académica comum nos romances com personagens *à clef*, ou seja, inspiradas em pessoas reais e históricas, contudo a estratégia desconstrutiva vai ao ponto de trabalhar apenas com personagens fictícias de romances fictícios, porque no fundo o *ficcionismo* dos romances de Nabokov ensina-nos que mais depressa nos enganamos com o que vemos do que com o que não vemos. As teses sobre o olhar que deveras vê do *Ensaio sobre a Cegueira*, de José Saramago, seriam aqui aplicadas com pertinência, sobre o estatuto e a ciência da interpretação do leitor.

Um teoria sobre a construção das personagens do romance pós-moderno passará sempre pela definição do carácter dos novos grandes heróis que perderam a sua exemplaridade e ficam na nossa memória mais como aqueles que não queremos imitar do que aqueles que só em sonhos podem existir. As personagens dos romances de

---

[239] *Look at the Harlequins!*, in *Nabokov: Novels 1969-1974*, The Library of America, Nova Iorque, 1996, pp. 743-744.

formação são invariavelmente tão humanas, tão cheias de vícios e nódoas morais, que dificilmente nos podemos separar delas ou imaginar que pertencem a uma ordem superior. O romance pós-moderno prefere os pecadores, os manipuladores, os doentes, os viciados, os vingativos, os usurpadores, os ditadores, os corruptos, os falsos génios, os falsos intelectuais e os escritores-personagens sem futuro ao tipo de personagem exemplar, nobre, sublime, inteligente, intelectual de excepção a que a literatura ocidental nos habituou desde o século XVIII. Esta distinção não é exclusiva, isto é, não serve todos os casos, porque simplesmente não há uma fronteira no tratamento dos tipos de personagem. Todos os tipos existem praticamente em todas as épocas da história do romance moderno. Mas a insistência num determinado grupo é evidente no espaço pós-moderno. Muriel Spark não fala nunca de heróis que a história queira imortalizar; o mesmo me parece válido para José Rodrigues Miguéis. Estes contadores de histórias estão mais preocupados com os modos de ficcionalidade das suas narrativas do que com a construção de modelos exemplares de indivíduos. Cada um dos heróis de *The Prime of Miss Jean Brodie*, *The Girls of Slender Means*, *The Ballad of Peckham Rye* e *The Finishing School*, por exemplo, serve de parábola da sociedade da segunda metade do século XX, mas não funciona como modelo de comportamento social, a partir do qual todos nós devemos moldar o nosso próprio comportamento. Estes heróis não mudam o nosso ser, apenas nos obrigam a suspender todas as crenças num mundo melhor.

PREFÁCIO - SÍNTESE - CONCLUSÃO

A história do romance nos últimos três séculos não pode ser dividida facilmente em escolas com o pressuposto de que a cada uma corresponderá uma forma particular de construir um romance. Também não existe um conjunto seguro de características do género que nos permitam identificar um romance numa dada época através de traços pré-definidos. A própria teoria sobre o romance só no século XX conhece a sistematização. Se é verdade que o género não foi sempre tratado da mesma maneira, não deixa também de ser verdade que a diversificação não é contínua ou mesmo evolutiva, isto é, não se caminha de uma forma simples para uma forma complexa. Desde os primeiros ensaios de romance, nos contextos inglês e português, que a experimentação está presente. Textos como *Tristram Shandy* e *Viagens na Minha Terra* apresentam-se como problemas sérios a quem queira distinguir paradigmas de construção do romance de acordo com uma época precisa. Ficou demonstrado que algumas premissas do que se entende hoje por romance pós-moderno – romance que parodia e/ou desafia a própria natureza do romance, romance que resiste a uma representação diáfana da realidade e da sociedade, romance que desmistifica a função do autor, romance que reclama do leitor uma participação que pode ser tão activa como delusória, etc. – já estão presentes nos grandes romances ingleses e portugueses dos séculos XVIII e XIX e, como é sabido, também em outras literaturas.

Há agora uma nova ansiedade que verificamos com mais insistência, por exemplo, em David Lodge, professor de Teoria da Literatura e romancista. Falamos da ansiedade da auto-hermenêutica que leva o autor a recear não ser lido correctamente. Como estamos a falar de autores muito eruditos e informados, a tendência para explicar todas as intertextualidades, deixando clara no texto a sua detecção, é quase um programa de escrita. Recordemos as alusões ao autor-compadre

Malcolm Bradbury, que exigem do leitor o seu conhecimento prévio, ou vejamos o exemplo do encontro inicial entre Persse e Angelica:

> At that moment the knots of chatting conferees seemed to loosen and part, as if by some magical impulsion, opening up an avenue between Persse and the doorway. (...) She was tall and graceful, with a full, womanly figure, and a dark, creamy complexion. Black hair fell in shining waves to her shoulders, and black was the colour of her simple woollen dress, scooped out low across her bosom. (...) Over the rim of the glass she looked with eyes dark as peat pools straight into Persse's own, and seemed to smile faintly in greeting. She raised the glass to her lips, which were red and moist, the underlip slightly swollen in appearance, as though it had been stung. She drank, and he saw the muscles in her throat move and slide under the skin as she swallowed. "Heavenly God!" Persse breathed, quoting again, this time from *A Portrait of the Artist as a Young Man.* (p. 8)

Um leitor bem informado, conhecedor de Joyce, não teria dificuldade em explicar a origem da locução "Heavenly God!",[240] para mais num contexto onde Persse é sistematicamente comparado a valores literários da sua cultura irlandesa. Estamos perante um tipo de paródia intelectualizada ou metaficcionada, num plano da ficção que não mais se assemelha com o tipo de paródia que vingou até ao modernismo inclusive, mas que não necessita de ser tão explícita para ser identificada e compreendida. Lodge está bem consciente da necessidade, talvez escusada, de explicar todos os passos mais complexos do seu romance à medida de um leitor ideal, supostamente pouco informado sobre matéria literária. O conceito de metaficção inclui, em Lodge, a aplicação do método auto-hermenêutico:

> Metafiction makes explicit the implicit problematic of realism. The foregrounding of the act of authorship within boundaries of the text which is such a common feature of contemporary fiction is a defensive response (...) to the questioning of the idea of the author and of the mimetic function of fiction by modern critical theory.[241]

[240] "Heavenly God! cried Stephen's soul, in an outburst of profane joy.", in *A Portrait of the Artist as a Young Man*, Cape, Londres, 1954, p. 195 (1ª ed., 1916).

[241] David Lodge, *After Bakhtin: Essays on Fiction and Criticism*, Routledge, Londres, 1990, p. 19.

Esta estratégia de auto-hermenêutica, que não é tão visível em Mário de Carvalho a não ser nos passos em que abertamente chama pelos seus escritores-compadres ou nos momentos em que, ironicamente, desfaz o seu próprio tecido ficcional, é dispensável, porque o processo de descodificação de um texto literário não tem uma única forma de ser executado e, a existir tal exclusividade, não seria certamente ao autor que exigiríamos que nos desse algo mais do que o próprio texto.[242]

Os romances escolhidos para ilustrar os caminhos percorridos após o modernismo mostram-nos que a ideia de uma fronteira precisa entre a realidade e a ficção não serve para distinguir os dois espaços (modernismo e pós-modernismo), nem serve dizer que o que era obediência a um esquema rígido de representação do mundo real passou agora a ser total desobediência. Em particular David Lodge e Mário de Carvalho mostram-nos que é possível não abandonar uma matriz realista e escrever romances numa era dita pós-moderna e anti-realista. O segredo, se existe, é afinal tão antigo como a própria história do romance. É David Lodge quem no-lo confessa: "For me a novel usually starts when I realize that some segment or plane of my own experience has a thematic interest and unity which might be expressed through a fictional story."[243] O que podemos dizer é que o romance pós-moderno introduz de forma assumida o espírito da carnavalização neste processo de ficcionalização das experiências pessoais, para mostrar que a própria escrita do romance pode ser

---

[242] Concordo com Eva Lambertsson Björk em relação à escolha deste método de auto-explicação das intertextualdiades para acautelar a legibilidade do texto: "Anxious that part of his heterogeneous readership will miss the intertextual play, Lodge becomes increasingly explicit about his sources. His clues become more obvious, and his textual explanations more and more elaborate. I find it doubtful, however, that his texts in effect bridge a gap. Outside a quite narrow circle of well-educated readers much of the intertextual play remains undetected in spite of Lodge's efforts to make it accessible.", in *Campus Clowns and the Canon: David's Lodge Campus Fiction*, University of Umeå, Estocolmo, 1993, p. 57. Também J. A. Sutherland observa, ainda antes da publicação de *Small World*, que "all these novels display an ingroup jokiness, a sense of shared jests among a coterie. The British campus novel easily converts to a kind of privileged literature, fully appreciated only by a few in the know." (in *Fiction and the Fiction Industry*, Athlone, Londres, 1978, p. 157).

[243] "*Small World*: An Introduction", in *Write On*, ed. cit. p. 72.

dessacralizada. E não é o destino da própria teoria da literatura que está em causa, como se pode aparentemente depreender da leitura de tantas resistências à definição teórica do romance, mas antes que a teoria é um campo de investigação tão dinâmico que suporta a sua própria negação. Afinal, como o próprio Lodge, também professor de Teoria da Literatura, nos diz, o principal valor desta disciplina (o mesmo seja válido para os estudos de literatura comparada) é "serving the cause of 'better' reading of texts".[244]

[244] "Literary Theory in the University: A Survey", *New Literary History*, 14, 1983, p. 435.

ÍNDICE TEMÁTICO E ONOMÁSTICO

D

E

F

G

L

M

N

O

P

R

S

T

U

V

W

X

Y

ÍNDICE